悄吟文丛

古耜 主编

草木禅心

刘梅花

著

中国言实出版社

图书在版编目（CIP）数据

悄吟文丛 / 古耜主编 . -- 北京：中国言实出版
社 , 2017.7
　　ISBN 978-7-5171-2472-6

　　Ⅰ . ①悄… Ⅱ . ①古… Ⅲ . ①散文集－中国－当代
Ⅳ . ① I267

中国版本图书馆 CIP 数据核字 (2017) 第 171659 号

出　版　人：王昕朋
总　监　制：朱艳华
责任编辑：胡　明
文字编辑：张凯琳
封面设计：张凯琳
责任印制：佟贵兆

出版发行　中国言实出版社
　　　　地　　址：北京市朝阳区北苑路 180 号加利大厦 5 号楼 105 室
　　　　邮　　编：100101
　　　　编辑部：北京市海淀区北太平庄路甲 1 号
　　　　邮　　编：100088
　　　　电　　话：64924853（总编室）　64924716（发行部）
　　　　网　　址：www.zgyscbs.cn
　　　　E-mail：zgyscbs@263.net
经　　销　新华书店
印　　刷　北京温林源印刷有限公司
版　　次　2017 年 8 月第 1 版　　2017 年 8 月第 1 次印刷
规　　格　787 毫米 ×1092 毫米　　1/32　11 印张
字　　数　200 千字
定　　价　1680 元（全十册）　　ISBN　978-7-5171-2472-6

东风吹水绿参差

古耜

以"五四"新文化运动为起点的中国现代散文，已经走过近百年的风雨历程。时至今日，隔着历史与岁月的烟尘，我们该怎样描述和评价现代散文的行进轨迹与艺术成就？也许还可以换一种问法：如果现代散文仍然可以新中国成立为时间界标，划作"现代"和"当代"两个阶段，那么，它在哪个阶段成就更高，影响更大？

在散文的"现代"阶段，屹立着伟大而不朽的鲁迅，仅仅因为先生的存在，我们便很难说当代散文在整体上已经超越了现代散文。但是，如果我们把观察的视野缩小或收窄，单就现代散文中的女性写作立论，那么，断定"当代"阶段的女性散文，是异军突起，后来居上，便算不上狂妄。这里有两方面的依据坚实而有力：

第一，新中国成立后的六十多年间，尤其是进入新时期以来，大陆文坛先后出现了若干位笔下纵横多个文学门类，但均擅长散文写作，且不断有这方面名篇佳作问世的女作家，如杨绛、宗璞、张洁、铁凝、王安忆、张抗抗、迟子建等。她们散文作品所达到的艺术水准，并不逊色于现代女性散文的佼佼者。况且冰心、丁玲等著名现代女作家在步入当代之后，依旧有足以传世的散文发表，这亦有效地增添了当代女性散文创作的高度和重量。

第二，借助时代变革和历史前行的巨大动力，从新时期到新世纪，女性散文写作呈现出繁花迷眼、生机勃勃的宏观态势：几代女作家从不同的主体条件出发，捧出各具特色、各见优长的散文作品，立体周遍地烛照历史与现实，生活与生命；才华横溢的青年女作家不断涌现，其创意盎然的作品，显示了强劲的生命力与可持续性；女作家的性别意识空前觉醒，也空前成熟，其散文主旨既强调女性的自尊与自强，也呼唤两性的和谐与互补；不同手法、不同风格的女性散文各美其美，魏紫姚黄，各擅胜场……于是，在如今的社会和文学生活中，女性散文构成了一道绚丽多彩而又舒展自由的艺术风景线。这显然是孕育并成长于重压和动荡年代，因而不得不执着于妇女解放和民族生存的"现代"女性散文所无法比拟与想象的。

在二十一世纪历史和时间的刻度上，女性散文创作取得了丰硕成果和扎实进步，但也同整个中国文学一样，面临着前所未有的挑战与考验：与后工业社会结伴而来的后现代主义思潮斑驳杂芜，利弊互见。它带给女性散文的，可能是观念的去蔽，题材的拓展，也可能是理想的放逐，审美的矮化，而更多的可能，则是创作的困惑、迷惘，顾此失彼或无所适从……惟其如此，面对五光十色的后现代语境，女性散文家要实现有价值的创作，就必须头脑清醒，坐标明确，进而辩证取舍，扬弃前行。也正是在这一意义上，有一批女作家值得关注——她们出生于二十世纪六七十年代之交，进入新世纪后开始展露才华，并逐渐成为女性散文创作的中坚力量。对于她们来说，现代和后现代主义自然不是陌生或无益之物，但青春韶华所经历的激情澎湃的现实主义和人文主义大潮，早已先入为主，成为一种挥之不去的精神底色。这决定了她们的散文创作，尽管一向以开放和"拿来"的姿态，努力借鉴和吸取多方面的文学滋养，但其锁定的重心和主旨，却始终是对人的生存关切和心灵呵护，可谓鼎新却不弃守正。显然，这是一条积极健康、勃发向上的艺术路径。正是沿着这一路向，习习、王芸、苏沧桑、安然、杨海蒂、张鸿、沙爽、项丽敏、高安侠、刘梅花等十位女作家，不约而同地走到了一起，她们以彼此呼应而又各自不同的创作实绩，展示了当下女性散文的应有之意和应然之道。

习习来自西北名城兰州。她的散文写城市历史，也写家庭命运；写生活感知，也写生命体验；近期的一些篇章还流露出让思想伴情韵以行的特征。而无论写什么，作家都坚持以善良悲悯的情怀和舒缓沉静的笔调，去发掘和体味人间的真诚、亮丽和温暖，同时烛照生活的暗角和打量人性的幽微。因此，习习的散文是收敛的，又是充实的；是含蓄的，又是执着的；是朴素本色的，又是包含着大美至情的。

足迹涉及湖北和南昌的王芸，左手写小说，右手写散文。在她的散文世界里，有对荆楚大地历史褶皱的独特转还，也有对女作家张爱玲文学和生命历程的细致盘点，当然更多的还是对此生此在，世间万象的传神勾勒与灵动描摹。而在所有这些书写中，最堪称流光溢彩、卓尔不群的，是作家以思想为引领，在语言丛林里所进行的探索和实验，它赋予作品一种颖异超拔的陌生化效果，令人咀嚼再三，余味绵绵。

或许是西子湖畔钟灵毓秀，苏沧桑拥有很高的艺术天赋和丰沛的创作才情。从她笔下流出的散文轻盈而敏锐，秀丽而坚实，温婉而凝重，每见"复调"的魅力。尤其难能可贵的是，她的散文远离女性写作常见的庸常与琐碎，而代之以立足时代高度的对自然和精神生态的双重透析与深入剖解，传递出思想的风采。若干近作更是以生花妙笔，热情讲述普通人亦爱亦痛的梦想与追求，极具现实感和启示性。

在井冈山下成长起来的安然，一向把文学写作视为精神居所和尘世天堂。从这样的生命坐标出发，她喜欢让心灵穿行于入世和出世之间，既入乎其内，捕捉蓬勃生机；又出乎其外，领略无限高致，从而走近人生的艺术化和审美化。她的散文善于将独特的思辨融入美妙的场景，虚实相间，形神互补，时而禅意淡淡，时而书香悠悠，由此构成一个灵动、丰腴、安宁、隽永的艺术世界，为身处喧嚣扰攘的现代人送上一份清凉与滋养。

供职京城的杨海蒂，创作涉及小说、报告文学、影视文学等多种样式，其中散文是她的最爱和主打，因而也更见其精神与才情。海蒂的散文题材开阔，门类多样，而每种题材和门类的作品，都具有自己的特色：她写人物，善于捕捉典型细节，寥寥几笔，能使对象呼之欲出；她写风物，每见开阔大气，但泼墨之余又不失精致；至于她的知性和议论文字，不仅目光别致，而且妙趣横生。所有这些，托举出一个立体多面的杨海蒂。

驻足羊城的张鸿，既是文学编辑，又是散文作家。其整体创作风格可谓亦秀亦豪。之所以言秀，是鉴于作家的一枝纤笔，足以激活一批风华绝代而又特立独行的异国女性，尽显她们的绰约风姿与奇异柔情；而之所以说豪，则是因为作家的笔墨一旦回到现实，便总喜欢指向远方，于是，边防战士的壮举、边疆老人的传奇，以及奇异山水，绝地风情，纷至沓来。这种集柔润和刚健于一身的写作，庶几接近伍尔夫所说的文学上的"雌雄互补"？

穿行于辽宁和天津之间的沙爽，先写诗歌后写散文，这使得其散文含有明显的诗性。如意象的提炼，想象的飞腾，修辞的奇异，以及象征、隐喻的使用等，这样的散文自有一种空灵跤踔之美。当然，诗性的散文依旧是散文，在沙爽笔下，流动的思绪，含蓄的针砭，委婉的嘲讽，以及经过变形处理的经验叙事，毕竟是布局谋篇的常规手段，它们赋予沙爽的散文深度和张力，使其别有一种意趣与风韵。

项丽敏的散文写作同她长期以来的临湖而居密不可分——黄山脚下恬静灵秀的太平湖，给了她美的陶冶与享受，同时也培育了她对大自然的敬畏与热爱，进而驱使她以平等谦逊的态度和安详温润的文字，去描绘那湖光山色，春野花开，去倾听那人声犬吠，万物生息。所有这些，看似只是美景的摄取，但它出现于物欲拥塞的消费时代，则不啻一片繁茂蕴葳的精神绿洲，令人心驰神往。当然，丽敏也知道，文学需要丰富，需要拓展，人与自然的关系只是文学的无数话题之一，为此，她开始写光阴里的器物，山乡间的美食，还有读书心得，读碟感悟……这预示着丽敏的散文正由单纯走向丰富。

高安侠是延安和石油的女儿。她的散文明显植根于这片土地和这个行业，但却不曾滞留或局限于对表层事物和琐细现象的简单描摹；而是坚持以知识女性的睿智目光，回眸生命历程，审视个人经验，打量周边生活，品味历史风景，就中探寻普遍的人性奥秘和人生价值，努力拓展作品的认知空间。同时，作家文心活跃，笔墨恣肆，时而柔情似水，时而气势如虹，更为其散文世界平添一番神采。

偏居乌鞘岭下天祝小城的刘梅花，是一位灵秀而坚韧的女子。她人生的道路并不顺遂，但文学却给了她极大的眷顾。短短数年间，她凭着天赋和勤奋，发表和出版了大量散文作品，成为广有影响的女作家。梅花写西域历史、乡土记忆和个人经历，均能独辟蹊径、别具只眼，让老话题生出新意味。晚近一个时期，她将生命体悟、草木形态、中药知识，以及吸收了方言和古语的表达融为一体，形成一种承载了"草木禅心"的新颖叙事，从而充分显示了其从容不迫的艺术创新能力。

总之，十位女性散文家在关爱人生的大背景、大向度之下，以各具性灵、各展斑斓的创作，连接起一幅摇曳多姿、美不胜收的艺术长卷。现在，这幅长卷在中国言实出版社的鼎力支持下，冠以"悄吟文丛"的标识，同广大读者见面了。此时此刻，作为文丛的主编，我除了向十位女作家表示由衷祝贺，向出版社的领导和同志们表示诚挚感谢之外，还想请大家共赏宋人张栻的诗句："便觉眼前生意满，东风吹水绿参差。"——这是我选编"悄吟文丛"的总体感受，或者说是我对当下女性散文创作的一种形象描绘。

（作者系著名文学评论家、作家）

目　录

I

第三辑　旧时光，八千里路云和月

第四辑　这苍茫的河西大地

第一辑

你听，露水在青草叶上走动的声音

　　光阴里一定藏着一些我们不知道的秘密，草木知道，天地知道。就算枯萎了，失去了花盘，内心的坚持还是一样的，还是纹丝不乱。万物生，万物荣。而这肃穆，这萧瑟，都是天意——只有草木自己洞悉。

人在草木间

人在草木间，说的是茶。可是，也不是单单指茶。这句话，是禅。我是这么想的。你可能还不知道，我是个喜欢想入非非的人。

陆羽说，"茶者，南方之嘉木也。"令我这个北方人羡慕不已。而且，我还没有去过南方呢，不曾见过南方的嘉木。总是想，茶树，是怎样一种禅意的树呢？嘉木在野，《诗经》里一样风雅了。那百年的古茶树，老得禅意，老得孤独，动不动还要开花吧？

花一开，满山都香吧？茶树开花吗？如果没有花，茶叶的清香从何而来啊？假装，它是开花的，不仅开，而且还花如雪，覆盖一山一野。春天开了还不算，冬天想开也就开了，连我的梦里都开满了。想开红的就一树绯红，想开白的就一树洁白。想开大花朵就碗口大，想开小花朵就米粒大。怎样都行，随着茶树的心情。花开累了，谢了，才长叶子。茶叶才慢慢抽芽散叶。

不要告诉我真实的茶树是怎样的，我不喜欢这样。我的南方嘉木，从《诗经》里一路寻来，才找到我的。《诗经》有多浪漫，我的茶树就有多浪漫。茶树要一直长在我的梦里，从童年一直开花到现在。我的梦都是从茶叶的枝枝叶叶里长出来的。我不能容忍，你把我的梦说破。

你以为我喝了多少好茶，对茶叶如此痴迷？其实也没有。穷人家的孩子，最先想的是要吃饱饭才好。至于茶，当然也是喝的。穷到连茶都不能喝到，人生就没有意思了，还不如当初就不要来尘世呢。

我喝茶，一直喝那种黑茶，也叫砖茶。很大的一块，坚硬，可以拿来打狗、砌墙。从小，喝清茶。茶块在炉火上烤一烤，变得酥软了，很轻松地撬成碎块儿，盛在匣子里。煮茶的时候，取一块。那茶叶，粗糙、黝黑，却有一脉暗暗的清香，像我的日子。

笨人们，不晓得此法，直接砸，拿锤子，拿石头，把茶块砸得七零八落。客人等茶喝，主人却拎着半片砖茶，抡起斧头奋力砍茶。碎屑飞溅到门槛上，飞溅到炕上，飞溅到狗尾巴上，满屋子撵着找茶叶，真是狼狈。

还见过一个人，拿锯子锯黑砖。吱构吱构，他把整块的茶叶锯成两半，再锯成四半，再锯成八半，再用改锥撬下来一块，丢进茶壶里。然后，他的女人跪在地上，铺了一块布单，一块一块拿斧头劈开。我耐心等着喝茶，一点也没有告诉他们在炉子上烤一烤，很轻松就劈开了。我守口如瓶，真是小气。

清早，生了火，先熬一壶茶。要熬得酽一点，不要太淡。茶熬得有了苦味儿，好了。伸长脖子灌下去一杯，上学去了。这样的一天，神清气爽。若是哪天缺了这一杯，总是蔫，打盹、头疼。我爹说，这丫头喝茶喝得有了瘾。

家贫，有时没钱买茶，我爹就去铺子里赊欠。他是个老实巴交的人，话少，脸上总是堆满卑微真诚的笑，也不知道世上还有赖账二字，所以总能赊欠到茶。

冬夜里，写完作业，爹熬着的茶已经清香扑鼻了。若是有钱的话，还能买了红枣，在清茶里下几枚，喝枣茶。没钱了，就丢几片姜，抗寒、暖胃。一家人围着火炉喝茶，任凭我说一些废话，狼筋扯到狗腿，没来由地乱说一气。我说，茶树应该很高，都长到半天里去了，仰头看，那茶花儿就开在蓝天里，和我一样大的花儿呢。爹听着，黄瘦的脸上还是笑容，吸一口烟，慢慢喝下去枣红颜色的老茶。有时候，弟弟谴责我说：爹啊，梅娃子最能胡诌，你信她做什么？

爹一笑，牙齿黄黄的，不说话。等我趿拉着鞋子出门舀水，爹却说，你看，梅娃子和我一样，喝茶都有茶瘾了。

我舀来带着冰碴的清水，又重新熬上一壶。弟弟伸长脖子，吸溜喝一口茶，又说，盐不够。爹捏起几粒青盐，揭开茶壶盖丢进去。漫长的冬夜，煮沸在一壶茶水里。炉火红红的，照在我脸上。爹笑着说，你看，我的黄毛丫头，红脸蛋儿。

后来又说，梅娃子刚生下来，猫儿一样大。我隔着门看了一眼，脸上皱皱巴巴很难看的，又是个丫头，不喜欢，就开会去了。谁知道长大了这么心疼的。

他和弟弟都笑得龇牙咧嘴，嘴都咧成个破皮鞋了还不罢休，直接笑翻在炕上。我就给他俩的茶碗里使劲兑开水，让他们喝淡茶算了，取笑我。

可是笑过了之后，爹眼神里的那种怜惜，好像他的女儿是一疙瘩金子，得好好照看千万不能弄丢了。我弟弟总是很发愁，他说，梅娃子这么迂，又刁蛮，长大了不一定能嫁的出去呀！爹说，没有关系的，我们的陪嫁很丰厚的，两麻袋砖茶，一卡车土豆……还愁嫁不出去？

他俩在我的气恼里笑得直不起腰。

还记得一次傍晚，爹喝醉了酒，进门就睡了。他的头发乱蓬蓬的，堆在枕头上。我给他扎了个小辫儿，用我的头绳。爹一觉睡醒来找茶喝，脑袋上翘着小辫。我和弟弟大笑，笑得在炕上打滚儿。爹还醉着，半天才从镜子里看见小辫，也笑着说，捣乱的丫头。

那样的日子，像茶，慢慢熬着，吸溜吸溜喝着。慢慢长大了。

后来，我到了藏区，跟着镇子上人，喝奶茶。还是黑砖茶，撬一块，下在清水里，一点儿盐花，几粒花椒，慢慢熬。熬成玫瑰色的汤水，一根筷子滗出来，掺进煮沸的牛奶里，香气真是醇浓啊。奶茶都盛在碗里，蓝边蓝花的白瓷碗，满满一碗。喝下去，再冷的日子，都有了力气去对付。

一晃，喝奶茶都喝了二十年了。有时候胃疼，在奶茶里加一块酥油，看着黄亮的油汁慢慢融化，铺满水面。吹一口气，香气招摇着，茶味动荡着，竟然满足这么清贫的日子，满足得居然感动。

天祝藏区的人唱酒曲，最有名的《真兰歌》是这样唱的：

> 对有恩的马儿要知道报答，你如果没有步行走路，你就不知道马的恩情，你步行走路才知道了马，马儿却在哪儿呢？

> 对有恩的犏乳牛要知道报答，你如果没有喝过淡茶，你就不知道犏乳牛的恩情，你喝过淡茶才知道了犏乳牛，犏乳牛却在哪儿呢？

> 对有恩的父母要知道报答，你如果还没有接近暮年，你就不知道父母的恩情，你如果到了暮年才想起父母，父母亲却在哪儿呢？

我的朋友是一个藏族诗人，大眼睛，黑皮肤，卷头发。因为胖，总是呼哧呼哧喘气，他最喜欢唱这首歌。他先用藏语唱，唱完了再用汉语唱，一遍一遍，歌声清亮真挚。唱到最后，我常常泪流满面，内心一些脆弱的东西摇摇欲坠。是的，我的父亲，一直喝清茶。等我煮好满满一碗奶茶的时候，我的父亲又在哪里？他去世那么早，还未来得及给我筹备两麻袋砖茶和一卡车土豆的嫁妆。

一杯粗陋的黑茶，陪我慢慢变老。一点点老了，再也没有人听我胡诌。渐渐变得沉默不语，就像父亲一样，对生活保持缄默。也像他一样，脸上准备好了最谦卑最真挚的笑。

很早之前就知道了，有些委屈，是拿来忘记的。有些无奈，是拿来妥协的。有些时间，是拿来疗伤的。有些人生，是拿来卑微的。而有些人，别离之后，再也不见，是拿来想念的。有些东西，比如黑茶，是可以一辈子不弃不离的。

也知道，这样困顿潦草的日子，也不是一辈子都这样。不然，人生该是何等的寒凉啊。上苍给了我一碗黑茶，就是让我抵御扑面的寒气。

神农尝百草，日遇七十二毒，得茶而解之。茶，其实就是荼。最早的茶，即荼，就是一味草药，解毒安神。日子里有好多的毒，幸好有茶来解，多么好。人在草木间，多么好，一点也不孤单。想想都是一轴画，清幽温暖。累了，靠在树上休息。渴了，采茶烹茶。草木无贵贱，多么好。

草木是有气脉的，所以茶才有灵魂。有些草木，成了草药。有些草木，却成了茶，真是世事玄机啊。水煮草木，你知道哪个是药，哪个是茶？草木不会泄露天机。草木也不会说话，却把味道交给你，心交给你。人在草木间，天地自有玄理。人不想说话，也不要说好了，这并不妨碍品行清洁。至于做茶做草药，都行，在于自己喜欢哪个。

春天里，百花开。北方只有雪啊，只有雪花开得如火如荼。南方的嘉木，嘉木开花，在我的心里泛滥成灾，铺天盖地地想念着。

向日葵

那个村庄，在沙漠里。

向日葵呢，都种在沙滩上。我们村的人，都叫它葵花，还不知道有个名字叫向日葵的。

葵花长到和我一样高的时候，就快要开花了。爹说，浇一遍水吧，不然花开不肥。这么一说，我和弟弟就勾下头不言传。我俩都很懒的。爹谄媚地笑着，黄黑枯瘦的笑脸也像葵花一样，跟着我们转，那么饱满。

浇水就要追肥，这简直是一定的。爹拎着铁锹，在每个葵花根底下剜一个小坑，我跟在后头，往小坑里填一把化肥。我弟弟最后扫尾，一脚踢进去土，把坑踩实，埋好化肥。弟弟踩得很快，在后面喊着，梅娃子，你快些行不行？

我也催着让爹快些剜坑。货郎跑得那么快，不是腿脚好，是因为后面被狗撵着。

我跟得紧，葵花硕大的花盘和爹擦肩而过，反弹过来，梆一下打在我的脑门上，打得我晕头转向。爹转身，讨好地笑，知道我动不动就炝蹶子不干活了。他一个人实在累啊，剜那么多的坑，七八亩地呢。

我家没有很多的钱买化肥，仅有的一点儿化肥就得珍惜着埋好，不能让大水胡乱冲走。阔绰的人家，就大把大把地撒着化肥，白亮的，青灰的，散发着刺鼻的味道，在地里撒了一层，像落了清霜。让水随便冲好啦。怎么冲，肥水还都在自家的田里。

水渠里的大水已经哗哗地奔涌来了，像没有笼头的野马，横冲直撞。水冲进葵花田里，我听见十万葵花咕咚咕咚喝水，直喝得嗓子里打嗝儿。

浇过水之后，那些化肥，就暗暗催着葵花生长，狗撵着一样。才两三天，葵花就全部开了。

十万葵花开，那花儿像火苗一样扑跃，灼灼地燃烧起来。村庄被花攻陷了，沙漠也被花占领了。上学的路上，路两旁都是葵花拥挤的笑脸。葵花开呀开呀，浑身的劲儿都拿来开花。它们，这么高兴干吗呢，龇牙咧嘴的，开得一塌糊涂。

太阳在哪，花朵就朝着哪。多么神奇的花呀！

我爹坐在地埂上吸烟。他把烟渣子揉碎了，卷在报纸裁成的纸条里，卷好了，慢慢吸着，好像很香甜。一口一口，吐出淡蓝的青烟。他看着一地碎金子一样的花，满眼的舒畅，回头说，丫头，这葵花开美咧！

花开得也不甜腻，很清爽。也不妖冶，干净，清冽。

有些花儿开着开着，就心花怒放，怒放得简直要抽风了。葵花可不，清纯，烈而收敛，有君子气度。

我汗流满面地打插枝。叶腋下偷偷伸出来好多枝，也顶着一个拳头大的花盘，企图也要开个花。这个都要摘掉，不能要。顺便，看脚下杂草不顺眼的，一脚踢飞。

打下来的叶子花盘，都是灰毛驴鲜嫩的口粮。它幸福地嚼着，嘴角淌着绿色的汁液，浑身闪着油亮的光芒。咴咴地叫两声，身上的皮毛抖动着，颤颤地。

我家还有一只大肚子的羊，也在田埂上吃葵花叶子。我故意把叶子扔在它的脑门上，它甩甩脑袋，不看我，急着挑挑拣拣地搜寻着细嫩的叶子吃。这是一种境界，它的眼里只有草，看不见我。

清晨，阳光倾在沙漠里，倾在葵花上，那种金黄，简直让人束手无措。十万朵花，面朝东方，似乎可以听见轰轰烈烈燃烧着的声音，如火如荼，连沙漠都快要被花儿点燃了。

万籁俱静，只有花开的声音。鸟不鸣，花却喧嚣。看一眼，被野性的美击打得丢盔弃甲，落荒而逃。太美的东西，让人自卑。

一场盛大的花事席卷而过。花开到荼蘼，就收了。葵花籽开始汁水饱满，一天天鼓胀起来。花谢了，葵花就勾下花盘，看着地面，熨帖而亲切。但是，还是跟着太阳转。早上朝东，中午向南，一点也不含糊。花的心里，是怎么样想的呢？

最最令我震撼的事情，并不是开花的盛事。

葵花籽饱满之后，花盘都要被割下。家家户户都割走花盘，把枝秆留下。留在地里的葵花枝秆，像一地拐杖挺立着。拐杖不绿了，慢慢变得枯黄，黑瘦。叶子在风里瑟瑟地抖，枯萎着，也被风摘走了。

一地枯瘦的骨头，寂寞，衰老，撑在一天天变冷的天气里。

前半生荣华，后半生寒碜——你以为这是真吗？

不是，那没有花盘的光杆杆，脖子朝前伸着，还是向着东方，一丝不乱。十万拐杖，脖勾都朝前伸着，向着太阳，暗含着一股强大的气势。这疏朗辽远的意境，真是惊心动魄的美。

一个初冬的清晨，我上学迟了。出了村子，突然被一种硕大的气势震撼了：大漠里浩浩荡荡的十万葵花秆，仿佛从天空了射下来的密密麻麻箭镞，令人惊诧。枝秆上落了明亮的清霜，在阳光里闪光。葵花脖子，勾着，都朝着东方，黑炯炯的，像眼神。一根都不曾乱。肃穆，庄严，苍茫。那种萧萧气势，一下子让我慌乱。我担心，它们会在某一时刻屈膝下跪，叩拜东方。

倏然泪下，因为感动。天啊，这些光杆杆们的心里是怎样的情分啊！苍茫天地，草木才是主人，我们只是过客。

光阴里一定藏着一些我们不知道的秘密，草木知道，天地知道。就算枯萎了，失去了花盘，内心的坚持还是一样的，还是纹丝不乱。万物生，万物荣。而这肃穆，这萧瑟，都是天意——只有草木自己洞悉。

深山禅林

也想，老了，就隐居到深山里去。有一间草庐，有几卷书。门前是一畦菜地，还要种半坡菊花。淡蓝的菊花是我最爱的。等花儿凋谢了，把枯萎的花朵儿都采集回来，做一个菊花枕头，枕着一袋清香闲闲翻书。桑麻小径，陌上花开。不远处，是邻居。不要多，三五家，小小的院落零散地随手丢在山野里。读书的时候，就能看见邻居家茅屋顶上炊烟缠绕。

独坐幽篁里，弹琴复长啸。深林人不知，明月来相照。多么幽深清净的意境。山野的日子，布衣素食。衣裙是麻布的，素淡，朴实。还有千层底的布鞋，脚尖绣一朵兰。读书累了，就踩着小径慢慢地散步。路边有篱笆呀，还有藏在青草丛里作揖的旱獭呀，还有菟丝花缠在枯树上呀。推一下柴扉，几声犬吠就迎过来，主人也一挑门帘走出来，脸上全是安静的光阴呀。多么好的人间时光，清寂的深处，则是繁花似锦。

下了一场雨，也去拾羊肚菌，捡枯木上的木耳。那些柔软的小东西就兜在衣襟里，歇在一株古树下听风自远方来。

野花开了一坡一野，不去打扰，就远远地看着，心里暗暗喜欢。河水是清凉的，河里必定有大青石头。洗了的衣裳，就晾在石头上。闲来看云在天上一抹一抹淡去，不必在意季节更替。山林里光影斑驳，石头台阶上的青苔，打瞌睡的长尾巴鸟儿，一枝伶仃的苏鲁梅朵，都可以感动一天的时光。

门前的坡地里，种了青葱白菜，也种几株葫芦。搭个架，藤蔓顺着架子爬上来，结了葫芦，一个一个垂吊着。先是青色，然后慢慢变黄。等黄得透彻了，摘下来，葫芦腰里缠一圈丝线，写几个字：青盐白米笕子饭，瓦罐天水菊花茶。写好了，捎给山外的朋友。留给自己的那个，系个荷包，穗子长长的。葫芦上必定是要写这一行字的：心素如简，人淡如菊。墨迹未干，悬挂在窗棂上，风一吹，叮咣，叮咣……

老了，有些事就想明白了。光阴里，错过了爱，又留下了多少怨恨？这些都不重要，因为逆了时光是回不去的。回不去，心倒是安了，静寂了。缘深缘浅，也变成一抹从容自若的悲悯。

是的，想想那时还年少，还第一次看见他。指给自己看一摞书，嘴上说，你看，一路颠簸，书皮都磨损了。目光里却是一种淡淡的笑，暗暗的，好像说自己是个傻丫头。果真傻呀，不仅错过了那一笑，还错过了后面的深情。

直到老了，走了很多弯路，磕磕绊绊，光阴磨秃了当年的棱角，打磨得只剩下一颗平淡的心，才明白当初的他也许是最适合自己的。只不过，这世上，再也没有溯去的路。相见太晚了不好，多么怅然失落。相见太早了也不好，那么年轻，哪里知道天底下还有错过两个字。因为少不更事，还以为未来的路旁篱笆上都开满花朵。只是老了才清楚，路边的荒草很多，篱笆会被挤掉，花朵会被湮灭。走了很多岔路，回头一看，大路一直在那里，通天而去。

老了，也就闲想，如若人生只如初见，该是多么清新的好。那时候若是知道惜缘，人生该是另一番明媚，会省下很多痛彻心扉。不过，也只是想想而已。至于见面，却是再也不想见了。人一老，青丝成霜，皱纹纵横，会把很多浪漫的记忆毁掉。还不如，只把过去珍藏在记忆里。

不过，见与不见，都没有关系呀，反正，也活老了嘛。红尘纷繁，哪个人不是沧海桑田？一世情缘，若不是前世注定，便是今生的一台旧戏。老了，锣鼓歇去，才显出素面朝天来。

水煮草木，一半儿是茶，一半儿是药。慢慢炖着，一世光阴就煮过去了。清茶喝过了，草药汁也喝过了。人在草木间，残茶和药渣，填充了偌大寂寥的时光。一回头，却是一辈子一晃而过。像一枝篙，轻轻一点，光阴的小舟就从汉唐撑到了暮年。

佛家说，俗人一辈子放不下的东西太多了。

实际上，到老了，很多东西都看透了，想通了，都能放下。唯有一个字还放不下，念念不相忘，伴着清瘦的时光。清早照照镜子，将一捋眼角的皱纹，心里却也淡然。人都老了，也只是心里念一念而已。红尘千履，只剩下脚印一行，白菜一行，诗歌一行。

老了，就连恨也没有。日子里最坏的那个人也变老了。人一老，也就坏不动了。你看她在路上一瘸一拐地走，挂着一根榔头把，头发灰白且凌乱，连目光都浑浊得不堪细看了。这样的人，就算是曾经的仇人，也没有心思去恨。是的啊，曾经她毁了你的生活，是一枝狼毒花。可是，她也老了，只剩下衰老凋零的残枝，又怎么能恨得起来呢？岁月是一把杀猪刀，已经把她杀得七零八落，哪里有恨的一点儿东西呢？

其实是不用恨的。恶人老了，老得潦草不堪啊。光阴是会过滤的，等人一老，就把一些隐藏在心灵深处的残渣露出来。这时候，她也来不及掩饰了，只能残喘着，走过路口。偶尔回头，还能看见浑浊的目光里最后一抹凄凉。是的，你已经原谅了她。悲悯是佛的情怀。

山下的路边，一定要搭一座茅庐，取名叫百草堂。百草两个字念一念，心里清凉。人本来就在百草间度过光阴。百草堂里，有自己采集的中草药。柴胡，连翘，银花，鹰不泊，王不留行，老鸹嘴……

哪一味清凉祛热，哪一味明目提神，自己是知晓的。山下过客，擦去一脸的汗水，可以到百草堂坐一坐。一个树墩，是风雅的凳子。半截青石头上，一壶草药茶刚刚煮沸。门帘上是自己涂鸦的墨迹，窗前挂着系铃铛的葫芦。喝一盏菊花茶，说说古刹里的老树，还要聊聊老树上的鸟巢。过客如果不急着赶路，那就细细挑几味草药，带回家配了茶叶，煮一壶百草茶。那沸腾的茶水里，是一份简单朴素的时光。

若是没人来，也好啊。太阳落在百草堂的台阶上，慢慢地，看光阴一寸一寸移动。屋檐上的茅草从容生长，树枝上的麻雀一脸慈悲。一只乌鸦喝水，黑眉糊眼。远远的，有个牧羊人在吆喝。

世上的事，变幻莫测。如果老了，还不能去深山隐居，那就住在市井好了。市井也好啊，浮华与喧嚣，河水一样流淌的人群。坐在窗前，看尽天涯过客。

如果还有力气，还有一点儿余钱，就在路边开一间面馆。臊子面，牛肉面，削面，都行。碗要大，遮住脸的那么大。汤水要醇浓，茶水要滚烫。蹬三轮车的，抱孩子的乡里女人，工地上搬砖的人，都到店里来吃面。只一碗面，就吃得饱饱的，嘴角滴着辣子油。出门的时候，微笑着道个别，慢慢走啊。

开了面馆，不为赚钱，只为还自己一个心愿。刚刚下车丢了钱包身无分文的人，坐在太阳里蓬头垢面的流浪者，跪在树荫下讨钱的老奶奶，都可以来面馆吃饭。门口支起来一张桌子，端上来热气腾腾的大碗臊子面，不必收钱，让他们从容地吃饱肚子。吃饱了饭的人，沧桑的脸上渗出一丝笑容，觉得人世间还是温暖的。每个人都有自己的故事，即便是他没有钱，但尊严依然。面馆里人来人往，若是有人愿意为门口的桌子埋单，也是好的。舍得，舍得。多一份善良，施爱于众生，得到的是心灵的宁静。换一种清朗心情，何尝不是禅意呢。

　　有人说，老了，就出家走啊！其实，皈依佛门，不需要出家的。心里住了佛，自己住哪里都一样。人活一辈子，是慢慢修炼的过程。狐狸不成精，是因为太年轻。修炼到老，就把岁月的精华都沉淀下来。跪在蒲团上修行也好，隐居在山野里采药也好，闹市里开一间面馆也好，都是寻找一种心灵的归宿。云水禅心，修篱种菊，此乃光阴的核。

古风习习

华佗，云水禅心。

撑一杆长篙，只轻轻一点，像鸟雀飞过天空的弧线一样，我泊入东汉的渡口。华佗，你在时光里煨起香炉，草药的清香丝丝缕缕，唤我上岸。东汉的河岸，石头上落满清霜。我总觉得，你在微微的笑，连蹙眉都没有，只在光阴深处飒然一笑。

情愿像个诗人一样去寻你，寻你留在草木江湖的踪迹。无端的想，医圣会有红颜知己吗？我也不知道。想来也是有的，不然，山野里花开如沸，草药清雅，这等人间好时节，又给谁去倾说？松下问童子，言师采药去。只在此山中，云深不知处。我寻觅不到你，只寻到一阙古诗，一朵一朵盛开在路边，清寂安静。

一袭青衫，瘦峭挺拔。你一定背起药篓，去了深山古寺，隐藏于红尘之中了。曹操找不见你，关羽找不见你，太尉黄琬也找不见你。你不要做官，只喜欢草药，喜欢为苍生医治百病。世人说，华佗鹤发童颜，年过百岁，早就成仙去了。这，也许是真的。

可是，我还是想找到你，叫你一声先生。千里迢迢，红尘千履，哪一行是你留下的足迹？问小桥还是问山野里的红芍药？我的双眉淡淡，山野里寻不到你，寻不到你柔和的眼波。在东汉的渡口，我顿然迷途了，先生，只为听你抚琴。你不仅仅是悬壶济世的医圣，更是雅士，连百草的枝叶都被你弹拨的有了风雅的清韵。如果还有请求，请给我《青囊经》吧。我这样淡定的请求，连惭愧都没有。

你说，此书传世，可活苍生。

先生，因为你，我恨那个懦弱的狱吏。他不敢收藏《青囊经》，悲愤之极的你把这卷绝世之书投进火炉里。也是因为你，我恨透了曹操。他是奸雄还是才子都不重要，重要的是他加害于你。实际上，你的心境早已超然尘世，生死对你，早已看得透彻了。只是，心里放不下苍生啊。你已经习惯在疾苦的民间奔走，习惯为苍生医治疾病，刮骨疗毒，习惯以医济世。

我总是自作主张地认为，曹操是嫉妒你的，嫉妒得发疯。因为你的灵气与才华世间少有，是苍天赋予的异数。瘟疫时多少人因你而活命，医治了世间多少疾病疼痛啊。佗，乃负载之意。你所载负的，是天意。你所牵挂的，是黎民百姓。

先生，功名富贵你都毫不稀罕，不愿意独独为曹操的侍医。你要为天下百姓医病，不可能专门侍奉一个权贵。你鄙视他。在你的眼里，只有病人，而无权势。先生，你淡然踏云而去，东汉末的天空里添了一缕清风。兵荒马乱，杀声连连，战争频仍，心不甘，却不低头乞求。人活一口气，骨气不可失去。而曹操失去你的时候，预示他将要失去爱子曹冲。曹冲患病，诸医无术救治而死，是老天对他的惩罚。只是，百姓苦啊。

佛家有转世之说。我宁愿相信，你还会回到尘世，继续以医济世。

你说，曼陀罗，有迷幻麻痹的作用，让人不知疼痛。茉莉花根是假死之药，一寸根可让人假死一天。于是，你在砂罐里煎熬了一味汤药，叫麻沸散。病邪郁结于体内的人，刀剑外伤溃烂不能痊愈的人，饮了一剂麻沸散，醉死一样。你剖开割除病邪，妙手回春。

只是啊，麻沸散这样的神药也失去了配方，我们只能从一鳞半爪的古籍中寻觅了往昔的踪迹了。世间最美好的东西，总是缺失。

先生，这世间沧桑薄凉，我这样迷茫地找你，是想送你一件青布衣氅。落霜了，先生，披上这件布衣。如果还有来世，请你忘却天涯。只是啊，一个小女子，在两千年后的渡口，撑篙寻你。多少敬慕，都在一舱清酒里颤荡。

先生，总是觉得，你不悲伤，清寂从容地翻阅泛黄的药典，坐在时空里轻轻一笑。你是佛。凡尘的事，早就预料到的，不过如此。只不过，悬壶济世这件事，一定要你亲手来完成。下一趟凡间，受一次疾苦，倒也值了。

地坛草木

　　一座废弃的古园，史铁生说，园子荒芜冷落得如同一片野地。

　　地坛在我心里，大概一直就是一团模糊萎谢的旧时光，坍塌的一段段高墙，散落了的玉砌雕栏，树枝子披散粗糙，荒草枯瘪，真个儿衰怜。苍天早早打发它下界，等候一个纶巾羽扇的书生。可是，史铁生迟迟才来，摇着轮椅缓慢开进古园。乍然相见，人和古园都苍然无力却又似曾相识。古园历经沧桑等了几百年，等累了，直等得牙齿疏落胡须在风里乱抖，直等得骨瘦如柴衣衫褴褛。而这个失魂落魄的文人，在满园弥漫的沉静光芒中，看见他自己的身影。那身影里，大概积攒着光阴的厚度。或者，还有一捻恍若隔世的缘。

　　每读到此，我心里总有一种偌大的况味——史铁生撅过的一杈树枝掉在地上，他在轮椅里酣然沉睡，背景是纷纷扬扬的古树。

　　可是，我在凌霄树下四处张望地坛的时候，满园子都是浓浓淡淡的绿色，全不是想象里的古园。这儿一窝苍绿，老而劲。那儿一窝古青的绿，淡而鲜，疏密相生。其中还夹杂着姹紫嫣红，活泼泼的，风摇花穗，处处都是生机勃勃的旺盛劲儿，真不适合怀念一个人。一定是我来的季节不对，应该到深秋才好，微微落点清霜有点儿萧洞意味。这盛夏时分，是大地上植物最为葳蕤的时分，清气上升，阳气荣荣，实在不适合怀古，只适合躲在树荫下饮茶闲看落花。

不过，一个大西北乡里孩子，千里迢迢跑到地坛来，一定不是为了看草木们。单单看花草，有什么看头，我就住在草原上。地坛的草木也实在苍莽，它们蚀掉了孤零零的茫然意蕴，教我寻不见史铁生的那种寂然——他的车辙，寻不见，只看见路边小虫在草叶上翻滚跌爬。他的惆怅也寻不见，花开的声音和虫鸣稀释了那种薄愁。地坛不是我心里头的地坛，委实陌生。

可是，这一园子的草木，它们是陪伴过史铁生的啊，那些树枝子不都是他看过千百遍的吗？园中小径，不都是他走了千遍万遍的吗？他会留下一些气息的，就算寻不见，但也一定存在。地坛的每一处空间里，或许会有时光的密码，只有史铁生懂得，能够一一截获破译，自由出入。

而我，不过是个匆匆过客，因着遥遥拜谒那个内心安详的书生，只是想看看长久收留他的古园，才和这一园子的植物相遇。倘若没有这些幽径繁木的陪伴，史铁生的光阴必定会苍凉很多。地坛的好，是园子里没有一道一道的高门槛，只有平坦的小径，不拒绝他的轮椅缓慢驶过。我们这些读着他文章行走的人，都应该感激古园才是。

我在园子里转悠了很久，找到一溜儿树荫遮凉。这是夏天，斋宫西边的梨花早已经开过了。很多年前的一个春日里，史铁生就在一棵梨树下，痴痴看那一簇簇细小而稠密的黄花，古园里偌大的静啊。此时，画面闯入一个小姑娘，低低自语，独自在树下拣拾梨花。红尘滚滚，天玄地黄，而那一刻，一个小小的柔弱的生命，披着一身树荫，独自拣拾落花。史铁生看到了什么？那样一个落花纷纷的短暂时刻，小姑娘有她生存的全部尊荣与生命的悠闲快乐！这是一个复古的镜头，定格在我的印象里，泛黄却又茵茵有生机。

读史铁生的文字，常常读到一种悲天悯人的情怀。他原本也是弱势的，连走路也不能，一度觉得忽然间几乎什么都找不到了。可是他的文字，劈开俗世，给柔弱的生命们留下一线活下去尊严。可能，这就是我要到地坛来的全部缘由。

十来岁的时候，我失去父亲，忽然之间成了孤儿。那个秋天，我常常在学校后面的一个杨树林子里独自哭泣，脚下是厚厚的一层落叶，风敲打着飒飒响。我觉得自己渺小得像一根草茎，抱着秋天的尾巴瑟瑟发抖。等我读到史铁生笔下地坛的时候，内心漫过大水，忍不住咳嗽了很久。

地坛的日光白刺刺的，照得浅色的小花泛着光亮。我在古园里寻到一张干净而幽致的木头长椅，像蛇一样，悄然盘踞其上。地坛的好，也还有静，空气里是微微的凉意和草木气息，头顶的树荫蓬松浓厚，天空被树叶子遮掩得密密实实。不远处洒水，水的味道若隐若现，声音却听不见，被草木吸附掉了。倒是砖缝里的小虫子，发出吱溜溜的声音，张扬随意。草叶里还有一种虫子在叫，唧嘎，唧嘎……这些弱小的生命，它们与世无争，干干净净地喜欢着夏天啊。

木头长椅前面，一大片植物，丛生蔓延，绿意莹然。它们的叶子肥大、厚实，叶脉淡淡的，却清晰透彻。初看似乎也平淡，不过是密密匝匝的叶子们堆积在一起。花还未开，只有不多几丛里，椭圆的叶子中间抽出一枝花茎，不高，刚刚窜出来，裹着些清寂之气。

枕着包，我在长椅上打个小盹儿。偶然有几滴鸟鸣，不响亮，似乎有些羞涩。这草，叶子肥厚得有些俗啊，都不怎么轻逸呢。这么迷糊想着，又莫名觉得纠结，打开手机里的植物图谱对比——我在家里，觉得百花百草都熟悉不过。一旦出了门，才发现认识的花草没有几样，真教人伤心。

玉簪！几乎要从长椅上跳起来了。这一大片叶子，原来是玉簪啊。皆因花朵未开，看不出来娇美雅致之气，反觉得有些俗。"花之极贱而可贵者，玉簪是也……"李渔闲来无事，低低这么说。

来得确实早了些，玉簪花还未开呢。玉簪花，据说非常清美，未开的花苞像一枚簪子，被袅袅绿云般的叶子映衬着，十分美好。说玉簪花洁白幽柔，清香袭人。

但凡香气浓郁的花朵，颜色都是淡淡的，不浓艳。色泽明艳的花朵，香气又淡了很多。苍天打发草木下界，拿捏得很稳妥，不欠着谁。

想来史铁生在古园里发呆的时候，那些虫儿肯定都有，唧唧咕咕叫着——他默默听着，感受着微小的生命发出的田园之音。而这片玉簪，说不定没有。它们或许是后来才种的，竭力把并不很多的闲逸之美，都拿出来铺开，呈给古园。它们对光阴并没有过分的要求，只是生长在天地之间，保持着自己柔弱的心，小心翼翼活着。也许，玉簪也听说过一位书生，常常在古园里待到满地上都亮起月光，只是没赶上陪伴一程而已。

倘若他看见一大片呼啦啦盛开的玉簪，眼里一定会浮出泪水——在纷杂庞大的光阴里，在坎坷的命运面前，他和小小的花朵多么相似，单薄，弱小，慈柔，洁白，拿出全部的尊严来面对生活。

颓废的墙，枯败的枝子，是我印象里的古园，浓得掸都掸不去。可是，人在古园，却满目皆为青绿，一时之间恍惚起来，这是史铁生发呆的古园子吗？

漫无目的地转悠。走到浓荫深处，拐过一道弯，乍然跳出来一大片细碎的小花朵，清红清红，暗绿色的叶子做底子，映衬着，教人心里头一惊。这花可是认得的，四季海棠。只是这么繁密，这么认认真真盛开，简直如火如荼，倒是头一次遇见。每逢看到花开到极致的样子，就觉得生命好得可以骄傲，那些曾经受过的苦难，四处飘零的孤苦，都应该忘记。人和草木相遇，也是一场莫大的慰藉。

一大片繁碎的小红花蔓延，像一道茜色的河流，朝前冲撞而去。海棠的茎叶低，不过一乍高，高低疏密铺排开，绵绵得很是生色。花朵挤挤挨挨，像千万只拇指大小的马驹儿，在绿叶间蹦跳着，刚刚到达这个世界似的。清风一吹，千万朵花朝着一个方向奔跑，齐刷刷地。

几根杂草踮起脚尖，摇晃着细小的草穗，掺杂在花朵里，也不碍眼——你开你的，我摇我的，你的花事是惊心动魄的一场遇合，我的草穗也是付托于风尘里的繁华人生。谁的一生不是隆重的呢。

其实四季海棠的叶子也非常可人，幽深光亮，渗透着暗暗一脉绯红，绿色并不纯净，弥漫着红和绿，一种很奇妙的色泽，忍不住想吃一口。玲珑小巧的花骨朵聚成簇，挤挤挨挨，簪花满头的那种喜悦。窸窸窣窣的叶子稍带微红，稍稍有点卷曲，意态恬然，是最耐看的。

生长在低处的花儿们，竭力探起身子眺望遥不可及的远方。远方有什么？一座不大的假山，幽静的爬廊，空阶或者苔径。那都是史铁生的轮椅到达不了的地方。路过泽坛时，他会顿住一会儿，枯坐片刻。身在低处，才能看懂世界。

他看到的最多的，是路边矮小的植物。那个弱智的小姑娘，唱歌的青年，也像这些花朵一样，卑微而美好。其实他的内心，是一个广袤的世界，他对草木尊重，对身在低处的人更尊重——每个生命都不容易。

这些低矮的花儿们是脆弱的。也许一场暴雨，也许一场大风，它们都会凋零。但是，万事万物都充满了随机性，谁又能管得了未来的事情呢？阳光正烈，树荫刚浓，四下里若明若暗，一大片小小的花朵，正正经经有尊严地绽开在天地之间。我在，我能感受到尘寰片刻的欢愉。这也足够了。

古园外面，是滚滚红尘。园子里，花草安安静静生长。史铁生一定是喜欢极了这种静与孤寂，才长久地待在树荫下。植物们久久陪伴着他，慰藉着那样的时刻，孤单的心灵。

大约每个公园里，都不可缺少矮牵牛花，地坛也是。正午的日光明晃晃的，茎匍在地上的矮牵牛样子很疲惫，花瓣稍微有点蔫，边沿卷曲起来。这是一种被粗糙的模式化了的花草，以多取胜，乱红成云，似乎天生该是拿来做装点用的。看花人，都是粗粗一瞥，一眼扫过去，千朵万朵压枝低，再也不会逐个儿去细细观赏，不过是觉得它瞎开一气罢了。

其实，这种薄薄的花朵最有人间烟火气息，寻常，平淡，无得也无失，无喜也无悲，教人心里头平静。想来清晨的矮牵牛花也是可人的，沾着露珠子的花蕾欲开未开，薄薄的花瓣看了心里顿然一软。这是一个强悍的世界，崇尚精英，很多温软弱小的事物习惯被忽视。但世界的美好，正是这些微弱的美所构成。

它的花朵并不小，也没有瘦骨伶仃的意思。一地矮牵牛，努力开花，开得痛痛快快。风一吹，花瓣彼此起伏，小小的翻滚着花波，美得搅缠不清。苔花如米小，也学牡丹开。不过是一春一秋，可矮牵牛的一辈子似乎也是荣华的，它们本本分分盛开，牡丹怎么活，它们也怎么活，很有幸福感。它们安于自己的小天地里，毫不偷懒地开花。风来，乱红一团。风走，疏落有致。世界凉薄，它拿一朵自己来温暖光阴。

史铁生说："秋天是从外面买一棵盆花回家的时候，把花搁在阔别了的家中，并且打开窗户把阳光也放进屋里，慢慢回忆慢慢整理一些发过霉的东西。"

秋天草木开始凋零，那盆花，像个季节信徒，若无其事生长。是谁说过的：一个人知道自己为什么而活，就可以忍受任何一种生活。

地坛的柏树随处可见，都有一种古风荡荡的感觉。生长了几百年的树木和生长了几年的，那可不是一个味道。柏树们古色古香，有些峥嵘的气息，甚至有肃穆的姿态。从古柏下走过，心里忍不住能体味出清高这种气象。柏树是一种清宁的树木，要幽静，要人迹罕至才好。它有一种素衣芒鞋的安详，枝子散发着淡淡清香气味。这种味道是神灵的味道，点燃柏树枝子，那种澄澈的青烟升起来，佛祖和十方神灵，都会知晓。地坛虽是清净，但对柏树来说，还是稍嫌繁杂。园子东边那片柏树林，都是睡眼惺忪的样子，很迷茫。

走近林子，柏树清香的味道逐渐自鼻子深处弥散，心里头空空的，无一物。参禅的人，倘若没有菩提树，那么柏树底下禅坐是最好的。禅坐其实是一种柔软心地的功夫，让人心里能够容纳更多弱势的、不够强大的生命。大概，史铁生亦是喜欢这种古树的，他在树下一坐，就坐到了月光满地的时候。

红尘千履，千履强悍地踏过红尘。总有一些弱小单薄的、被人忽视的生命，还在千履的缝隙里柔弱生长。他的轮椅泊在柏树下的时候，清风扑过来，那些怜悯与脆弱同时抵达，佛赐予的光芒也同时抵达。

就在柏树林里，我看到了凌霄花。是的，第一次见，我们雪域没有这个。草木的美，各有其姿。凌霄花就是把自己架在空中，悬悬的，飞旋出一种力量的美、纠结的美。它的藤枝，实在粗壮凌厉，像一根胳膊粗的麻绳，一圈一圈拧巴上去，一直攀附到大树枝梢，鹰一样，飒然抖开翅膀，横着盘绕，竟然飞渡到另一棵树木上去了。真个儿随心所欲，瞎长胡长，太过于霸气。

林子里所有的凌霄花我都细细看了，被攀附的古树，都枯了。尽管它们粗壮硕大，甚至高到半空里去了。可是，凌霄花的纠缠之间，一定有一股子力量，脚踏手抓地攀附，紧紧箍勒，之后把古木的骨髓吮吸干净了。大概，凌霄花并不打算按照隐士的方式生活，它更加愿意招摇炫耀一些。但凡藤本植物，都有野心。倘若攀附在一丛低矮的灌木上，一辈子也是矮的，不会很高。但是一旦攀附到高大的树木，藤条的生长力实在惊人，大概就算它们自己，也估算不出来能生长到什么地步。古人说它"附木而上，高达数丈，故曰凌霄"。

年轻的时候，史铁生有一张照片，他坐在轮椅上，背后是一棵老柏树，再远处就是那座古祭坛。过了十来年，他到园子里去找那棵当作背景的大树。但是那棵古柏树已经死了，而且在它身上缠绕着一条碗口粗的藤萝。

每读至此，我总是想，那条粗手粗脚的藤萝，一定像蟒蛇一样，紧紧箍住古柏树，令它昏迷过去。史铁生说的藤萝，定然是凌霄无疑了。我看见了好几棵被凌霄缠死的古柏树，不知道哪一棵是给他当过背景的。

园子里飘散着草木香馥之味。无论怎样，凌霄花真的很美。藤枝下垂，一枝十来朵，有点儿像喇叭花，稍大，但花卷儿纤细一些，花瓣稍微厚一些。颜色呢，深红里渗着微黄，看上去更加可人。凌霄花有冷艳感——冷洌里含着笑的那种，说冷也冷，说暖也暖。快要萎谢的花朵，花筒皱缩卷曲，色泽涩，竟有些闲逸的感觉——似乎萎谢也是一件超尘脱俗的事。

被凌霄缠卷在藤枝中间的古树，树干灰白粗糙，沉默着，苍莽又凄凉。天底下，没有一棵树木情愿被纠缠成这样子。但是，人有人的命运，树也有树的命运，偏生就活在了藤本植物的旁边，那可怎么办？树又没有脚，跑不掉啊，像个恐慌的人质。

我的朋友讲过一种柏。她说，这种柏树，是寺院门前才有的——同一棵树，一半枯萎，一半葳蕤。佛家说，生命轮回，有茂盛的时候，也有枯萎的时候。一棵树荣枯共生，是对生命的折射。枯了便是生，生着便是枯，没有生生世世天长地久的一种状态。万事万物，尽在变化之间。

那天，我长时间立在凌霄花树下。枯和荣，同时彰显，枯寒和荣华交错穿插，隐逸而孤寂。凌霄花茂盛得势不可挡，空气里都有拔节的声音，似乎有一种狂妄之态。而萎了的古木，淡淡枯坐，温和而有节制。心中若无幽柔，怎么能有这样的姿态。看似只道是寻常不过，其实草木的心里，应该也有度众生的禅意，只是我们不知道罢了。史铁生说："我在这园子里坐着，我听见园神告诉我，每一个有激情的演员都难免是一个人质。"而一棵树，屏息凝神接受了人质这样的命运。

既高又明亮的地方，凌霄花悬空开着，有一种微雕之美，有一种遥不可及的妩媚。它的世界是绚丽的，真的。它所抵达梦幻之境的过程中，它的宿主，一棵古木，渐渐枯萎，悠然入定——它遇见了凌霄，也成全了凌霄，因怜惜它一路攀附的不容易。心中若无大慈悲，怎能如此纵容它。世上的强大，都是柔弱成全的。

也可能，我们被美丽强大的事物所吸引，莫名追随。但是在地坛，一位书生，踽踽独行，默默看着人间过客。在纷杂庞大的光阴里，他一直保持着一颗柔软的心灵，为弱者，种下一溜儿可以遮凉的树木。芝兰生于幽林，不以无人而不芳。光阴深处，那个书生摇着轮椅，寂然独行远去。落花啼鸟之情，日暖云散之境，也跟着他一路远去。

我在地坛里茫然四顾，突然眼泪忍不住扑出来。

粗茶淡饭读雨天

年少时的那个小村庄，在腾格里沙漠边缘。我们村的人喝茶，多是粗茶。粗茶是个什么茶？就是黑砖茶呗。铺一块布，拿斧头劈开黑茶，砸碎，盛在空罐头瓶子里，熬茶时捏一块出来。沙漠干燥，黑茶要熬得浓酽一些才解渴。

我们喝茶，就是解渴。至于品味赏色那些雅致的东西，那是没有的。不过一道粗茶，讲什么禅意呢，喝饱才痛快。我爹喝茶，瘾大得很。火炉里丢一些树枝子，笼火，煮茶。铁皮茶壶老旧，都用了十来年了，摔摔打打得不甚饱满，看上去干瘪走样，也不是扁的，也不是圆的。总之，就是茶壶应该有的烟熏火燎的模样儿。

茶水滚了，水尖顶着壶盖，疏剌剌响。揭开壶盖瞅瞅，水滚成一朵淡黄色的野牡丹。不行，牡丹水还不到火候，再熬熬。拨去树枝子，留下火星子慢慢炖，急不得。爹坐在炕沿上，吧嗒吧嗒吸烟，吐出烟圈儿，漫不经心瞅着冒白气的壶嘴。白气慢慢弱下去，茶壶盖也不咔咔咔抖动了，一股清香弥漫在屋子里，粗茶熬好了。

茶碗是细瓷的，白，清，亮。茶水滗出来，汤汁浓，紫红紫红，牛血一样。我们喝茶，不用茶杯，都是茶碗。沙漠里太热了，茶碗散热快。一个地域，有一个地域的生活方式。

夏天的清晨，院子里的花姹紫嫣红，美得不像话。空气清凉凉的，可着吸上一鼻子，花香味儿都掺杂其中，似乎有些甜白的颜色。葡萄架底下，泊着木头架子车。爹坐在车辕上，地上放着茶壶和茶碗。他弓着腰勾着头卷一支旱烟。没有这支烟，也不行。他喝茶的声音很夸张，呼噜噜，呼噜噜，真正是香死了。一碗喝干，泼去碗底的残叶，再添一碗。一碗比一碗浓，爹很满意。

暑假里，我自然是要煮饭的。穷人的孩子早当家嘛。其实那时候，真不觉得穷，反而觉得很富有，啥都有。花儿有，桃树杏树都有，蔬菜有，庄稼有，茶饭有，真不觉得缺什么。

清茶喝够了，吃一牙烙饼。饼子厚，烙得两面微黄。有时候是白面饼，有时候是四合面饼。四合面就是麦子磨到第四遍第五遍的时候，混合在一起的粗面。那时候的人过日子精细，麦子要磨好几遍，直到剩下麸皮里看不见一星子白才罢休。

我们家是顿顿要吃饭的，单是清茶饼子顶一餐饭，我饿得抗不住。那时候，我的饭量真是好。

爹坐在车辕上吃完一牙饼子的时候，厨房里饭煮好了。我弟弟烧火，烧的是麦草。麦草的火厚、均匀，煮饭格外香。早饭是黄米稠饭，切一碟子白萝卜丝儿，撒点青盐芫荽。

文火，先让黄米在大铁锅里滚一会儿，米烂了，切进去一碗土豆块，接着煮。黄米和土豆都熟透了，再撒些面粉，筷子使劲儿搅，搅出来的黄米稠饭真个儿香得渗舌头。倘若再奢侈一些，就在煮好的黄米稠饭上搁一撮青葱，一撮干红辣面，泼上一铁勺热清油。炝了葱花的饭，香气就飘到村子里去了。

爹对他的黄毛丫头简直就赞美得不行，虽说这丫头脾气倔些，性子拧巴些，但是顺毛捋，干活还是相当的出色。爹说，这黄米稠饭，谁都不如梅娃子的手艺。呱嗝嗝，真正是太好吃了。

不过，除了农忙，其余时候都是爹亲自做饭，不允许我迷恋上厨房。邻居们都笑话爹傻，养个女儿还供着读书，舍不得使唤。不过，爹嘿嘿一笑，不说什么。每逢我要赖皮不去学校时，爹总是摸着我的脑袋絮叨说，丫头，光阴很长，除了做饭绣花外，可以做的事情实在有很多，千万莫误了念大学，听我一句才好。

他这么说的时候，甚至有些恳求的意思。我给他个面子，勉强去了学校。

爹常年穿件旧衬衫，衣领上有一圈一圈的汗渍，脊背上也是。他的生活说到底是一种沉渊素净的深色，所以他的衣裳都是黯然而灰扑扑的，似乎忍受过搓揉和火炙一般。沙漠里的太阳，烤得人汗流浃背。天天干活出力气的人，顾不上好多讲究。夏天也不用穿袜子，光着脚，一双布鞋。下雨的时候，他戴着破草帽，披着一块塑料布防雨，尽管清灼明亮的眼睛神采奕奕，但背影看上去，像个破笠残蓑的老翁。

两碗黄米稠饭吃完，一壶茶喝干，爹起身去收拾农具，给灰毛驴喂草。这时候，我就得再熬出一壶粗茶来，灌在热水瓶里。爹下地的时候，一手拎着农具，一手拎着热水瓶。若是地里需要的东西多，就套了驴车，拉着琐琐碎碎的一车子东西，慢慢穿过村子，到大路上去了。太阳明晃晃当天照着，连一丝风也没有。沙漠的天空是一种凝冻的深蓝，而一望无际的苍黄大地上，爹魁梧的身影也显得相当渺小。

糜子谷子种得迟一些，也不多，够自家吃就行。主要是产量低，种多了划不来。糜谷种子盛在盆子里，掺了沙土，爹低了腰，一把一把撒出去。然后灰毛驴拉着耙子，一遍一遍耙地。爹嫌耙得浅，让我坐在耙子上压。这样，耙过的沙地就深了两寸，刚刚好。

我们村的人是要吃"腰食"的，就是早上十点左右，下午四点左右。这个时候，人困马乏，停下来缓缓劲儿。几家凑在一起，坐在地埂上，先喝茶。茶水在暖壶里一捂，变得格外浓，略略有些苦味儿。各家的茶碗都不一样，有的碗沿上磕碰出大小的豁豁，青灰浅白的旧碗真是难看。也有人家直接就是蓝边的粗瓷大碗，爽快。也有珊瑚红的小茶碗，多半是新媳妇的陪嫁之物。茶食，除了素面饼子之外，还有香豆卷，胡麻卷。这种面食蒸出来像花蕾一样，味道清香，素淡可口。也有烤熟的土豆做茶食的。不过，喝茶吃烤土豆，不是很相配，吃了胃里泛酸。

"腰食"吃罢，再歇会儿，还要接着劳作。等到中午，爹饿得早已腿肚子发软了。爹力气大，干活多，人又老实，不惜力气，总是自己把自己累瘫。他清癯的面颊上沾着灰土，青筋在额角鼓起来。

我们家的茶饭要好点儿，主要依赖于我这个小吃货。我才十岁，就能擀面条。到了十二三岁，做饭的手艺顶呱呱的，村里人可没有不夸的。掐嫩苜蓿芽儿，开水烫过，拌了盐醋辣子，青绿爽口。黄芽白菜腌在坛子里，捞出来几棵，撕成细丝，炝了清油，酸而清爽。土豆水萝卜胡萝卜切成丁，拿一勺子猪油炒，做成素臊子，调了青葱和芹菜叶，闻着都清香。粗面擀厚一些，切成宽面条，捞一大碗，浇上臊子，那可真正是美味啊。

爹坐在车辕上喝完茶，把饭菜都端到庄门外的杨树下去吃。屋子里闷热得不行，院子里也烦热，庄门外稍微有点风吹一吹，有点儿云淡天青的浅致。左邻右舍都凑过来，菜碟子放在沙地上，大伙儿也坐在树荫下，聊天，吃饭，喝茶。一碗饭吃完，扯着声嗓喊，屋子里的娃娃们就又端来一碗添上。那时节的娃娃们多，也都规矩，大人先吃了，自己才能吃。

我和弟弟自然也在庄门外吃饭，人小，碗大，鼓尖的一碗。各家的饭菜都差不多，皆为素饭素菜。那时节还没有冰箱，沙漠里燥热，肉放不过半日。除了宰杀家里养的鸡儿，其余时节很少吃肉。偶尔去一趟土门镇，捎回来一斤肉，包了饺子，端一碗出去，小孩儿们都凑过来，伸出筷子，一人一个尝尝味道。那样的奢侈也不多，一年没几回。

我也是很会做揪面片、汤面条。但是爹不爱吃，他说，清汤寡水的，不压饥，还没走到地头就饿了。爹就是得吃干拌面才能饱，菜拌饭，拌了油泼辣子、陈醋，一顿两大碗才好。他有胃病，干拌面里常常要调一勺子炼熟的青白色猪油，吃了胃里舒服。清茶里放几粒花椒，暖胃。

到了雨天，不用下地干活儿，终于可得半日之闲了。沙漠的雨说来就来，乌云四合，雨水暴躁如倾盆。雨大，廊檐水啪沓沓响着，院子里汇聚起小小的湖，雨泡彼此起伏。爹生了火，熬茶，吃烟，斜倚在窗前，翻看几本破旧的书本。翻几页，忽而掩卷嘿嘿地笑。他的牙齿被烟熏得发黄，笑起来也不难看。

有时候，他也拉二胡，吹笛子。说真的，爹的二胡拉得可真是好，有一支民间小调，曲调呜咽忧伤，我听了心里总是难过得不行。他也拉热闹的，《正月里来是新春》之类的，一脸喜气。他一曲一曲沉浸其中时，眉眼都是活泛的。一碗茶，一支曲子，可抵十年的尘梦。

庄稼人的一辈子，无名利去追逐，也无优雅禅意可修炼。只是想着，拉扯大孩子们，盖一院子好房子，人生就算完满了。吃多大的苦，都值。爹的苦重，比别人更多些。但到了雨天，他也小小的闲适片刻，做自己喜欢的事情，这是断不可少的。因为有了雨天，生活才可稍微舒缓一下，他才可以静心领略茶味道、烟味道、书味道、曲子味道。此种乐趣与实益，才是他生活中的真正奢侈。他所受的苦累，似乎就是为了能换得在雨天里享受这种安定与闲情。

现在想来，爹的雨天，大概是乡村光阴漏出来的一点古风。虽然书也只几本旧书，笛子二胡也是粗疏的，屋子更是简陋，但他每每端起茶碗，都颇有古人的风雅之味。或者，唯有这些简单的东西，才是他趋甜避苦的生命之道。

雨点初落，掸起尘土，院子里浮着土腥味儿。雨点圈点在沙地上，像小小的铜钱印儿，密密匝匝铺排开了。落了雨，院子里的花朵都妖艳起来。爹极喜欢喇叭花，沿着花园墙种了很多。这种花，颜色浅而花瓣薄，清晨沾了露，楚楚可怜。不过是开一早上，太阳一照，颜色浅而古旧，几下就萎谢了。唯有雨天，花蕾鼓起来，欲开不开，努出一尖浅紫或者淡粉，薄脆婉约，像收拢起双翅的蝴蝶。爹坐在窗前，吹着笛子，透过窗户一棵一棵挨个儿看他种的花，脸上浮着笑意。雨水扑落在花蕾、叶子，那种美，真是美得掸都掸不走。

弟弟掐了一截南瓜秧子的茎秆，中通，撮着嘴吸碗里的凉茶，噗噜噜噗噜噜响。一会儿又戴上枯黄色的破草帽，披上空化肥袋子，在雨天里拎着两把向日葵叶子乱舞，装作江湖剑客的样子。几棵粗粗大大的向日葵，叶子都被他打光了，瘦骨伶仃的，可身子还顶着一个拳头大蜷缩的花盘，样子很可怜，像一只拔了毛的秃鸟。

小孩儿的雨天，无非是寂寥与拘谨的，不能到沙漠里去野，不能群魔乱舞地昏玩。只能圈在院子里，杀几片叶子取乐。也只是不耐烦等着雨停了出门，绝对没有"雨过天晴云破处，这般颜色做将来"的豪情和贪婪。

现在想来，爹大概也是寂寞的。红尘寒凉，能够慰藉他心灵的人情之暖，并不多。他的父母，有七个儿女，自然他不是最最受疼爱的那个。他的兄弟姊妹，只惦记有没有利益可沾，并不关心他的内心，而且动不动要讥讽他，说他不是真正顶用的亲戚。而他的儿女，尚且小，根本不懂他的寡言与笛音，尤其是他那一根筋的黄毛丫头，有事没事寻他顶嘴。

但是，记忆当中的爹，并无颓废悲凉之感。他似乎总是嘴角留有笑意，暖暖的，一脉天真的憨厚样子。可能，他只觉得生命的隆重，只喜欢过一种简单幽致的日子，只喜欢他的小儿女活泼泼地乱窜疯玩。想起他喝茶的样子，呼噜一大口，痛痛快快吃下——那茶味，该是有锐利的清香吧，能够斩去各种苦涩和粗糙，所向披靡。

雨天的屋檐下，鸡儿们排成一溜儿，提起一只爪子，藏在腹下。另一只爪子立在地上，脖子缩起来，眼珠子呆呆的，看着雨水发蔫。半晌，咕咕叫几声，很惆怅似的。鸡儿在沙漠里是散养的，它们长着长着，白的不是很白，花的不是很花，长成一种模糊的颜色，类似戈壁沙滩的那种黄褐。

这是生存的选择——失去原色，混入沙漠色，为了不被鹞子发现。下了雨，它们哪儿也去不成，待在家里好不悒闷。

黄狗蜷缩在门槛内，嘴巴藏在腿子下，像个圈圈，一声不吭。我进出门槛的时候，都得努力从它身上跨过去。灰毛驴在漏雨的陋棚里不停地吃青草，嚼呀嚼呀，偶然摇晃耳朵，驱走几只苍蝇。猪比较自在，在雨水里走来走去，哼哼着，粗手粗脚地散步觅食，一副贪婪的样子。小眼睛狡猾奸诈，四下里瞅着，得空便偷几嘴厨房里的鸡儿食。

雨不停地下着，院子里人和家畜都在修各自的胜业。平日子里大家都忙忙碌碌，我们要干活，鸡儿要刨食，灰毛驴要驾辕，黄狗要看家，猪要努力吃肥。无论为生为食，都缺一不可。只是下了雨，大家都闲暇片刻——只这片刻，是断不可缺的稍稍一停顿。这片刻里，可以思考，可以嗅嗅时光和雨水的味道。

我们和家禽们，在苍茫时空里遇到一起，住到一个院落里，相互慰藉过日子。我们和人遇见，有时候会被人使绊子使坏。而和家禽遇见，则绝不会。实际上，鸡儿狗儿更加懂得怜悯，每个生命都是不容易的，不能轻易伤害。也或者，是上苍的怜悯，觉得人太累，打发一些家禽来帮助人们度过苍茫红尘的种种坎坷。这种情愫，在雨天里更加彰显。

有一年我家的母鸡抱窝，孵出来十来只小鸡。但那只母鸡不知怎么的病死了，留下一窝鸡孤儿。我负责早上把鸡笼推到院子里晒一会儿，中午挪到屋檐下。但是那天中午，我忘了这事儿，跑到巷道里疯玩。等我记起鸡孤儿们飞回家，一窝小鸡都晒瘫软了，蔫蔫的，黄茸茸的倒下一片。屋檐下阴凉了一下午，又喷水，又扇风，只活过来一只。那只小鸡晒伤了一只爪子，走路一瘸一拐。爹傍晚收工回来，看着软塌塌的一窝小鸡，没有说话，皱眉，左一碗右一碗喝茶，一会儿喝光了一茶壶茶。他把一支卷好的旱烟叼在嘴上，俯身凑到火炉里一枝柴火上，伸长脖子，使劲儿吸。他不吃烟锅子，不过瘾，费火柴。

即便是心里多么不痛快，爹也不责骂他的倔脾气丫头。生个女儿，是拿来怜爱的，不是出气筒。倘若骂来骂去，又何苦生她呢。日子也不必那么万无一失，有点小疏忽算什么。我早已捏准了爹的心思，就算做了错事，也不必畏首畏尾的，最多装作又惊又痛的样子。

不过，那年我家的屋檐下，非常寂寥。下雨的时候，那只孤单的鸡孤儿，就跑到门槛内，和黄狗搭伴儿。雨一停，墙头上的麻雀叫得极为热闹，这只鸡儿就被吸引出去，跳到花园墙上，伸长脖子朝墙头上看。它大概不能确定自己的身份，以为和麻雀是同类，疑惑自己被麻雀妈妈抛弃了。鸡孤儿心存疑窦地咕咕叫着，小眼神儿委屈谨慎，那条瘸了的腿，迟疑地收起又降下。麻雀们扑棱棱飞走了，在天空里撑开，消散。鸡孤儿慢慢踱着步子回来，蜷缩在我的脚下，吸取一点点温暖。

雨点稍微一歇，我就去掐花枝。院子里汪了一摊水，零星的雨滴敲下来，水面薄薄的一圈皱痕漾开，微微一皱一皱。爹种了很多草红花，花朵初开，软黄中透着柔红，有点儿清甜微润的味道，摘了花瓣泡茶喝。但我是不管的，只要开得好的，都掐了，收成一大束，插在一个阔口罐头瓶子里。清瘦的荷包花，热烈的大丽花，幽淡的蜀葵，都连枝子掐来，花瓶移到木头桌子上，花尊荣而清凉地盛开，屋子里茵茵有生气。

葡萄架底下，缀着一串串青葡萄，才豌豆大，硬硬的，青涩地挂着。葡萄叶子密匝匝地悬空坠着，老藤盘旋，像一幅镂空的图案，一刀刀的剔出层层叠叠空绿的叶子和扑硕硕的果串。藤上也坠着繁密的露水，嘀嗒滴下——它可不是以泪示人，它是拿露珠点成一道道的虚线，打量季节的距离。

爹有时候拉二胡看着窗外的葡萄架，有时候看我，满眸的欢喜。他的脸瘦干瘦干，黄苍苍的，有一种说不出的慈和。可能他透过花草看见一些东西闪烁，也可能透过我看见一些时光流动。多数的时候，爹的神情平静而孤然，似乎没有世事纷扰。只有他的二胡声里，似乎隐隐能听出丝丝薄愁，或者是一种凄然，隐着潺潺流意。不过，骤然而来的大雨声，又会蚀掉一些幽柔，让他的寂寥变得空荡而模糊，虚虚实实地朦胧起来。

有一年，他出外打工，给人家背石头，压折了右手的小指。那时候的受苦人，伤了就自己回家医治，人家连个回家的车票都不会给。爹躺在炕上养伤，那根逃走的手指，让他疼得翻不过身，额头的汗珠子水一样淌着。他自然没钱住医院，每隔几天，有个韩大夫来给他换药，开一些消炎止痛的药片。

天晴的时候，伤疼得稍微轻一点。一旦到了雨天，伤口就疼得格外厉害，而且还牵扯出一些隐隐的旧疾，疼得浑身打战。爹还是斜倚在窗前，咬着牙忍着，一只手卷着旱烟，又叮嘱我烧茶。旱烟是新烟叶子，未老就采摘的，虽晾晒干了，但仍旧青绿，未褪尽烟叶生长的颜色，还有青草的味道。老的烟叶子颜色是金黄的，闻着有股清香。爹使劲儿吃几口烟，又端起茶碗咣当咣当大口吸茶。他喝茶的声音沉重而急速，入喉即咽，似乎是对疼痛的反击，那么急促而又无可奈何。

爹吃了药片，神色怅然，然后沉沉入睡。他的眉头皱着，纠结成一疙瘩，渗出苍凉的况味。胸腔一起一伏，偶尔呻吟几声，凄然的余韵在屋子里回转，像刀尖割破羊皮的那种锐。窗外的雨声一阵紧一阵疏，他细瘦郁悒的面容，在阴天里饱含着水分——眼泪做的水分。但他忍着，始终没有掉下一滴。看见我们，还是低眉一笑，似乎沧桑的命运，并不能够挫伤他。

有时候，阴雨连绵，他的隐痛就一次次水流般冲击身体，疼得睡不着。爹披了衣裳，在屋檐下踱着步子，高高抬起脚，绕开脚下的鸡儿狗儿。雨水疾疾打在院落里，树枝子颤动，花瓣颤动，他蹙了的眉梢也在微微颤动。大雨白刺刺泼下来，把爹撑进屋，他悄然立在门口，心头万斛愁的样子。倘若有一枚钥匙，爹一定想趁着大雨拧开那道闸，让眼泪暗暗淌一淌，正好被雨点掩饰着，谁也看不出来。或者，我们都不在家的时候，他一定在雨里痛痛快快哭过一场。他活了一辈子，美好的东西只是想想而已，至于承受的，都是彻骨的寒凉——实际上，爹的一辈子也并不很漫长，只有三十九岁而已。

疼累了，爹需要吃一点东西来抵御下一波袭来的锐疼钝疼。一坛子腌菜，酱油里腌着胡萝卜。一只手切菜，切得很潦草，粗粗切碎而已。还有炒面——先把麦粒在大铁锅里炒熟，然后掺杂一点炒熟的麻子、豌豆，混合在一起，拿到磨坊里磨成面粉，叫炒面。茶水烧开，滚滚地浇在半碗炒面里，搅拌成半干的样子。然后，铁勺里炼一点熟猪油，热热泼在半干的炒面里，一股清淡而干香的味道蹿起来，爹吸吸鼻子。那时候的庄户人家，大都吃炒面。也是清贫，也是节省，并不是有意吃吃粗粮，去寻求粮食固有的清淡滋味——谁那么矫情呢，吃饱就很好啦。

爹坐在炕沿上，吃一口炒面，吸溜喝一口热茶，一会儿再咯吱咯吱嚼着腌胡萝卜——食物是一道轧然开启的木门，能够暖和他在寒风中得瑟的身子。

爹一只手做这些一定很笨拙，很费力。我放学回来，厨房里是他吃剩下的几片深红的腌胡萝卜，炒面碗放在灶台边，茶壶还炖在火炉上噗噗响着。他还是斜倚在窗前，披着半旧的外衣，被子抵在膝盖上，一只手别别扭扭翻着半卷残书。看见我进门，蜡黄干瘦的脸上突然绽开笑容，好像女儿回来，就能够抵御一切苦闷与担忧。

有一回，我翻着那半卷残书跟他说，不知道你是怎么想的，反正我读起来，觉得袭人这个名字很惊诧，似乎有些梗，有些突兀，像黑暗中悄然隐藏着什么，或许暗示着她的命运。爹忖度了许久，慢吞吞地回答道，庄稼人，读书不过是消愁破闷，等天晴了，还有庄稼活要做，哪里有心思琢磨这个。等你念了大学，就知道世上有很多取悦心灵的东西。可你总是不肯用功，玩啊，玩啊，玩不够。

他低头，愣怔怔看着自己受伤的手，脸上涌起无限的怅惘来。那一刻，他的神情有些衰飒。窗外，大雨箭一般又骤然射了一地。那些寒凉之气，暗暗卷进屋子，咬着他的伤口。爹蹙眉，忍不住呻吟了一声，吩咐我拿过茶来。

本来是忙惯了的，日子乍然闲下来，爹有些张皇无措。待雨稍微收一收时，他用一只手，从炕洞里撤出来几铁锨火籽儿，扒开一个小窝，把一碗青豌豆倒进去，埋好。豌豆在火籽儿里骤然爆开，一粒一粒乱跳，发出噗噗的声音。一小团一小团的灰尘，扬起又落下。

爹半蹲着，拿火棍扒拉着，一会儿，把爆好的豌豆和炕灰慢慢地摊开，晾凉，然后撮进簸箕里，筛去灰土。爆熟的豌豆在筛子里乱跳，五谷的清香味弥散，爹脸上微微笑着，有些原谅雨天的意思。

我的书包里多了一包熟豌豆，叨空儿咯嘣咯嘣嚼。面阔口方的数学老师大怒，喝道，刘花花呀，你再嚼豆子，给我滚到操场里跑步去。我脸皮厚，自然是不滚的，只是闭上嘴暗暗嚼，硬是不发出声音来。

爹养伤那段日子，偶尔也炒一些面豆子。鸡蛋白糖加在面粉里，揉好，切成大豆般大小的粒，撒一点清油，在大铁锅里炒熟，给我们当零食。把土豆煮熟，捣成泥，加了调料葱花，搓丸，炸成素丸子。他真的很神奇，只用一只手，什么都能做出来，只是稍微粗糙一些。

那时候，也还小，只知道爹的劳碌，并不关心爹的人生。其实他的人生对我们多么重要——直到我们成了孤儿之后才恍然醒悟。不过，事事都迟了。小时的欢喜和长大后的喟叹，都被时光滤得只剩下孤寂和沉稳。

可是呢，谁的光阴不是生悔的呢？生命原本过于美好，无论遇到怎样的人生，都觉得还是有憾。到了现在这个年纪，倒也事事想开了。和日子妥协，和往事妥协。爹给我们的，也是一场花开前的雨。至于怎么才能开得豪奢惊艳，那得靠自己。

那年的雨似乎格外稠，天空总是铅灰，沙漠里的草木都排山倒海地生长，新绿老绿挤在一起，攒成"寒山一带伤心碧"的深而苍茫。野骆驼成群赶来，水蓬草、红柳、沙芦苇，挑拣着大吃一番。我家一个亲戚住在沙漠深处，他来串门时，顺手逮了一匹野骆驼，给爹说，你手疼，那块茬子地我帮你犁地，撒点荞麦，秋天还可多收点吃粮。

野骆驼眼神清澈，楚楚可怜。不过它很生气，不停地吼叫着，扭头甩脖子，刨蹄子，不肯吃苜蓿草。亲戚很有些手腕，居然给野骆驼套了辕，牵到茬子地里。它过分的恼恨，不肯踏犁口，胡乱拉着犁铧，一拐一扭地犁地。亲戚连滚带爬使唤野骆驼，笨拙之极。爹立在地埂上，忍不住哈哈大笑——那是他受伤后最快乐的一次。

野骆驼犁出来的地粗疏不堪，但种荞麦也不甚讲究精耕细作。爹给野骆驼饮完水，解开笼头放了它。野骆驼像一支箭一样射进沙漠深处，爹长久地看着远处，风扑打着衣襟。那些黑色的籽粒，轻柔地覆盖在苍黄的沙土里，能够击退他内心的某些伤痛。

只是那一块荞麦地，足以安慰他欢喜一个季节。雨从大漠深处的草木间穿过，一波一波斜斜赶来，像一声硕大的叮咛，轻柔降落。雨中的胡杨叶子晚绿含黄，沙枣树销金点脆，草红花娇滴滴的浓红，向日葵开了半牙，花瓣是一种沉稳的黄釉色，纯净而炫耀。爹拾起枯木枝子，丢在火炉里，看着旧红的火苗扑跃。他的茶壶烟熏火燎的，架在柴火上，噗噗响着。薄薄的烟带着草木清香味儿，乱窜出来，缭绕在屋子里。茶壶口白色的热气喷出来，茶香也跟着散布出来。爹斜着肩膀，拿起一只粗陶的茶碗，准备喝茶……

现在的雨天，似乎比那时候短促一些，雨点也更加粗疏。每逢下雨，屋子里光线阴暗，窗外淅淅沥沥的雨点，雪域高原的树枝子颜色渐深，脱去青灰的黯淡，稍稍有点迷人的情致。这时候，就想起爹，无端觉得，他还在那个遥远的沙漠边的小村庄里，喝茶，吃烟，拉二胡。屋子里，花草挤在罐头瓶子里兀自开放，清香浮动，茵茵有生气。

花间小坐

实际上，每一个人都是无比孤独的。之前，我并不很懂。

自去年冬天生过一场病之后，叔祖母的脸色渐渐黄瘦下来，走路也慢了很多。不过，她一辈子都是个优雅缓慢的人，大家也都没往心里去。除夕的时候，依然在厨房里炒菜，把臊子面一碗一碗端上桌。因着爷爷奶奶去世得早，所以这些年全凭叔祖父和叔祖母宠爱着我。

到了正月初八，她坚持不住病倒了，到市医院医治。病房里虽说只有三个病人，但陪员多，还有索索不断的探望者，狭促的空间里挤满了人。凉州人天生大嗓门，聊起天，吵架一样剧烈狂躁。叔祖母伏在病床上，一动不动，我想她可能被噪音吵晕了。她已不能够舒展地睡下——蜷缩成软软的一团，伏在被子上。

聊天的并不理睬病人，兀自深聊，骨头脑髓都聊出来了，还在唧唧呱呱聊。叔祖母皱眉，间或呻吟一声，低声给我说，吵死了，这些人。她的脸色蜡黄，浮着一层锈色。疼痛袭来时，汗珠子在额角渗出来。日光从窗口照进来，移到枕头上。她动了一下身子，大概是想挪到那团白白的日光里好好晒一晒。但力气没有了，只是苍然地盯着看了一眼。我把她抱到床头，照着太阳。她的眼瞳在病房里散淡地转了一圈，竭力看清那些陌生的面孔。那些吵闹的人嘴巴一张一合，似乎在她的梦中游弋。

晚间，病房里安静下来，她的精神似乎好点儿了。我在一个苹果上掘了个洞，拿小勺子刮出汁液，喂她吃。吃了一半，她悄然睡着了，头靠在我的臂弯里。一会儿，像个孩子似的说梦话，喊着妈妈，声音有些撒娇。这样的梦境大概是重复过很多次的，再后来的日子里，屡次这样。

第二天下午，叔祖母的状态又好了点儿，想出去到大厅里透透气。她走路已经没有骨气之态了，很软，脚底下似乎都是硌脚的石子，需要小心翼翼绕开。虽如此，但依旧挺直脊梁，没有可怜地佝偻着腰。她依在我的肩上慢慢地走着，又问我，找个有窗口的地方可好？我们晒会儿。我点点头，拂去她额角垂下来的发丝。叔祖母七十多岁了，头发也早就花白了，可光泽度还好，没有枯萎的样子。她慢慢挪着脚步，藏在身体里疾病，像一只透明的爪子，一下一下扑打着。每扑打一下，她的身子都要微微战栗。很疼吗？我问。叔祖母长长吐了一口气，呃，疼死了。

叔祖母扶了窗台站着，日光舒舒服服地扑落在她身上。除了神态有些倦怠之外，似乎还是以前的样子。她尽力忍耐着病痛，不肯轻易流露出苦楚来。窗外是一片青灰的屋顶，一棵树都没有。叔祖母一动不动晒着，那一刻，她确定自己存在于天地之间的阳光里，还呼吸着红尘之气。许久，她侧过脸说，总是做噩梦，梦见黑沉沉的不见天光的地方，阴冷阴冷，我害怕！

我搂紧她的肩膀，安慰说，是因为疾病的缘故吧。等病好了就不会有那样的梦了。现在这样的脆弱，都是被病拿住了。叔祖母一下高兴了，点头说，生了病，真是没有法子。这样，你爷还责备，说我不肯吃饭。其实真吃不下啊。

叔祖母自从生病之后，总要时不时地稍微埋怨一下叔祖父。她抱怨的声音里，有万般的牵挂，万般的不舍，甚至有撒娇的意味。老辈人的爱情，表达方式非常含蓄婉转，散发着古典的情味。可能，她意识到病情的严重了，只是心理上无法接受，自己哄着自己罢了。

叔祖母不想回病房去，只想柔和地晒一会儿。我怕窗口有风，返身取一件外衣，在走廊遇见了叔祖父。他找不到我们，正焦急呢，迎面就问，你奶奶呢？都到哪儿去了？

我回头指给他看。叔祖母穿了红底黑花的薄棉袄，静悄悄伏在窗台上，眼神凝视着窗外的楼顶，一注日光笼罩着她。似乎支撑她身体的，就是那注亮哗哗的日光，每一缕光芒时时都在舔舐着她身体里的疾病。她的神态沉静安然，孩童一样，纯净地注视着这个世界。我和叔祖父心里头都明白，对于叔祖母的一生，她可能匍匐着，快到了红尘尽头了。医生虽然没说什么，但明显能感觉到一种气氛。我和叔祖父对视了瞬间，赶紧又躲开。我们害怕看见彼此眼睛里的泪水。

叔祖父是祖父最小的弟弟。自我记事起，家里大事小事，祖父都依赖着他的弟弟。每逢遇见事情，祖父立刻从炕沿上跳下来，高声喊着让人给他牵毛驴，他要骑着毛驴走三十里山路去见他的弟弟，商量对策。祖父坐在叔祖父家的炕上，一锅子一锅子地吸着烟锅子，喝茶，慢悠悠说他的事情。叔祖父坐在椅子上，身子朝着炕沿侧着，凝然倾听，不错过一个细节。这时候，叔祖母的饭菜熟了，一碗一碗端上来。她的茶饭好，尤其是臊子面，飘着油泼辣子，撒着葱花，可口极了。

我读到高二的时候，秋天，父亲遇车祸去世。他昏迷了两天，什么话都没留下就走了。他实在穷极了，身上一点钱也没有。那时候，母亲早已经离开我们寻找她的幸福去了。祖父和父亲一样穷，寒天遇清霜，他清眼泪水一般地淌着，呼天抢地地哭。

一边是年迈的兄长，一边是不谙世事的两个孤儿，担子驮到了叔祖父肩上。叔祖父家境好，做事也相当有魄力。他招呼他的外甥——我姑奶奶的儿子，俩人张罗着给父亲办了后事。那段日子我住在叔祖父家里，叔祖母陪我掉眼泪，给我做饭，天天好言安慰，悄悄塞零花钱给我。

这些年我搬到县城之后，一有闲暇就到叔祖母家里去。

叔祖母依然做饭给我吃，陪我坐在阳台边晒太阳，聊天。每次我出门，一直送我到小区大门口才肯回去。几天不见，急着给我打电话，她一直担心我的身体，牵念不已。

人世间，即使多么平凡柔弱的人，都有自己最喜欢的事情。叔祖母喜欢种花。她脾气温和，单薄的身体也不具有竞争力，向来与世无争，勤勤恳恳操持家务。早年间院子里种了一院子的花草，姹紫嫣红。忙碌的间隙里，熬了老茶，挪一把凳子在花荫下，细细看花，喝茶。很多次我从大门外进来，看见花间小坐的叔祖母，一脸安静满足，像个高贵的公主。

我的印象里最深的总是这个场景。广袤的天空下，一个小小的院子，花朵满枝。花间独坐的叔祖母，笑意盈盈。那一刻，她多么欢喜，多么感激光阴的美好。

这天夜里，叔祖母疼痛得睡不着，断断续续呻吟着。左边邻病床的老人正一心一意打呼噜，那声音和火车过隧道的那种空旷相同。右边病床的女人觉察到了叔祖母呻吟加重了，她停住收拾一包衣裳的手对我说，今晚你不要睡，你奶奶的病可真不轻了——紧急情况，你按那个红色的按钮。还不至于呢，我说，她年年都要住院的，过一段时间就好了。我这么说着，找出一片止疼药片，倒水，喂叔祖母吃下。她还是蜷缩着身子，时时地呻吟，汗水从发际渗出来，又痛又累，那样的孤独无助。

过了些天，叔祖母看上去竟然有了好转的气色。已经住院半月了，医生下了医嘱，要求出院。病房里天天都吵得像唱戏，叔祖母也实在受不了，想回家静养。回家的路上，她说，脑子都要炸开了，那么嘈杂的地方。

过了些天，我熬了牛骨头汤，坐了公交车晃晃荡荡拎到叔祖母家。进门问她，能喝点儿吗？她点点头。可是勉强喝了几口，喉咙里咕噜噜响着，几乎要吐出来。她扶着墙走到卫生间，呃，呃地干呕着，吐不出来，又压不下去，喉咙里发出含混的声音。叔祖母的眼泪都要出来了，虽然这样的憋屈，可也没有办法，生病这件事由不得自家。叔祖父倒了杯白开水端进去让她漱口，嘴里说，那么，就不要喝骨头汤好了。我去煮一碗小米粥来，加点牛奶，清清淡淡喝半碗，怎么样？叔祖母黯然垂下头，没有说行，也没有说不行，只是大口喘气，像一架刚刚停住的机器，轰鸣声尚未褪去。

我们扶她坐到沙发上，谁也没有再说话。一会儿，叔祖母侧身躺下，悄然睡着了，还是时时呻吟着，蜡黄的脸上汗津津的。叔祖父抱着薄薄的毛毯，拉开，轻手轻脚盖在叔祖母瘦弱的身体上。她动了动，张开眼睛看看，又疲倦地闭上了。眸子里的光芒似乎不浓烈了，有些散淡，有些苦闷，像是夕阳里最后的那抹光影，多么羸弱的样子。

叔祖母的病情时好时坏，总的来说还能自己走路去卫生间。只是不能好好吃饭了，一顿也就喝半碗菜粥，气色愈加差，连说话都不想张嘴了。

又一次病倒时，先是住进了县医院，然而治疗了一段时间，毫无疗效，叔祖父联系了省城的医院。那天早上，她突然高兴了，喝了大半碗粥，并一再要求把戒指戴上。早些时候因为水肿，大夫不让她戴戒指。

省城治疗了半月多，病情还是老样子。大夫说，回家静养吧，小脑萎缩，脑梗，肺心病，彻底恢复是没有可能了。这样的状态下，叔祖父给远在外地打工的儿子打电话，叫他回来准备他母亲的后事。亲戚们都一大帮一大帮来探望，都询问，病情到底怎样？能不能挨过今年？叔祖父说，我也不能判断准确，病情反复，医生说好是不能彻底好了，只能等着恢复。可是恢复期间，最坏的情况随时可能出现。

叔祖母看见来来往往的亲戚，露出眷恋的神色，大致还能辨认清楚，偶有混淆的情况，把婶婶和姑姑的名字弄混。我每次都故意骗她，笑着说，我是荣荣吗？叔祖母扑哧一笑，不是，你荣妹妹还在上班呢。她欢喜四个孙女，我排行老大。可她最牵心的是我。有时候神志清楚些的时候，就说，你的妹妹们，都有工作，都有爹妈，日子过得好。只有你，没个人疼，还要拉扯孩子，怎么叫人放心呢。

有时候她疼痛得厉害了，嗓子都呻吟哑了，异常凄苦地问我，这次的病，怕是好不过来了吧？我安慰说，不可能的呢，您的病，还不是年年都这么折腾一阵子，过了一阵又好了呀？您想想，去年不也住院了吗？等病好了，您就听爷的话，天天去街上转转，不要总窝在家里……

我这么说着，叔祖母听了又高兴起来，似乎对生命多了一些信心。又有亲戚来，附和说，脸色还很好呀，也没见怎样的瘦，躲过这个劫就好啦——指定是腊月里犯了什么冲煞，看样子也不要紧的。叔祖母挺赞同这个说法。等亲戚走了，悄悄对我说，腊月里，楼上的王奶奶来了，被她老伴儿狠狠打了一顿，没个地方诉冤屈，跑来给我说，又哭又喊的大半天呢。是不是犯了哭声冲煞？

我慎重地点点头，并且说，以后，若是再有人来家里啼哭，一定不能任凭她哭闹。这个是个忌讳，哭声妨主，万万不能大意。叔祖母想了想，许久又自言自语，她都伤心成那样了，不让她哭一哭，也说不过去呀。再说，你爷不许这么猜忌邻居，你可再不能说。

叔祖母家里安静惯了，因为她的病，亲戚们来来往往络绎不绝。连多年不大走动的亲戚们听见消息都赶来探望，日子里渐渐就忙乱起来，门也不用锁，一直开着。你来了，他去了，茶几上的杯子热茶凉茶交替着。

可是我却又因着好多烦琐事忙起来，不能天天去服侍，隔了两三天匆匆去看望一回。手里忙着，心里终究是惆怅的。叔祖母健在，家里火炎炎的，我有个温暖的娘家，有知冷知热的亲人。倘若叔祖母走了，叔祖父也八十岁了，生活上没有人料理，而我们都是指望不上的。大家都在为生计奔忙，哪里有人闲下来专门照顾老人呢。

晚间我过去，扶她坐起来，给她捶背。叔祖母十分惋惜地说，今年这病，拖累了不少人，心里过意不去呀。近处的还好，远处的亲戚，一路车马劳累来一趟不容易呀。我漫不经心回答说，都是亲戚，应该的。叔祖母摇摇头说，世上的事，哪怕再微不足道，也不是理所当然的。总要记着人家的好。

叔祖父进门，笑着对她说，大孙女一来，你的病就好多了，高兴的吧？叔祖母也笑笑，非常满意的样子。又跟我说，也歇会儿吧，一天都在忙乎。病好了，我给你做饭，你过来这边吃。

过了一段时间，叔祖母的病愈加严重，走不了路，连大小便也不能自理了。她对自己的病极为苦恼，可又有什么办法呢。吃饭也根本咽不下去多少。

亲戚们来得更加频繁，连正在庄稼地里忙乎的人，都丢下活计跑来探望。大家都清楚叔祖母的病情了，来人都趴在床沿上高声问她，还认得我么？叔祖母强忍着疼痛回答，有的认得，有的混淆不清。我觉得太吵了，病人应该静养。可是，叔祖父说，真是没有办法，大家远远跑来，不让见一面怎么能行呢。再说，你奶奶这病，总是好不起来了，该见的亲戚，都让见见。

有一天，叔祖母突然呕吐起来，黄褐的汁液喷溅在地上，连盆子都来不及拿。我们抱起她换了床单，换了衣裳，谁都没有说话。一种不祥的东西弥漫在屋子里，空气里是叔祖母颤巍巍的呻吟声，似乎随时都会中断。

打那天起，叔祖母常常说胡话了。刚刚喂完饭问她，吃了吗？她说，没有哩，我才从地里拔草回来，哪里顾得上做饭，还要给牛添草呢。可是无论多么糊涂，吃完饭也一定颤抖着手找纸巾，慢慢擦嘴，擦去胸前的米粒。优雅干净不曾改变。有时候人睡熟了，却清楚地说胡话：菜洗好了，肉在冰箱里，暖壶里有热水。你们自己做饭吃啊，吃好。

叔祖母一辈子都在照顾人，厨房简直就是她的万里江山。即便病成这样，还是担心亲戚们来了吃不好。她说胡话快两个月，但从没有一句是抱怨别人的。只是偶尔撒娇式的说两句叔祖父。她混沌迷糊的意识里，依然牵挂着这个，扯心着那个，心里并无一丝怨念。她的一辈子，外表就是内心，何曾有过虚假。我们这些孙女们，实在做不到这样宽容优雅。

她白天黑夜也分不清了，神色孤苦。有时候坐起来，呆呆看着窗口的阳光问我，现在，是早晨吗？我说，下午呀，你听，学生们都放学啦。她长长哦了一声。又说，你爷刚才骂了我一顿呢。我笑着说，哪儿的话，这些天他都熬得厉害，眼睛红肿的，这会儿出去给你请大夫去啦。可是叔祖母固执地说，他就是骂了我一顿。纠缠了许久，我猛然明白，她可能心里清楚自己的病情，好是好不过来了，这么说，不过是对叔祖父的无限眷恋。即将辞世的阴影在她心里积攒着，只是嘴里不肯说罢了。

更多的时候，她昏昏沉沉迷糊着，嘴里念叨着。从前的日子，像一篇极长的散文，被她慢慢说胡话似的念出来：雨下大了，赶紧把麦捆子摞起来……我擀面哩，吃长面条还是碎面条？庄门外看看，哪个亲戚来了，我烧茶……你玮妹妹生了双胞胎，喂奶粉，牛奶也贴一点……起雾了，你们慢慢吃，我去把牛拉回来……妈妈哩？我刚才明明看见她了，哥哥也来了……

尽管搬进城里也二十多年了，但叔祖母的潜意识里，或者在她的梦里，总是从前在乡下的生活。她的生活，变成一种影像，梦幻和现实重叠，过去和现今也交错不清。她说胡话的时候，声音清晰，似乎就在现场。一种看不见的阴影，投射在她身上，使得她记忆恍惚不清。

渐渐地，好多人她都不认识了。疾病攫走了她的记忆。不过，一直能认得我，看见我就叮嘱说，你去忙吧，不要天天熬在这儿，你还得赚钱养家，还得给飏儿寄钱供学。别人都有个依靠的肩头，你只能靠自己呀。

我姑姑从山里来，守了她一晚上。早上她问，你是谁呀？啥时间进来的？姑姑笑得眼泪都下来了，说，我是玉英呐，昨晚我一直给您搓脚呀，这么快就忘了。她哦了一声，还是不记得的样子。一会儿又悄悄指着姑姑问我，那个人是谁呀？我咋没见过。说完，不等回答又倦怠地躺下，微弱地呻吟着。她总是做噩梦，一次次接近那个黑沉沉的地方，又一次次竭力返回。她在一个混沌迷茫的世界里孤军作战，谁也帮上忙。

过端午节的前两天，叔祖母的病情已经很严重了。眼睛不睁开，话也说不出来，一天到晚都在呻吟。亲戚们来了一屋子，悄悄地商量她的后事。到了五月初六的夜里，叔祖母辞世了。叔祖父哀叹一声说，我以为她要留下一句话的，可是她啥也没说。

大雨而至，天气变凉。落在屋檐上的雨水，落在草叶上的雨水，落在红尘里的雨水。叔祖母孤独走到世界的边缘，滑了一下消失了。风吹掉窗子玻璃上的水珠，叔祖母掸掉衣襟上的尘土，须臾之间，便是整整一生。一个人，独孤地来到这个世界，又孤单地离去。

酒杯里的影子

那天晚上，纷繁而似乎有些荒诞。迷离朦胧的灯光，白酒，红酒，果汁，跳舞的女孩，诗朗诵，醉酒的人唱歌——总之是一个盛大宴会。参加者，不得不说，都是地方的名流或者商务精英，除了我。呃，怎么说呢，尽管我觉得自己像是混进来的一样，但事实也并非如此。的确，我是人家正经请来的，秩序册上，我的名字后面跟着两个字：作家。

我的粉红色大衣挂在衣帽架上，褐色的围巾也挂着。有人执意要请我跳舞，近乎乞求。若是古代，你可是倾城的才女啊，他含着白酒红酒的气息说，我就是喜欢你的文章，我们全家都喜欢得不行。旁边有人帮腔，人家可是你的忠实粉丝啊，想见你想得要命，这点面子都不给？

其实我并不懂音乐，跳舞的样子像一根木头转动。这个我知道。几乎是被人家拽着一样，挪动脚步。我穿了长裙，拖到地面，走路簌簌响着的那种，因此时时担心裙角被踩着而心不在焉。但就在这个时候，很奇怪，我隐隐约约觉得在很远处，某个角落里，有人正在盯着我看，眼神阴霾，甚至狠辣。简直像云里的日头，山洞里的风——阴而烈。

霓虹灯旋转着，缤纷的光晕四下里飞溅，音乐劲爆起来，晃动的手臂，色彩斑斓的脸颊，群魔乱舞的样子。那束窥视的目光钻过人群，追光灯一样紧紧跟着我游荡。脚乱踏着，踩在地毯的感觉像踩在云朵。奇怪？踩在云朵是什么感觉？说不清，应该就是这种软塌塌疲乏的感觉。不得不说，舞伴是一个美男子，他优雅地带着我旋转，热烈地谈论我的某一篇散文。见到你，他说，真是激动得发疯哩。但是我耳朵里全然听不进去，连附和的兴趣也没有。我真真切切捕捉到一种讯号，一双秃鹫一样的眼神，躲在阴暗处，一遍遍扫射过来，稍纵即逝。在哪里呢？我慢腾腾地转圈，四下里扑寻。周围都是兴高采烈的人群，似乎那来自阴暗处的可怕的目光被遮蔽了。

我终于坐在窗前的一个位置，歇息片刻。桌上有人不停地敬酒，弥散着白酒红酒若即若离的味道。葡萄，苹果，香蕉，西瓜，各种水果都细细地切好了，插了一支牙签，不断端过来。甜点瓜子干果也有条不紊传递到圆桌上，不断有人走过来添加茶水饮料，连口香糖也送到手边，殷勤地问你还需要什么。

一曲一曲的音乐，灯光倏然暗下去，跳舞的人群像森林一样，黑压压的，集体扭动着肢体，人和影子重叠又逃开。然而，在彩色幽暗的灯光下，我蓦然又感受到了一束带刺的目光，那是一种怎样目光呢？幽怨，嫉妒，愤恨，不甘，浑浊，总之是一种复杂得不可名状的目光，死死盯住我。

但是我迅速扫视了大厅一圈，依然没有找到目光发射处。大厅里喧嚣的人群，陶醉的人群，似乎并没有人窥视过我。饮下一杯红酒，调整好呼吸，我装作漫不经心的样子翻看来宾秩序册。遗憾的是，没有一个可疑的人在里面。我说了，来宾都是本地的名流、商务精英，名字后面都跟着一个高贵的身份，与我毫无瓜葛。

当然，我是一个有仇人的人，虽说不上深仇大恨，但和人各种过节是有的。你可以想想，我是个孤儿，在成长的路上，路两边会有多少只伸出来使绊子的脚。这个世界总体上并不仁慈，各种心怀恶念的人，更加倾向伤害弱者。他们谄媚地跪在强者的脚下，狗一样顺从，反过来却要把弱者踩一脚。而我，喜欢拎着一把斧头走路，把伸过来使绊子的脚，企图踩我的脚，都不客气地大砍一顿。被砍痛的坏人，不可避免成了我的仇人。

总之，我也不太在意，自然也无所畏惧。至于仇人散布的那些流言蜚语，本身也伤不到我。要知道，一个孤儿的内心，必须要强大到粗犷的地步、刀剑不入的地步，才能抵御光阴里的各种明枪暗箭。你不是孤儿，永远也无法体味其中的况味。人生的各种宽恕，都是建立在慈悲的基础上的。不然，一辈子的仇人累计那是够多的。虽说这几年陆陆续续死了好几个仇人，但怎么也还剩下几个的。不过呢，仇人多一个少一个也没有关系。想来这束刺眼的目光，应该来自于其中一个。那又能怎么样呢？我梗了梗脖子，挑了一颗樱桃吃下。

灯光又暗下去一截，迷离的时空里，歌舞继续沸腾，歌飞飞舞飞飞酒也飞飞。蓦然想起我的大衣，挂在大厅的角落里。那里有一束黑暗的不吉利的目光，黏稠，嫉恨，一遍遍蠕动。大衣的衣袋里，似乎也没什么东西，一张电费单，一点零钞，几张名片。大概就这些。很显然，这些东西都被翻动过，鼓鼓囊囊挤成一团，地毯上掉下半角纸片。那个彷徨无措的仇人，贪婪的翻了一遍，却没发现什么有报复价值的东西，又怕被人看成小偷，匆忙间走掉。轻轻碾平大衣角的皱纹，拉起围巾，我佯装离开。

这是一个花园式的度假酒店，整个院子上空是封闭的，院子里种满了草木，堆满了假山，处处都是喷泉。弯弯曲曲的小径，通向大门外，也通向花木深处，颇有些深山流水的意味。我沿着小径在院子里转悠了一圈，踱到大厅对面的一个假山旁边。几棵粗笨的来自南方的树木，撑起一片小小的空间，没有灯光，只有幽静的树荫。树下几张藤椅，一个石头桌子，四下里鸦雀无声。唯有大厅里，依旧灯火辉煌。

有一支烟，其实可以吸几口的，我这么想着，坐在藤椅上，不声不响地注视着大厅。没多久，一个熟悉的人影出现了，果然。她不年轻了，身形矮小，腰里贴着厚厚的一层脂肪鼓起来，像套着一个游泳圈。她穿着酒店保洁人员的蓝短衫，从走廊的一端走过去，停在大厅的玻璃门边，探头朝着窗子那边窥视，然后转动脑袋，又去看大厅角落里衣帽架那边。最后，她回头，朝着院子里打量，有些怪怪的神态，层层嫉妒却又掺杂凄惶。

这张脸我实在太熟悉了。圆而胖，脸颊上一攒一攒细微的雀斑。眼睛小，眼窝有些陷下去的样子，额头稍微有些凸，几道皱纹不明显，朝着额角延伸过去。薄薄的嘴唇，宽下巴，粗短的脖子。她的眼神看到有钱的人，总是畏畏缩缩，格外谄媚。一旦看见她男人，立刻拉下脸，瞬间漠然威严起来。那时候，我们都叫她王嫂。

应该是快二十年前的事情了。那时候，我还住在镇子上，在酒厂里打工。一开始，在一个狭长的池子里洗空酒瓶，这个时候，遇见了王嫂。池子高，她矮，手脚又缓，洗瓶子非常慢。别人一天可以洗完七八筐瓶子，她不能。每月领薪水，她自然比别人都少。王嫂满腹牢骚，天天在哪里比猪骂狗，一脸愤懑的样子。

后来，我们几个人去了包装组，薪水又高出许多，王嫂几乎要崩溃了。在她眼里，即便是多出十块钱，也是一笔巨款。她慢条斯理地洗瓶子，捣闲话，不断舔着嘴唇，把每个姑娘都骂成狐狸精。不过，她家里也挺困难，穿得破衣烂衫，看上去蛮可怜的，并没有人去刻意计较什么。

这样不咸不淡的日子里，跟她结怨，倒也不至于。事情是有一天突然发生的。那时候，我早已经离开酒厂，在镇子上开了家日用品批发店。不得不说，我的生意非常好，请了两个小姑娘还都忙不过来。王嫂依恃着我们一起打过工的关系，常常来赊欠一些物品。赊欠的多了，却迟迟还不上钱。某一天，大概是我店里一个小姑娘在街上拦住王嫂，提起欠债的事情，王嫂立刻恼了，觉得伤了她的脸面。当然，就算这样，也不会成为仇人。那时候我的欠账收不回来的非常多，烂掉就烂掉了，没什么要紧。

大概无处使气的王嫂回家训斥了她男人一顿。一天夜里，那个男人喝醉酒，伙同我家一个远亲，几乎踹翻我家的店门，砸掉一块玻璃。为此，我们打了一场官司，关系彻底破裂。我家的那个亲戚，自然不肯赔钱，他是被撺掇的，年龄也小。王嫂的男人没钱还账，就拉来几箱子白酒抵账，自然也得修好我家的店门和窗子。至此，我成了王嫂一家的仇人。一旦哪儿遇见了，王嫂立刻梗着粗短的脖子，憋紫了脸皮，扭着头呸呸朝着空气吐口水。这个愚蠢的女人，最喜欢这套把戏。除此外，她也想不出别的报复的办法。

那时候，我相信，轻易不要去原谅一个粗陋卑劣的人。有句话说，黑羊毛怎么洗也洗不白。她那样一意孤行的人，不属于我容纳的范畴。

其后，我便搬到了小城。这两年大概她家也搬过来了，不然她怎么会出现在酒店打杂呢。我对着走廊看了一会儿，蓦地觉得这个身形很短的女人神情里面掺杂着什么，她那山猫一样的眼睛里，有某种砭人肌肤的冷雨一样的东西。当然，若是说她有多么坏倒也还不至于，顶多也就是嫉妒的火焰烧一烧，把她自己烧焦一些罢了。应该是有一种东西缓慢的戳进她的身心，戳得她透不过气来，几乎要分离崩析了。是什么东西戳扎她的身心呢？

这时候，另外一个戴着围裙的女人走过来，推着推车。她停在大厅门边，和王嫂嘀咕了几句什么，两人小心翼翼推开门。门里面，姑娘们把撤下的果盘，清理下来的瓜子皮烟蒂之类的，统统扔在推车上。很快，两人推着车离开，走到第三个窗口的时候，短的那个身影明显慢了一下脚步，下意识朝着灯火通明的大厅里探了一下脑袋，然后一起消失在走廊尽头。走廊第三个窗口，放着一盆很大的鸭掌木，枝繁叶茂。倘若有人躲在花木下朝着大厅里窥视，一目了然。而从大厅里往外看，只看见那盆浓郁的鸭掌木。那束扎人的目光，应该就出现在那里，恰恰被我觉察到了。

重新回到大厅里的时候，看见我的一个艺术家朋友，正喝得半醉，举着酒杯同我打招呼。她晃动着银子耳环，披散下来的头发也随着肩头一动一动。她嗔怪道，你呀，去哪儿了？旁边有吸烟的人，淡淡的烟雾缠绕着她的肢体，她的样子骄傲得简直像首诗一样。她跑过来，抱着我的肩，急着把我介绍给她的朋友们。一桌子人纷纷起身寒暄的时候，我又觉察到了那束目光，穿透窗户玻璃阴冷而来。那束来路不明的目光里，交织着愁怨，穷苦，枯瘪，无奈，还有嫉恨，黯然伤神，都统统凝结在一起，纠缠着深不可测的悲凉，令她难过不已。

　　佛家说的婆娑世界，是一个有缺陷的世界。所以，允许各种各样的人出现。依着佛家看，红尘的事情，桩桩都是闲事，哪有那么多仇人呢。人之渺小，人生有限，应该彼此慰藉才对。但是红尘中人，各有其心，深陷其中哪里能看得清呢。我知道，每逢我鲜衣怒马出现时，必定有一两个仇人应声倒下——实在受不了一个孤儿居然大摇大摆的模样儿。我身上灼灼的光鲜里，或者是一种强硬的气场里，一定有一枚暗器，穿透仇人的身体，戳得她透不过气来，几乎要分离崩析。

　　我一直忘不掉她嫉恨得几乎愁眉不展的样子，叫人心生怜悯。倘若有酒，她一定会大醉一场，覆盖住内心的枯寂。

第二辑

本草，弹指花开

日子也刚刚好，风清月朗，布衣素食，煮字疗饥。文字也刚刚好，茶余饭后，灯下闲翻本草，在东汉的烟雨里遇见白发的仲景，在时珍的光阴中遇见采药的自己。草木也刚刚好，花又开满山间，烟柳又拂衣袖，我在寂静的草药里遇见一世清禅。

本草，开到荼蘼花事了

有一种人，因为清寂，因为温暖，因为一种风骨，让人喜欢得不能自拔。

李时珍就是。读《本草纲目》，被他长风浩荡的风雅所倾倒。那种风雅，让人爱到无语，让人一直仰慕。

看他的画像。消瘦，盛开的莲花一样淡雅安然的眼神。布衣，布帽，草鞋。还有采药的竹篓，几枝草药探出竹篓，清洌的美。

心里总有一种热热的感念。感谢上苍，让这样一个绝美的男人，以最纯净的姿态来过尘世，普度众生。

他的内心，该是多么清澈的温暖啊。

时珍走了很多的路。空山鸟鸣，流水繁花，草木茂盛。他亲自品尝百草，拣尽寒枝，倾心相待，编著成书。

那百草的滋味，他该是最熟悉了。多么苦，多么涩，只有自己晓得。他淡淡一笑，提笔记上一笔：覆盆子，五月子熟，其色乌赤。甘，平，无毒……

一部《本草纲目》，装下了千草百花。草药的世界，草药的江湖，清美到无言以对。

这世间，如此寒凉，如此疼痛。

时珍一生所倾心的，是驱走众生的疼，驱邪扶正，投下一片暖暖的光和影。他拿自己最干净的心灵，来弥补素淡光阴里的锐疼和钝疼。

他是禅境里的人。

佛家修持的人，小乘度自己，大乘度自己，也度众生。

时珍所度的，是苍茫众生。他心里静啊，静得简直清凉洒然。

他一生，最懂得草木。隔枝听花语，见草知药性。绵绵的时光里，时珍一直独自踏着青苔而行，未曾歇过一步。多么淡雅而绚烂的人生啊。

时珍的文笔很精确，很凝练。一味药，寥寥几笔，一下子鲜活起来，花枝招展。汉字真是美不可言。时珍的汉字，点石成金。

在人生苍凉失意的时候，我翻开《本草纲目》来疗伤。一枝香，佛音缭绕。静啊，静得没有了惆怅和凄惶。只有草木，风动花香。

碎碎的流年，碎碎的光阴。一字一句，读来心香啊。仿佛那蘸了胭脂的指尖，轻轻拓在唇上，那么柔，那么逸。美得清洌，美得生生世世啊。

蒹葭苍茫，白露为霜。时珍从《诗经》里出发，采药未归。也许有一天，会在山野里繁花处恍然遇到他。他的背篓里，还是丝丝缕缕带有苦味儿的百草。

采芹的女子，定然会轻轻问一声：先生，草木在您眼里，为何如此惊艳啊？我这芹，也是一味药么？我自己，也是一株行走的草么？

心心念念之间，如果时光流转，我会随他去采药，随他品尝百草的滋味。哪怕，只为他背着竹篓也好啊，只为他研墨端茶也好啊。

时珍说：山奈，生广中，人家栽之。根叶皆如生姜，作樟木香气。土人食其根如食姜，切断暴干，则皮赤黄色，肉白色。古之谓廉姜，恐其类也。

又说：山奈，辛，温，无毒。暖中，治心腹冷气痛，风虫牙痛。附方：一切牙痛，山奈子一钱……

时珍说：车前，五月五日采，阴干。凡用须以水淘洗泥沙，晒干。入汤液，炒过用。入丸剂，则以酒浸一宿，蒸熟研烂，作饼晒干……

百草就这么牢牢长在时珍心里。每一味草都是一样的美，百草平等。他爱着草木，爱得多么悉心悉意啊。

他说：狼毒，观其名，知其毒矣。

他说：以毒攻毒，乃用药上乘之道也。

倘若以为有了毒性的草，就可以弃之不用。不是这样的。众草皆有价值，无贵贱之分。时珍喜欢每一株草。

多么清雅的书生。多么仔细妥帖地叙述啊。每一味草药，都说得清清爽爽，一点也不含糊。枝是枝，叶是叶，花是花。

薄暮时分，去山野里看百草。找狼毒，找车前，找柴胡，找一个书生的婉约情怀。这些时珍呵护过的花草啊，一定是风雅得像诗一样美了。风华卓然，绚烂清美。

指尖拈起一茎细细的青草，苍绿，柔韧。放舌尖尝尝，是青草的味道，苦涩的味道。真想逆了时空，握着一束草药去寻他。不为惊心，不为苍茫，只为找到这个淡雅清幽的书生。

想一想，都是温暖的一份薄愁。

一个落着细雨的天气里，散淡的心情。坐在窗前听雨，雨声疏落，有点颓废的那种惨淡。淅淅沥沥，好像停下了，却又下着呢。下着呢，却又捕捉不到雨声。

煨了一点柏树枝，屋子里淡淡幽香。青烟丝丝缕缕，配合着窗外欲断还休的雨声。

读几页书，依然在本草的境界里。读百草，也读时珍。

时珍坐在漫漫光阴里，像一种碎碎念想，一点一点告诉我：半边莲，小草也。生阴湿沟堑边，就地细梗引蔓，节节而生细叶。秋开小花，淡红紫色，止有半边，如莲花状，故名半边莲……

读到此处，心里一惊。半边莲，原来就是被我写过无数次的节节草啊。老家沟沟岔岔开满紫红小花朵的草，原来是一味中药啊。

反复读，眼泪就下来了。小时候写作文，说自己就是节节草，虽然伏在地上，但一定要走出大山。从来不知道，节节草还有一个如此风雅的笔名，真是喜欢得流泪啊。

在有些寂寥的时光里，这个温暖的书生告诉我：你写过的草，硬朗凌厉，其实是一味药，是百草里的半边莲。多么感激他啊。

这样的雨天里，时珍一定还在原野里流连。水流花深，百草茂盛。他在雨里，撑起一把竹伞，撑起了中医学几千年的精华。

在雨里，他一定也是怡然的。他听得懂百草说话，能读懂草木的眼神。时珍用衣袖，替一株露葵擦去腮边的泪。他说，不哭，你能杀蛊毒，辟不祥。你的内心装满坚强。

窗外的雨一阵紧，一阵疏。是从时珍的那个时空里一路赶来的么？是它们淋湿了时珍的衣衫么？

他欣赏百草在风里舞动，在雨里摇曳最美的舞姿。他懂它们。

常常是一个人，布衣，草鞋，竹篓。翻山越岭。踏过千条细细的山间小径。他在一个深山古寺的木鱼声声里，找到一味草药。寺僧问他：这株丹参，俗人为何还叫赤参呢？

时珍说：五参五色配五脏啊。人参入脾曰黄参，沙参入肺曰白参，玄参入肾曰黑参，丹参入心曰赤参，苦参入肝曰紫参。

寺僧莞尔，拈花一笑。

时珍坐诊。有人告诉他说：南人军中有一味金疮要药，屡有奇功。止血散血定痛。嚼烂涂之，其血即止。

时珍南下，找到此药。他说：三七，又名金不换。生广西南丹诸州番峒深山中。采根曝干，黄黑色。团结状，状略似白及。味微甘而苦，颇似人参之味。止血良药……

他听说，北方有一种草药，叫曼陀罗，见者心悦。食用汁液后手舞足蹈，眼里会有幻觉。吃多了就会失去知觉，醒来后不知今夕是何年。时珍千里跋涉到北方，只为了一株曼陀罗。

他找到曼陀罗，亲自尝试，乃验。他说：曼陀罗，花似牵牛花，早开夜合……割疮灸火，宜先服此，则不觉苦也……

我在北方，从没见到过到曼陀罗。也听说它很久了，见者心悦，多么巫气重重的花儿啊，可惜总不得相见。只有时珍，知道草木的踪迹。我等凡俗之人，怎么能找到这么诡异的花草呢。

风吹起他的布衣，拂动他的草药。时珍总在繁花深处，总在草木茂盛处。我怎样才能上溯时空，到一个路口等他呢？

时珍说：月季花，又名月月红。处处人家栽之。亦蔷薇类也，花深红，千叶厚瓣，逐月开放，不结籽也……

多么细心厚道的书生啊。不仅要告诉你每一味草药的药性，还要告诉你百草名字的来历。让你吃着药的时候，心里又几分诗意。原来，它的名字是这样来的啊。

他说：牵牛子，近人隐其名为黑丑，白者为白丑。盖以丑属牛也。

学医的时候，老师叫牵牛子为二丑子。我以为它太丑了，丑得看不成了，丑得越看越难看了，所以就叫二丑子。原来不是这样啊。只不过牛属丑，又有黑白两色，所以才叫二丑子的。

中药的名字真是奇怪呢。再奇怪的名字，时珍都知道，都悉心悉意告诉你它的来历。这样深邃的人，怎么不让人仰慕呢。

时珍说：决明，有两种。一种马蹄决明……状如马蹄，青绿色，入眼目药最良。另一种，茫芒决明，《救荒本草》所谓山扁豆是也……俗呼独占缸。嫩苗及花，皆可食也……

你看，时珍什么草药都知道，什么变化他都明白。他能为草木把脉，能够洞悉草木的前世来生。真真是学识奢侈到极致了啊。

想起一种花，叫荼蘼，开到荼蘼花事了。荼蘼过后，再无花开放。到达终点了，极限了，余韵了了矣！

心下有些凄然。已经开到了荼蘼花，此后再没有什么花开放了。时珍就是那朵极致的荼蘼了。时珍之后，有谁还能超越他，拣尽寒枝，再去为百草倾尽一生呢？怕是，再也没有人能够了。时珍待草木，已经到了极致，到极限了。

一部《本草纲目》，在漫漫光阴里高不可攀，在繁花盛草里收梢。厚厚的时光落满本草，轻轻一翻，你就能听得到时珍细细的絮语。哦，多么安然，贴心啊。

花开无言，草木疏淡

有三味清热燥湿的药材，草药江湖称"三黄"。哪三味呢？黄芩，黄连，黄柏。

三黄是很出名的。像三位深山隐士，满腹才学而不事张扬。就像文坛"三苏"的孤傲清高，就像"竹林七贤"的魏晋风度。

草药里谁最张扬呢？人参呗。人参是中药世界里的王，驰骋草木江湖。救人有功，杀人无过。都到这个境界了，它不张扬谁张扬呢。

曹操说，生子当如孙仲谋。张晓风说，做花当作玫瑰花。依着这个逻辑，做药应该是做人参了。不过呢，这是人的想法，不是草木的想法。草木们很淡泊，平实内敛，大雅的境界。谁做谁的药，谁治谁的病，没什么可羡慕的。

大黄就是药材里的仁人君子，有一种人淡如菊，心素如简的情怀。若是人参补过了头，生命悬在一线，大黄就来了，独味大黄汤，就可救命。非它不行。

可是，草药江湖就说了，大黄救人无功，人参杀人无过。救了也就救了，谁也不把大黄当回事。大黄很淡然，只做自己，不随黄叶舞秋风，谢绝繁华。

人参是瞧不上大黄的。在中药柜子里，大黄一般都在最下层的抽屉里，和荆芥啊，丝瓜络啊一起混。人参呢，在青花瓷里，古色古香，药柜的最顶端放置，很有些高高在上的意思。

大黄不在意，没关系呀，在哪儿还不是个生活呢。它有洞察世事的淡雅朴实。拒绝霸气。

至于三黄呢，也是这样低调的。也瘦，也雅，一点也不喧嚣。中药都是瘦的，都是书生风骨。最肥的是胖大海，它常常为自己胖得没边没沿而惭愧，所以很少出来混。

草药的境界多好，春开花，夏长草。一蓑烟雨任平生。滚滚红尘，草木萧然。春秋为一生，草鞋布衣，走进中药的境界，有什么可聒噪的呢。做好自己的事，闲看云起云落。

三黄都苦。苦得很。药里头苦不过的是黄连。中药说五味，辛，甘，酸，苦，咸。人生也是这五种味道，有什么差别呢？

辛味能散，能行。甘味补益，和中。酸味收敛，固涩。苦味能泄，能燥。咸味能软坚，散结。

三黄味苦，清热燥湿，药性就是这样的。良药苦口嘛。独味的黄连，只是纯粹的苦。若是黄芩，黄柏加了一起煎熬，真是苦不堪言，那种苦味儿都渗进舌尖了。

可是，苦味儿过后，五脏六腑，开始变得清凉，烦躁一点一点褪去，身轻目爽。苦，是为了驱走体内的燥。

中药多一半都是苦的，所以熬药叫作煎熬，不叫煮药。这是草药达到巅峰前必需的修炼。没有这样的煎熬，就无法达到巅峰。什么是巅峰呢？一个人疼得打滚，疼得冒汗，疼得没心肠活了，疼得碰头抓脸。

一剂汤药服下，疼痛慢慢缓解了，松弛了，心情也好了，又开始热爱生活。药到病除，这是中药的巅峰。扶正祛邪，是最高境界。经过熬煎，才能到达这样的禅境。

苦是一种禅境。

黄芩，黄连，黄柏，煎熬出来的药汁也是黄色的。尤其黄连，油菜花一样的黄，艳而不妖，清而不俗，结结实实的黄啊。我喜欢那样金子一样黄澄澄的细腻柔软。

这样的一碗药汁，足以让空气里都弥漫着苦味儿。不过呢，这样的苦味可以杀菌，清洁空气。苦未必不好，良药苦口。

三黄的药性是两个字：苦，寒。然后归肺，胆，脾，大小肠经。

苦寒自古不分家，是相依相偎的，不能拆开。但凡味苦，药性都寒凉。所以，梅花香自苦寒来。苦寒其实是暗含气势的。

归经就是药物要走的途径，这是草药必须要走的路，是定数，命运里注定的，没有变数。

药性苦寒，主治什么病呢？祛除郁结于内，湿邪化热。

简单说就是清热解毒，消炎，抗菌。

黄芩作用于上焦，偏于泻肺火，退热。咽喉肿痛，肺热咳嗽，深热不退，都首选黄芩。

黄连作用中焦，清热泻火，主治心火亢盛，心烦，躁动，高烧，妄语等症。黄连侧重泻心经实火，也解毒，凉血止血。

黄柏作用下焦，偏重滋阴降火，与二黄的区别是可退虚热，败肾火亢盛，还可治疗肿疮痈毒。

三黄虽朴实，虽淡泊，却也暗含杀气。没有杀气，不能驱邪。虽雅致，却也不消极，知道自己该干什么，坚守什么，蕴含什么样的胸襟。这是草和药的区分。人的世界，有多大的胸襟，决定多大的人生。草也是一样的。

同样是草，有的草能入药，有的只能喂牛而已。喂牛的草骨子里是空的，像一个读过几本废书就肤浅招摇的人。也有的草一场风花雪月，两场算计，临完零落成泥碾作尘了。

药不是这样的，出身草根，内心却有坚守。它知道自己有一天是要做药材的，是要救人的，所以从不放弃。虽骨子里苦寒，却清雅脱俗。长于空山幽谷，饮朝露食白霜，恬淡安静。偶遇深山采药者，知道他一路艰辛就是寻它而来，知道他慧眼识药，便走出山谷了。好好做草，踏实做药，它不会虚浮。

走出山谷的草，便是草药了。它知道自己该走哪条路，知道自己归属于哪个方剂。生脉散，紫雪丹，酸枣仁汤，仙方活命饮，苇茎汤……

诸葛亮何尝不是一味草药呢？躬耕南山，饱读史书，闲敲棋子，清茶一杯。独钓寒江，醉卧茅庐。可是，有采药的人来了，遇到知己了，他就出山了。他知道自己的价值。

受过苦的草，才是良药。骨子里苦的草，才是能到达巅峰的药。这样的草药，也有自己的抱负，不会浪费自己。

草药的一生，都是清幽素洁的。我说，每一味草药都是美的，仙风道骨的草木，难道不美吗？在深山里独自生长，本身就是参禅了，这样的清幽深美，苦寒才是生命的意义。就算孤独，也是心静如佛啊！

地黄

地黄，也没那么玄，只是一味草药罢了。它大概也是孤寂的，我这么想。尤其到了冬天的时候，枯草结霜，它凋零成那个难看样子，像一把干枯的骨头，焦黄，萧瑟。当然，西北大野的冬天，植物们都很瘦，很丑。大雪压下来，大树稀疏的枝桠像苍白的胡子，抖动于风尘。地黄呢，压在雪底下，残喘交错着，连一点寂寥的心境都被雪封住了。

是草都有根，根有着来路不明的强大，真教人惊讶。大野里残雪尚未褪去，草芽就一意孤行，顶着满头荒草，淡定地呼吸人世间的空气。地黄落地为草，初生的芽塌在地上，茫然孤意，连直腰的劲儿也没有，软软趴着。我在一户人家的墙头上看见一丛地黄苗，虽在高处，依然塌在墙皮上，那样柔弱内敛，不肯踮一下脚尖。

十里春风吹过，再长一长，地黄长出来几尖嫩叶，有点像山白菜，蜷缩着，皱纹如撮。就是那绿，也不够新，不够明艳，看上去毛涩，郁阴。总是不停地想，不过一丛野草，也有心思？怎么长得这样疲软低沉？

再过些天去看，地黄不急不缓生长，叶子大了些，舒展了些，叶面深青色，有点像小芥叶，不过颇厚，色泽颇浓，没有轻灵劲儿，也不叉丫。也低矮，也滞涩，却那么坦荡荡的，淡然安静。风来，只管来。雨落，只管落。若是太阳当天照，那正好，随地逶迤，枝叶都是一团人间绿意。

也不过十天半月的光景，一攒塌在地上的老叶中撺起茎枝，上有细毛，扶摇直上。茎长得也不快，更不急吼吼地拔节抽枝。不过，就算它拔节，也拔不到哪儿去，高者不及尺许，矮者不过一拃矣。地黄，地黄，你咋就这么寂然蚀骨？

等到了开花的时节，茎梢开小筒子花，红黄颜色。若说这颜色，也是低调羞涩的，都不怎么艳丽呢，甚至有些土气，散发着朴实淡然的光芒。花香熏人？那是不可能的。地黄的花朵只有一些细微的植物气息，风一吹便散了。它可能并不在意枝叶花朵，似乎在思索着自己为何流落在人间。大概，它的内心是捂不住孤寂和深情。

世间的鸟啼花落，烟雨纷纷，都不足以妨碍它的思绪。地黄比任何一味野草都寂静。有时候，甚至觉得它是沉眠的，忘了生长，忘了风吹草动。都说山间无闲草，可地黄似乎一直是闲逸的，连欢喜沧桑都不曾有。只是一味地沉寂，坠入纷繁的日子里。从容是一种境界，地黄只把一丝薄薄的微凉无声地散发出来，再也不肯张扬一下枝叶。

总觉得地黄这个名字太大。天底下，土的颜色，人的肤色，庄稼黍、稷，都是黄的，所以才叫地黄。可是，它只是一味草药，却独吞这个浩大的名字，真是奇怪。古人是怎么想的呢？

可是，它可真个儿是一味端庄的草啊。它拒绝飞扬，拒绝明艳，自己慢吞吞生长，慢吞吞开花，朴实笨拙，绝无甜美之姿。我一直认为地黄像个老翁，破笠残蓑，只拿眼神翻遍苍茫大地。大概，天地间有无弦之清音，它的心神穿越在无限之境吧。它低调地活一世，在光阴里沉降，悄然聆听自然之声。可是，地黄一定有我不知道的玄机，它是一味高深莫测的草药。

若说惊艳的，是地黄的根。根长四五寸，细如手指，像野胡萝卜的根。这个根，是好药材。生用，叫生地。熟用，必须要砂仁拌上清酒，入甑，九蒸九晒方可。少一道，那可不行，九是个宿命的数字。九蒸九晒，只觉得隆重盛大，这里头的玄机，不得而知。

实际上，地黄还有个名字，叫芐。古人说，芐以沉下者为贵，故字从下。单看字面，上面是草，下面是下，还不够沉寂么？而地黄的药性苦寒，沉阴而降。药典上说，天玄而地黄，天上而地下，阳浮而阴沉，则地黄为名是也。我读了，只觉得玄之又玄，深不可测，以我的笨拙是不能理解的。

地黄真正是端肃的。古人采地黄，也有讲究。二月采，新苗已生，根中精气已滋于叶。八月采，残叶犹在茎中，精气未尽归根，未穷物性。九月最好，地黄精气齐全，才得精华。

地黄也奇怪。若是种植，倒是肯活。只不过吮拔地髓得厉害，一年地黄，十年地荒。地黄收过之后，田里的土就被吮拔得憔苦贫瘠，瘫软了，次年种什么都不肯好好生长。若是再续种了地黄，苗叶瘦弱单薄，根味苦，不堪入药也。足等十年，土味才能转甜，始可复种地黄。古人说，地黄入土最深，性唯下行，用力颇野。

地黄枝叶的确低沉，但它的根，却用力过猛，把土地的精髓都吸走了。所以地黄入药，最能强筋长骨。

古时有个人种地黄，用苇席编织了大圆匾，装满土壤。然后又编苇席匾，一个比一个小，一共编了九个，一坛一坛摞起来，塔一般，最顶层的都有车轮大。圆匾塔山上种了地黄，每天喷水灌溉，催芽抽枝。秋天，从最上层掘土挖根，地黄根又长又壮，不断折，真个儿是上品好药材。

这奇闻，真教人诧异。人的世界里都是无谓之事，教人一天到晚乱忙乎。而草的世界里则充满了奇异之境，超然之境。如果能从凡俗之事里抽出自己，寂静下来聆听大野之声，观察草木的根芽，倒不失为一件雅事呢。

繁花

款冬花。

款冬花，也叫颗冻，款冻。时珍说，洛水至岁末，凝厉时，款冬生于草冰之中，则颗冻之名依此而得。后人讹传为款冬，乃款冻尔。款者，冬至而开花也。

冬至开花于草冰之中，就叫款冻花。它本来的意思是开花的时候有冰，后人讹为款冬花了。

弘景说，款冬花也有人叫看灯花，出于河北，花如宿莼，未舒者佳，腹内有丝。高丽也产款冬，花朵就像大菊花一样绚丽，药力劣，不如河北产的。款冬在冬月天冰下生，正月，正午时分采取。花未出土时采挖，摘取花蕾，去净花梗及泥土。

弘景，乃古代名医陶弘景，著有医学典籍《本草经集注》。时珍认为，《别录》与《本草经集注》都是陶弘景所著。也有人认为不是，只不过是编著增补了部分内容。陶弘景是南朝梁时丹阳秣陵人。古代名医都是仁人君子，不羡钱财，不慕富贵，一心做自己喜欢的事情。穷一点没关系，布衣素食挺好。王公贵族土豪们死了就死了，一把黄土而已。名医隔着千重时光，依然笑谈风雅，不曾老，不曾衰，不曾坠落。

他说，高丽款冬花根紫色，茎紫，叶似草，冬月开黄花青紫萼，初出如菊花，萼通直而肥实，无子。采款冬花正午阳光暖和时最好，挖取花蕾，不用手摸，也不能用水洗，以免变色。暴晒，待半干时筛去泥土，去掉花梗，然后晒干。防止雨雪冰冻，否则花的颜色发黑，不能用了。

款冬花，润肺下气，化痰止嗽。治咳逆喘息，喉痹，适合诸惊痫，寒热邪气症。

有个偏方说，久咳不愈，用款冬花一撮，在无风处以笔管吸其烟，几天就好了。想了一下，老人用的那种铜烟锅子挺好，用款冬花代替烟丝，坐在南墙下，慢慢吸。咳痰带血，口中生疮，煎熬了款冬花服用，疗效挺好。

旋复花。

旋复花，别名很多，简直花繁锦簇，金沸草，金钱花，滴滴金，盗庚，夏菊，戴椹……

为啥这么多名字呢？时珍说，诸名皆因花状而命也。别的名字尚可理解，这个盗庚嘛？有点费解。

原来，庚的意思是金。旋复花夏天开了黄花，颜色非常惊艳绚烂，像一滴一滴的金子闪耀，黄得也太过分了，美丽得也太妖孽了，像盗取了金气一样。所以，叫盗庚。

古人命名，真是有意思极了，有点天真，想想忍不住笑。

时珍说，花的形状很像金钱菊，在水泽边生长。花小，花瓣单，根细白。旋复花易繁，有人说露水滴下即生，繁衍很快，实际上不是这样的。也有人家移栽到庭院，花大蕊簇，妖冶无比，是因为土壤贫瘠的缘故。肥地里，反而花小。

开花这种事，难以说清。比如狼毒花，雨水好的一年，不怎么开，也很少见。若是哪一年天要旱，庄稼要受灾，这种诡秘的东西就漫山遍野开成一片花海。越是贫瘠的土地里，狼毒越长得疯狂。天太旱，山上不长草，牛羊能看见的只有狼毒花，饿极了就吃，吃了就死。多年前，我老家那边，狼毒花开疯的季节，老人们仰天流泪说，要遭灾年了，早点缝补口袋出远门讨饭吧。

旋复花性咸，有小毒。但凡性咸的草药，都有软化痞坚的功效。能消除郁结，消痰，下气，软坚，行水。治胸中痰结，胁下胀满，咳喘，呃逆，唾如胶漆，心下痞鞭，噫气不除，大腹水肿。

成无己说，硬则气坚，旋复花之咸，以软痞坚也。病人涉虚者，不宜多服。主用消坚软痞，治噫气。

成无己是一代名医，宋金时期山东聊摄人，本是汉人，生于北宋嘉祐治平年间，后聊摄被金人攻占，就成了金人。撰《注解伤寒论》《伤寒明理论》。他很长寿，活了快一百岁，深谙养生之术。

据说旋复花只能远观，不可近嗅。时珍说，嗅其花能损目。

中风壅滞，旋复花是首选药。创伤金疮，也用。风湿也用。

莨菪花。

小时候，我还不知道是莨菪花，总觉得这种花很不好看，连个香味也没有，方言里叫狗牙花。在一个很大的院子里，一个人，空寂，可怜。妈妈下乡去了，公社的院子里连个鸟儿都没有。屋子后面，就是大片的莨菪花，丑丑地开着。没有事情可干，就一朵一朵掐莨菪花，拿花朵给蚂蚁们打打伞盖盖花房。童年如果定格为一张照片，背景一定是疯开着的莨菪花。

学医时，才知道它是草药，竟然。这么丑的花草，岂可入药？入药也就罢了，事情还多得很，妖孽得很。

为啥叫莨菪，因为人吃了它，中毒了，狂浪放荡，神魂俱疯，就像中风一样。就叫莨菪。莨菪中毒，甘草汁可以解毒。

世间的事情很奇妙啊，这样误食令人浪荡的草药，却专门治疗癫狂风疯，颠倒拘挛。好人吃了变疯子，疯子吃了变好人。以毒攻毒，大自然早就预设好了。

若是突发癫狂，乱跳乱叫，反侧羊鸣，目翻吐沫，不知痛处，就用莨菪。方法是莨菪全草晒干研细，在一升酒中泡几天。去渣，煎成浓汁。一天内分三次饮完。如觉头中似有虫行，额部及手脚现红点，即是病快要好的征兆。

这个药方制作这么慢的，等药制好，病人也不知道浪荡成什么样子了。除非医生事先有制作好的。

红蓝花。

红蓝花，别名也叫红花。花开红色，叶子颇似蓝，故有蓝名。

若是大野里几千亩红蓝花齐齐盛开，那是不好看的。太艳了，过于铺张。只开不多的几朵，乡村小院里，泥皮小屋，木头格子的窗子，贴了红窗花。最好，是依着篱笆墙，那才好呢。朴拙，安静，清雅。

田野里稀疏开一片也好，藏在青草里，零零星星，只露出半边脸来，红红的花瓣丝一样抽开，摇曳，一下子就风情了。

红蓝花嘛，是药，又不靠容颜过日子，那么着急露脸干什么哩。就独自琢磨着慢慢儿开，随便开，开几朵都无所谓。光阴悠长，红蓝花自己也开得悠长。

别的花们，谢了就残了，就无人理睬了。除了我，大约没有人痴迷一枝枯萎了的花。我喜欢把干花一直留着，留着，越枯，越有味道。

红蓝花，是没有这样悲惨的事。谢了，才算功德圆满。

花凋谢了，中医才把落花收集起来，在阳光里在晒一晒，包在纸包里，毛笔写三个字：红蓝花。那字，也算是苍劲。好了，从此它便是药了，贵气了。性温，味辛，活血通经、散瘀止痛。

古时用药很讲究，不是这么随便。时珍说，红蓝花的嫩苗可以吃，五月开花。花开得最艳丽时，清晨采花捣熟，以清水淘，用布袋绞去黄汁液，又捣。以酸粟米泔清又淘，又绞袋去汁，以青蒿覆盖一宿。晒干，捏成薄饼，阴干收之。入药时，搓碎用。

他讲了一个病例：新昌有个女人徐氏，病产后暴死，但胸腔还有点热气。名医陆大夫看过后说，气未绝，血闷也。有十来斤红蓝花就能救活她。家属立刻买来红蓝花，遵照名医的嘱咐，大锅煮汤，盛三桶于窗格之下，用红蓝花汤热气熏病人，汤冷了再加热。半日，妇人便苏醒过来了。这个方法，是效仿唐人许胤宗，用黄芪汤熏柳太后风病的。

不过，红蓝花破血，最好，不要乱服用。识一个人很难，懂一味药也难。你看到的药性，都是肤浅表面的东西。深藏的药性，只有资深的中医知道，草药自己知道。

我不喜欢一种人，稍微懂点儿药理，就乱说自己深谙医道。不是那样的。中医，更加接近禅，要有很透明的心，才能感知。没有天赋和悟性，成不了好中医。不懂草木的心，就无力调动药性。

我常常看着那些草木发呆，因为并不懂它们。我只知道皮毛，而无法懂得精髓。它们只让我看到了浅浮的东西，而没有把心交给我。其实，没有做中医也挺好。不然，医术不精，又要去骗人，良心上过不去。

说起来，红蓝花是一种女人草。

唐朝的女人们，喜欢一种妆容，叫"酒晕妆"。也喜欢大红颜色的衣裳。把带露水的红蓝花采摘了，揉出深红的颜色，捣成浆水，分离出黄汁，留下红液，炼成"红蓝花饼"。

"红蓝花饼"加了细粉，就成了胭脂。"红蓝花饼"浸在清水里，染成红的衣裳，艳丽炫目。姑娘们穿了大红的衣裳，轻点朱唇，擦了胭脂，红扑扑的"酒晕妆"就出来了。那种美，大约和舞台上的演员一样，长裙华丽，衣袂飘飘，真是美到惊心。

古代有一种厚底子的木屐。这种木屐，大约一拃厚，削得很精致，中间挖空，填进去研磨细腻的干红蓝花粉，香草粉，用纱封住。一走，红蓝花粉就顺着纱眼筛下来，在石板地上筛下寸许长的薄薄一层粉，像清霜，像花瓣，很好看。还有淡淡一丝香草的清香飘逸。

有的木屐，脚心的空心里还系了小铃铛，一走，苍啷响一下。声音轻柔，细微，得用心细细捕捉。走过去的地面上，开满了红红的小花瓣，让人心疼。脸上是胭脂红，踪迹是胭脂红，这红蓝花，陪着女人，好得不能再好了。

而且，在中医里，红蓝花也好像是专门为女人而生的。它是药，怀揣绝技，就不在乎开花多么妖冶。漫不经心开一点花，晒晒太阳，咀嚼风露，慢慢在光阴里修炼，参禅。总觉得，它道行太深，前生来世，都沉淀在它厚朴的心灵里。

也许，是尘外的草，到俗世来，是因为怜惜女人。剂量加大，活血，祛瘀，破血。古时为女人打胎要药。剂量小一点，养血。面色苍白，脉细无力的女人，药剂里就加一钱红蓝花。血瘀经闭，痛经，产后恶血不行，加两钱红蓝花。还有子宫肌瘤，真假包块，跌打损伤，关节痹痛，都要用到红蓝花。

那花儿一开，清寂极了，禅意，温暖。淡淡一缕香，不烈。它从世外来，所以花朵也有些超凡脱俗。它已经修炼得成精了，如老僧一样，在山野里青灯枯坐，拈花微笑。这花儿，洞悉人间玄奥呢。

深山的草木，是修炼得有灵性的。如果俯下身，把耳朵贴近大地，会听见它们错杂的脚步声，窸窸窣窣走动着的吧？我沿着青石头小径出山，一些喜悦不多不少，刚刚覆盖我的安静。阳光也刚刚好，不浓不淡晒着我手里的红蓝花。路上的石头也恰恰好，不稠不疏，磕绊着我的鞋底。踢走挡道的一块，那石头就蹦楞蹦楞滚下山洼了。

日子也刚刚好，风清月朗，布衣素食，煮字疗饥。文字也刚刚好，茶余饭后，灯下闲翻本草，在东汉的烟雨里遇见白发的仲景，在时珍的光阴中遇见采药的自己。草木也刚刚好，花又开满山间，烟柳又拂衣袖，我在寂静的草药里遇见一世清禅。

花为裳

花朵，乃天地精气凝聚而成。叶子阳，发生也。花朵阴，成实也。这话不是我说的，是古代名医元素曰的。时珍也曾曰过。

牡丹。

牡丹像倾城美女，劈面惊艳的那种。雍容华贵，不刻薄，不说是非。就是尘世的美，绝无缥缈梦幻。一朵牡丹如云中之鹤，满园子的牡丹齐齐盛开，那是一种大气势，张扬狂妄之极，简直妖娆得要燃烧起来才罢休。真的，你如果气场不强大，便镇不住这种华美。

所以，谁说过的，越是美好的越要有疏离感，不可太近。近了，你会被灼伤，尤其是牡丹这样美得让人束手无策的花儿。

雪小禅说，一场情事，泼墨太多了，用力太猛了，自己都收不住。是的，牡丹自己把自己开得收刹不住，红牡丹红得要破了，白牡丹白得耀眼哩。

牡丹凋谢，是被自己惊天动地的绚烂势头累死的。心碎了一地，无法收拾，只好被季节覆盖算了。

时珍说，牡丹为群花之首，以色丹者为上品。虽然结籽，但根上生苗，故叫作牡丹。入药呢，只用红白牡丹单瓣者。至于千叶异品，都是人后天捣饬过的，气味不纯，不可药用。丹者赤色，赤色属火，所以牡丹能泻阴胞中之火。

牡丹根皮入药，治疗手足少阴，厥阴四经血分伏火。伏火即阴火。古方用黄柏治阴火，其实牡丹根皮功效更好。时珍说，这可是千载奥秘，人所不知，是我补充出来的。红牡丹利，白牡丹补，这个功效人也是不知道的，是我发明的。

读来，觉得有趣。时珍坐在光阴深处，淡淡扬眉一笑，很傲孤。你看，丹皮的这个功效，只有我知道，多么神奇呢。

芍药。

芍药即绰约。绰约，美好的容貌。时珍说，此草花容绰约，群花中一枝独秀，所以叫芍药。昔日有人言，洛阳牡丹，扬州芍药，二花霸气天下。

玫瑰听了一定很不高兴。什么话呀，牡丹芍药霸气天下，那玫瑰不就成小三儿了嘛。茉莉这个波斯来的老外，连个边儿都沾不上，还开什么开。玫瑰气得脸都紫了，自己把自己开死算了。心心念念怨恨着，李时珍你可偏心啊。

芍药一开，妖娆妩媚，风情万种，见一个迷死一个。佛见了迷佛，人见了迷人，鬼见了迷鬼。车见了呢？爆胎。狼见了呢？打战。狼见不得太过于美好的事物。这花，诡谲地弥漫着一层巫气。

时珍见了呢？他说，芍药还有个名字叫将离。即将离去。世间的事物，若是美到极致，都不会长久，转瞬即逝。且开且珍惜吧。又说，芍药通顺血脉，缓中，散恶血，逐贼血，去水气。白芍药益脾气，能于土中泻木。红芍药散邪气，能行血中之滞。

名医元素说，白芍药补，红芍药散，泻肝补脾胃。

可是，我实在不关心它的药效，只觉得，它美得邪气哩。若是有人抱一疙瘩金子，突然看见路边篱笆上两三朵芍药，一朵红的，一朵白的，一朵还是花蕾。他一定会满心惊讶，发觉自己是个土豪，黯淡，粗疏。在芍药面前，人很容易低到尘埃里去。

就算多么寂静的地方，芍药一开，一份儿热闹的气息便扑面而来。风中的柳絮儿有点轻浮，陌上繁花有点隆重。芍药刚刚好，花开花落都是奢华的境界。它把自己开得倾国倾城还不罢休，还要直接开成妖精才算歇气。

那有什么办法啊？这尘世，有些美是绝对没什么道理可讲。就是美得惊人，就是美得妖气。花乱开，枝乱颤，也是另一种雅致境界。

蔷薇。

时珍说，此草蔓柔靡，依墙攀缘而生，故名叫墙蘼。后来也有人叫蔷薇。其茎多棘刺勒人，但牛很喜欢吃，所以还有个名字叫牛勒。其籽成簇而生。

蔷薇生野外，深谷老林都有。山空人静，清泉吵醒花朵。春抽嫩蘗，小孩儿们掐去皮刺嚼食。四五月间，成丛似蔓，茎硬，多刺。叶子小，尖，薄，边缘有细齿。开花，黄心，有粉红，纯白两种。

蔷薇的花儿，算不得绝色，但还是很漂亮的。只是稍微有点轻，有点淡，比不得牡丹那种尊贵华美气儿。牡丹有霸气，芍药有妖气，罂粟有邪气。蔷薇是平民气，素面，疏淡有致，绝无招摇。淡定从容地开在光阴深处。

清淡，深幽，蔷薇适合诗意的韵味，骨子里有文人气息。老树说，水上雨数点，山中一枝花。这是绝美的意境。这山中的蔷薇，只一枝便好了，闲逸散淡，从一团老绿的草木丛里突然伸出来，美得心里一跳。深山看蔷薇，就穿了素淡的青衫，绣花的布鞋。悠悠然，路过每一枝花，在风里走着，信步跟着山野小径游逛。累了，躺在草地上，枕着花草睡，一梦繁花似锦。不是每个人都有这份闲情和福分啊。

蔷薇是让人有一点相思的花，碎碎念，浅浅想。拿不起，也放不下。只是想着，想着。

眼睛上火，视线昏暗不清澈，用蔷薇，枸杞子，地肤子各二两，为末。每服三钱，温酒下。功效良好。

小孩儿尿床，蔷薇根五钱，煎酒夜饮。

可是，小孩儿能喝酒吗？古人用的是米酒，现在多用白酒。纯正的米酒很难寻觅了。

樱花。

时珍说，叫樱，是因为其颗如缨珠。也叫莺桃，因为云莺所含食。还有个名字叫荆。

樱树初春开白花，隐隐有点粉意思，繁英如雪。叶团，有尖，还有细齿。结籽繁密，得常常守护，否则鸟儿们就啄食光了。唐朝的人喜欢用樱桃做乳酪。

樱花一枝不算美，一山一野才叫美得惊心。这是一种协调作战的美，铺天盖地。大气势，美得几乎让人窘迫，有点做不了主。清闲的时候，去樱花树下踏踏落花，看花瓣雨纷纷坠落，暗香盈袖。眉梢里也是，却不拂去，任凭樱花绚烂于面颊。走累了，独自倚着树，眯着眼睛打盹，不和别人说一句，内心恬然安静。

花闲落，人倦怠。伸手牵来一朵，戴在衣扣上，细细嗅着一脉淡淡的清香。也闲逸，也自在。若是树下有石桌石凳，那是多么澄明的好时光啊。桌上落满樱花，连一杯香茗里也飘着两三瓣。浅浅饮一口，翻一卷闲书。远处是山，是一个樱花覆盖的村落。

樱花养颜。脸上生了雀斑，樱花和紫萍，牙皂，研末洗面。面苍黑，无颜色，有粉刺，用樱花捣碎敷面，逐渐变白。

樱桃能调中，益脾气，令人好颜色。樱桃属火，性大热而发湿。旧有热病及咳嗽者，不能吃，吃了后果比较严重。时珍转载了张子和讲的一个病例。说，舞水，富户人家，有两个孩子，喜欢吃樱桃。每天都要吃掉一两升。古时候人家取粮食，用一种木头做的升，一升大概五斤左右。

樱桃熟得很好，俩小孩一直吃。半月后，大孩发肺萎，小孩发肺痈，相继死了。呜呼，做爹娘的哭得寸断肝肠，砍了樱桃树。本地的大夫说，百果之生，本来是养人的，不会害人。富贵之家，钱成垛，粮成仓，放纵孩子嗜欲，一点不节制，取死是何？天耶命耶？

邵尧夫说，爽口物吃得多了，终会作疾。什么事都是过分了就不好。多穷都不要跪着吃，多富都不要躺着吃。前者关乎气节，后者关乎养生。

风仙花。

也叫小桃红，菊婢，海蒳。凤仙花透着一股寻常人间的烟火气息，没有清雅的东西，有些俗气，有些没见过世面，小里小气的样子。细腻，孤寂。

无论如何，我总觉得凤仙花像个丫鬟。娇小，含蓄，卑微。我养了一盆丫鬟，脾气却比小姐还要糟糕，真正是伤脑筋。最先，它旺盛蓬勃，很热烈，花开得疯疯癫癫。过了几天，出溜一下蔫了，花蕾还未张开，却次第夭折。一直耗着，也不肯活，也不肯死，就那样赖皮地吊着脸，简直让人发疯。它看上去黯淡，忧郁，荒愁，多少是有点阴冷的。

它大概很纠结，到底活不活？花还开不开？我是从路边买来它的。不知道它心里缠绕着什么样的悲情，这么抑郁。但是，它一直和我耗着，蔫败败地苦着一张脸，让我扔也不是，留也不是。

时珍说，女人用凤仙花包染指甲。宋光宗李后讳凤，宫女们都叫它好女儿花。张宛丘呼为菊婢，韦居呼为羽客。

凤仙花是有小毒的，不生虫，蜂蝶不近。独自活得飒然。凤仙花的籽叫急性子，其性急速，所以能透骨软坚。煮老牛肉，不易煮烂，丢几粒急性子，就软烂了。难产催生，积块噎膈，都用急性子。但是，因为它透骨，很容易损伤牙齿。服用的时候，最好不要近牙，远远服下。

当然，如果要是拔牙，就用急性子研末，点在病牙处，取之。若是鸡鱼骨头哽喉，误吞铜铁，杖扑肿痛，都可以用急性子。

荷花。

水波之上，荷花晨开暮闭，透着光阴的丝丝暖意。古人品茗，日暮时将茶放在荷的花蕊里，次日清晨取出，紫砂壶冲泡了，清香浸入心脾。

时珍说，荷节节生茎，生叶，生花，生薏，生藕。荷花产于淤泥，不为淤泥染。居于水中，却不为水淹没。一般的草木，实在达不到它的品味。清净，孤傲，气定神闲。

又说，人爱荷花，说荷生薏，意思是生意辗转生生，造化不息。医家喜欢荷花，百病可却。荷花气息清幽，气味温和，而性啬。取清芳之气，得稼轩之味，乃脾之果也。荷能补心肾，益精血，补中强志。

荷花是最清淡出尘的花了。很禅意，从容，安静。一笑一尘缘，一念一清静，心是莲花开。

花草里蕴含的，是一份儿慈悲自在的心怀。光阴洒然，不要把所有的时间都拿去追慕名利。钱多钱少，都可以活。给自己留点时间，留点清宁，随便想想心事。有点寂寥，顺手翻翻书。稍微有点年纪，就不要去追风，沿着开花的小径走走，看看妖娆猖狂的花儿，看看清高孤寂的花儿，还有那些小野花们。

若是落雨，就独自听一首古筝，泡一杯菊花茶，不为喝，只为看它在清水里洁白地舒展开来，清淡娴雅，慢慢盛开。雨点叩窗，沙沙的，温润的，给远方的亲人打个电话，问一声，你那里下雨了吗？

花是光阴的衣裳，风是光阴的媒介。令人心欢的，都是光阴里最美的。

本草，花容草色

莎草。

也叫雀头草。莎草不念沙草，念梭草。为啥叫莎草呢？时珍说，他也不知道。那么，我也不知道。大概，风吹来，它看上去很婆娑吧。

莎草的叶子如韭菜，不过，老而硬，很不柔软。叶子有剑脊，叶棱锐利。五六月，草叶里抽出来一茎，三棱的，中空。茎长一阵子，就从顶端复长出来数片叶子，吊兰一样的。开青花，小小的，像麦穗那样凑聚而成。莎草不挑地方，山野里，路边，陡坡草地，田埂，甚至沙子地里，都行。有点水分就散开叶子过日子了。

莎草活老了，连根刨出来。药用的不是根呢，别着急。根上有须，山羊胡子一样。须下结着籽实一两枚，两头尖尖的，纺锤一样，外皮紫褐。这是转相衍生，籽上有细软黑褐色的毛，告诉你，这个籽实，不能叫莎草根，叫香附子。谁是谁的名字，不要乱用。中药的规矩麻烦着呢。

不过，世上的事情有趣的多了去了。你一定听说过名贵的中药材肉苁蓉吧？告诉你，肉苁蓉是个寄生植物，毫无独立能力。莎草的根，就是它的宿主。没有莎草，肉苁蓉直接活不成。肉苁蓉这厮知道自己名贵得不行，人类稀罕地叫它作沙漠人参，所以它还拿了一把，骄横跋扈。不是肥大丰美的莎草根，不长在沙漠，它还不稀罕寄生哩。所以，差不多一千株莎草根上，寄生的肉苁蓉也就五六株。

茫茫莎草里，只能捞出来几株肉苁蓉。草贵草贱，由不得草，是人类依着自己的贪心定义的。肉苁蓉有补精血，益肾壮阳的疗效，又这么难得，所以，价格不菲。人们为了挖掘肉苁蓉，不得不大量挖掘莎草。神仙打架，老道遭殃。可怜的莎草，伤残一地，零落一野，心碎裂成渣渣子了。有些地方，为了采挖肉苁蓉，莎草被大量采掘枯萎，土地沙漠化，千疮百孔的看不成。肉苁蓉也是古地中海残遗植物，胡乱采挖，已经是濒危种。有时候，我们追逐眼前的利益，而忘了给子孙留一点儿念想。

其实啊，莎草也是好药，除胸中烦热，散时气寒疫，消饮食积聚。时珍说，香附子，平而不寒。香味能窜，其味多辛能散。而香附子又味苦，微苦能降，微甘能和。

五味能治五病，香附子微微苦，微微甘，微微香，都是刚刚好，不过分，所以药效独到。因为香气能发散，游走，所以香附子上行胸膈，外达皮肤，下走肝肾，外彻腰足。

而且味微寒，利用炮制可以改变药性。独味的香附子，炒焦，能止血。血见黑则止嘛。用童子尿炙炒，则入血分而补虚。青盐炒则补肾气，酒浸泡后干炒则行经络。醋浸泡干炒，则消积聚，消食。干姜汁炒则化痰饮。

你看，这味药材多么好。以柔克刚，能补能益。其实，这世上，没有最好的药，只有用对症的药。人参名贵吧？对于青壮年则是毒药，吃了会要命的。甘草很低贱吧？能解百毒。所以，在药材的世界里，没有最好，只有最合适。可是，人类自己是贪心不足的，时时刻刻想着大补，想着享用一切美好的东西，想着价钱贵的都要给自己用用。吃虫草，吃肉苁蓉，吃发菜……抬着一张破嘴，无所不吃。结果，这些东西的无尽索取，对自然环境造成巨大的破坏。搂过发菜的沙漠里，几乎寸草不生。挖过肉苁蓉的地方，干枯的莎草无数。风沙肆虐的时候，有些人真该管住自己的嘴，不要觉得有钱，就死命地索取于自然，给子孙好歹也留点儿，不要吃干喝尽。

我们河西古老的歌谣里唱：事做三分留三分，留下三分给儿孙。

薰草。

薰草，也叫香草，蕙草。古时候，人们烧香草以祈求降神，故叫作薰草。薰者，熏也。蕙者，和也。晒干，香气愈加纯。

薰草点燃，淡青的烟，薄薄的，味道清纯芬芳，很禅意，不是世俗的香味，是完全来自植物心里的清芳，一尘不染的清冽。古人燃烧香草，是人间和仙界的沟通交流，以此来供养神灵，引接众生，并不是用来祈祷发财的。

神灵是大智慧的化身，不会因为有人抱着碗口粗的香磕头，就会给他一点钱。做人，先要在心里燃起香草，把自己的品德熏香。

薰草长得纤细，柔弱，是古典的那种美。叶子纤长，七月开花。香草的美，只能在《诗经》里，盛唐太过于隆重，宋风又嫌单薄，只有《诗经》刚刚好，清澈，澄明，一点也不枯瘦，天生的田园清美。

薰草可以明目止泪，祛除恶气，也能治愈伤寒头痛。古时的女儿，清汤沐浴，一定要有香草汁液。不仅沐浴，还要把香草做成香囊，随身佩戴。一路走，一路留香。若是遇见心仪的男子，悄悄地递香包传情，什么话也不说，只是低眉微微含笑。这美，就足够盛大了，再也不能多一点了。那时候，大美情意，都是含蓄的，才不要说出来呢。说出了口的东西，就没意思了，干枯憔悴，虚伪轻浮起来。只有一脉细微的薰草香，才是心里的念想。裙角儿窸窸窣窣的，面若桃花，身若杨柳，该是何等的风韵柔美啊。

泽兰。

泽兰生于水泽边，故名。时珍说，此草亦可为香泽，不单单是指生在水泽旁边的呢。齐安人呼为风药，其根可食，也叫地笋。

总觉得，兰和笋，相距甚远。古人真是的，不要因为人家的根能吃，就叫地笋，破坏了清美的诗意。

泽兰二月生苗，高两三尺。茎干不甚粗壮，青紫的颜色，方梗，棱角分明的。叶子相对而生，如薄荷，细细嗅，有淡淡的香味儿。《诗经》里说，七月是个浪漫的季节，很多风雅的花儿，都选择在七月开花。很多漂亮的女孩，都要在七月出嫁。风雅的男子，也要在七月吟诗。泽兰也是，刚到七月，就急急打开一粒小花朵，生怕漏下自己。

泽兰的花儿很有味道，一点点白色，渗透了淡淡的紫，紫中掺白，梨花带雨。也有点像薄荷花，但要通透一些，矜持一些。泽兰的叶子尖，细润，微微的有点白绒毛，四棱方茎，叶脉淡淡一丝红晕。对生的叶子，多皱缩，如美人颦眉，不开心的样子。颜色暗绿，有点苍老，些微带些黄色。这泽兰，总是美人迟暮的风韵，开花也不洒脱，叶腋间簇生小花，不甚美，也不甚张扬。细敛，谨微。这么一想，觉得它道行深，有千年老妖的城府，绝不浅薄。

根紫黑色，如粟根。至于粟根呢？我也没有见过，没有办法想象一下。尽管我的想象力那么不着调，那么无边无际。

古人沐浴，自然是没有沐浴露的。但是，古人更加喜欢来自于恬然之美的草木。香草，泽兰，艾草，都可做浴汤。木桶，弥漫着白茫茫的水气，植物的清香弥散开来，还要撒一点红红的花瓣才好。玫瑰，芍药，红蓝花，都行。沐浴在这样的汤液里，怎么可以不是人与自然揉和的境界呢？那才叫清雅哩。

泽兰补肝泻脾，和气血，利筋脉。主治妇人血分，调经去瘀，是一味女人要药。

时珍说，泽兰，芳香悦脾，可以快气，疏利悦肝，可以行血，流行营卫，畅达肤窍，为产科要药，功效胜于益母。

古人收了泽兰，细细锉之，用绢袋盛了，悬于屋南畔角上，令其慢慢风干。用时，解开绢袋，捏出一撮来，丢在清水的瓦罐里，文火煎煮。那香味儿，就丝丝缕缕飘逸起来。

一盏泽兰水，活血，行水。能治经闭，症瘕，产后瘀滞腹痛，身面浮肿，跌扑损伤，金疮，痈肿。

那时候有女儿的人家，还喜欢在闺房里悬挂一袋泽兰。泽兰的香味养颜，通肺气，使得女儿家面若桃花，呼气若兰。最美的东西，都是来自于大自然，清，纯，洁净，不是人为地捣饬出来的。

夏枯草。

也叫乃东。此草夏至一过，就枯萎了。为什么呢？因为啊，它的禀性是纯阳之气，见不得阴气。夏至一过，阳衰阴盛，它得了阴气，就老了，枯了。天地之气，我们总是麻木不感知，但一株草早已枯给季节看了。

夏枯草长得倒不是倾国倾城，很寻常。原野里很多，也不高，一二尺。土地肥硕，就高一些。土地贫瘠，那就矮一些呗，有什么要紧。叶子对对相依而生，像旋覆的叶子，不过稍微大一些罢了。叶子上有细齿，叶背灰白有纹。茎长着长着，不想抽枝了，就作穗，穗子大概和麦穗的大小差不多。

旋覆叶子没有见过尚可原谅，你如果连麦穗也没有见过，那就很遗憾了，光阴里少了一点味道。穗子开淡紫色的小花朵，一穗有细籽四粒。

夏枯草的嫩苗，可以吃。在开水里烫过，浸泡，去掉苦味，油泼辣子，拌了葱蒜盐醋，是一味好野菜。饥馑年代，可以代粮吃。就算在现在，清贫的山里人家，依然采食各种野菜。不要觉得你吃饱了，别人也都饱着打嗝儿减肥。其实没有。我有个年少的玩伴在深山里，去年走了几十里山路去看她，凉拌的苦苦菜，清炒的黄花辣草。吃一顿尚可，顿顿吃，胃里酸水直泛。日子里的有些苦，不足为外人道也，自己藏着就好了。

夏枯草能解内热，舒缓肝火。治瘰疬，瘿瘤，乳痈，乳癌，目珠夜痛，羞明流泪，头目眩晕，口眼歪斜，筋骨疼痛，肺结核，急性黄疸型传染性肝炎，血崩，带下。这些病药用都有效果。

有个方子，夏枯草治目珠疼。用砂糖水浸泡夏枯草一宿，服用有效。为什么呢？因为啊，眼目属于厥阴之经，而夏枯草禀纯阳之气，补厥阴血脉，此乃阳治阴也。古时有个男子，一到夜里眼珠子疼，连眉棱骨也疼，甚至牵扯到半个脑袋也肿痛。用黄连膏点了，不行。用了好多药，都不行，花钱无数。后来，用夏枯草二两，香附二两，甘草五钱，研末，每服一钱半，清茶调服。吃了几天，诶，好了呀，花了才几个钱。

夏枯草在每年五六月采摘。当花穗变成棕褐色时，挑个晴天，采摘全草，晾晒干，捆成小把。我们喝的很有名的一款凉茶，成分里就有夏枯草。夏枯草还可以防瘟疫。疠气肆虐时，给家人泡夏枯草喝。有些草药，平日里家里放一点，艾草啦，板蓝根啦，苍术啦，装在小篮子里，或者绢袋里，挂在房间里。辟邪，辟疠气，功用相当于空气杀毒。若是搬迁新居，首先在新房子里用这些草药熏一熏，驱阴气。别忘了，夏枯草是纯阳之草。

夏枯草还有个名字叫棒槌草，谁叫的？难听死的呀，扔一边算了。真是的。

墨烟草。

此草算得上是满腹文墨了。文章怎么样不知道，因为也没有见它写的。但是腹内的墨水，绝对足够。时珍说，墨烟草，很柔弱，苗似旋覆，花开小而白细。草茎折断，有墨汁渗出来，所以叫墨烟草。

古时穷人家的孩子读不起书，采了墨烟草，搓揉茎叶，捣饬出一盏墨汁来。央求人教几个字，蘸饱了墨，写在衣襟上，低头可见，为的是不忘掉。一直写会了，记牢了，洗去墨汁，再写几个。走路是这几个字，吃饭是这几个字，做梦还是这几个字。古人对汉字的痴迷，是我们所不理解的。

墨烟草，入药味甘，酸，寒。归肝、肾经。能补益肝肾，用于肝肾阴虚的齿牙松动，须发早白，眩晕耳鸣，腰膝酸软等，常与女贞子，桑葚配伍。也能凉血止血，用于阴虚血热的吐血，衄血等症状。

有个方子，墨烟草治虚损百病，久服白发再黑。墨烟草取汁，桑葚子取汁，各以瓷盘晒为膏，冬青子酒浸，九蒸九晒研为末。几种药各等分，炼蜜为丸，梧子大，每服六七丸，空心淡盐汤送下。

至于药效怎么样，我也不知道。没有试过。再说也没有白头发嘛。时珍说，风牙疼痛时，新鲜的墨烟草，加一点盐，在掌心搓揉，揉好了擦牙即可。这个方子也没有试过，我的牙好得很。

我念念不忘的，是想得到一盏墨烟草的墨汁，尽管不懂书法，总是喜欢涂抹几笔嘛。那样散发着淡淡清香的墨汁，泼在淡青的宣纸上，慢慢洇开，该有多么好呢。

有些好，是伤感的，是总也得不到的。只是碎碎念着，想着，忘不掉。像光阴里想念过的那个人，隔了多久，想起来心里都是温暖清冽的。

蓍草。

这味草，你一定没有听过，读蓍草，不读耆草。一种长杆子草，细瘦，劲韧，很挑地方，轻易找不见。据说是伏羲挑选了蓍草与白龟作占卜之物。古时占卜，烧来做卦，跟龟壳的作用一样。

古药典说，蓍，乃神草。《周易》里说，蓍生地，于殷凋殒一千岁。一百岁方生四十九茎，足承天地数，五百岁形渐干实，七百岁无枝叶也，九百岁色紫如铁色，一千岁上有紫气，下有灵龙神龟伏于下……

也说，蓍草非圣人之地而不生，故为历代钦差大臣前来祭祖复命之信物。《周易》里说，蓍之德，圆而神。天子蓍长九尺，诸侯七尺，大夫五尺，士三尺。

像我这样的平民，怕是一寸也没有的。

周朝古国，就用蓍草茎占卜，也用龟壳占卦。但是在我们西北地域，这样两样都是没有的。当时的匈奴，羌人，拓跋人等部族，用羊肩胛骨烧灼之后可得兆占卦。周人说，蓍，耆也。龟，旧也。意思是有疑虑难决之事，求问耆旧老人，就能得到圆满的答案。老人们走过的光阴漫长，经历的事情多。历年多，更事久，事能尽知也。有时候，智慧就是经历的积累。

你想，蓍草乃是多么长寿的草啊，能活一千岁，不是神草是什么？沧桑岁月，它都尽收眼底，求问于蓍草，它应该能够预知吉凶。当然，龟也一样，也可活很漫长的岁月，自然能预知祸福。年纪太轻的事物，都不行的。

古人对蓍草的崇拜和神话，使得它称为神草。《史记·龟策传》云："蓍，百茎共一根。所生之处，兽无虎野狼，虫无毒螫。"是神圣的草。褚先生云："蓍满百茎，其下必有神龟守之，其上常有青云覆之。"《史记·龟策传》云："天下和平，王道得而蓍茎长丈，其丛生满百茎。方今取蓍者，八十茎以上，长八尺者，即已难得。但得满六十茎以上，长六尺者，即可用矣。今蔡州所上，皆不言如此。则此类亦神物，故不常有也。"

时珍说，蓍草，茎直立，比较高，有细条纹，茎上有白柔毛。小花朵凑聚在一起，花瓣细瘦狭长，一点也不肥，淡白色边肋。有白色的，粉红色，或者是淡紫红色，颜色非常清纯，不浓厚，淡而薄，形如菊花，结实如艾实。深山峡谷里生长，九月采摘，晒干。叶花含芳香油，苦，酸，平，无毒。全草入药，有发汗祛风之效，久服不饥不老，轻身，耐光阴。

黄连书

　　山空，花喧，青衫，弹拨琵琶。好古，弘景，元素，成无己，时珍，溯了时空，滤了光阴，聚在深山古树下，看泉听风，争论草木。不远处是人家，篱笆上开满牵牛花，农夫正在用拂尘，掸去短衫的灰尘。路边是野菜，青蒿，黄连。台阶下苔藓，柴胡。半坡上伶仃的几棵桃树，两三片落花飞卷。

　　黄连。

　　黄连苦，黄连凉。时珍说，黄连，其根茎连珠而色黄，所以称为黄连。有两种。一种根粗，无毛，有珠，质坚实，色深黄。聚集成簇，弯曲，形如鸡爪，习称鸡爪连。另一种无珠，多毛，中虚，黄色稍微淡，味极其苦。两种黄连，各有所宜。黄连有清热燥湿，泻火解毒之功效。

　　好古说，黄连苦燥，泻火，为治火之主药。苦入心，火就燥。泻心者其实泻脾也，实则泻其子也。

　　弘景说，黄连久服，身轻长生。听说封君达，黑穴公，连服黄连五十年成仙。

时珍辩解说，这是哪儿的话啊，黄连为大苦大寒之药，用了降火燥热，适可而止。黄连久服，必定肃杀之令常行，而伐其发生冲和之气乎，怎么能吃五十年呢？黄连本是寒凉之极的，久服反而热。

岐伯说，五味入胃，各归所喜攻……苦入心为热，久服黄连，反而热，则脏气偏胜，即有偏绝，则有暴夭之道……

简误说，黄连味大苦，气大寒，群草中清肃之物。祛邪散热，荡涤肠胃，肃清神明，是其性之所长；而于补益精血，温养元气，则其功泊如也。

月下笙箫，花落无痕。清风吹动秦朝的剑树，唐朝的木棉，明朝的菩提。还有各朝各代雅士们素白的衣衫。千山静默，红尘清霜。医圣们的清眸里，一脉花香，脚下野草离离。他们隔着时空，还在争论不休，只为一味苦苦的黄连。我能在岁月里打捞出来的，是纸页泛黄的《秦观与乔希圣论黄连书》。没有哪一样草药，像黄连这样争论了千重时光。

其实，一味药的功效，也有一个认识的过程。无论哪一样草药，都有个体差异，不是一成不变的。一个人使用黄连，也因体质、病情和用量不同而见效各异。至少在魏晋南北朝时期，黄连曾作为一种养生药，风靡一时。唐朝的人也喜欢黄连，作为养生药材，在当时很时尚。

一纸黄连书，追随无数人。

黄连酒炒治上焦火，姜汁炒治中焦火，水炒治下焦火。

能明目，治疗肠澼，眦伤，腹痛，下利，以及妇科病。伤寒胸中有热，胃中有邪气，腹中痛，欲呕吐者，黄连汤为主药。少阴病，心中烦，不得卧，黄连阿胶汤效果好。牙龈肿痛，肠胃湿热，脘腹痞满，烫伤，都用黄连。

患了眼疾，目赤肿痛，黄连浸蒸人乳，点眼睛。这个方法我用过，比眼药水效果好多了。消渴尿多，用黄连。口舌生疮，也用黄连。

有故事讲，一个叫崔之亮的官吏，无意中救了一个死囚。犯人出狱数年以后病故。后来，崔之亮患了眼疾，失明了。半夜枯坐，觉得人生寒凉，不觉悲从心底升起，暗自抽泣。突然，窗外窸窸窣窣响动。他问：谁啊？半夜三更的。回答说，我啊，就是你当年搭救的那个犯人。你有恩于我，特来报答。有个秘方叫济生羊肝丸，黄连末一两，羯羊肝一具，去筋膜，生用，捣烂和丸。吃了眼睛可复明。说完，就没有声息消失了，窗外刮过一阵大风。崔赶紧服用此药，过了几个月竟然痊愈，能看见东西了。

这个方子就流传下来，也可把羊肝煮熟加黄连捣烂服用。

草木的命运，和人一样，起伏跌宕。据说整个唐朝，黄连是红得发紫的名药。再穷的人家，也要吃点儿黄连装装门面。

时珍说，黄连只是一味普通的药材，至于身价高低，说到底是人在操纵，跟黄连本身并没有关系的。

梨花初开，篱笆挂满露水。是的，我想凑够所有的积蓄，骑马去一趟光阴深处。不为别的，只为路过一个庭院，看时珍坐在树下，拈花微笑。藤椅，石桌，青花瓷盛药，葫芦盛药。绣花的小枕头，一单处方，一印落款。这样的田园小雅，心里怎会没有悠然的美意？砰然弹指间，红瘦绿盈。百草繁花，只取一叶一花，煮一盏清茶沸透清淡的光阴。

花瓣雨，树下披着一身清香的先生，在一册书里，寻找两三味不知归的草药。

芎䓖。

也叫胡䓖，出自胡戎之地。胡地天高。苍穹为天象。此药主治头脑诸疾，故有芎䓖之名。味辛，温，无毒。主治一切风，一切气，一切劳损，一切血。

人老了，突然觉得脑子里一丝冷风走动，脸上细微的游风乱窜，眼泪下来，鼻涕下来。中风了。筋骨已经不牢，众脉已经不调，新血不来，旧血弱而郁结。

元素说，这样的风病，赶紧儿吃芎䓖吧。芎䓖上行于头目，下行于血海，清神祛风。能散肝经之风，治疗少阳厥阴经头痛，以及血虚头痛，是祛风圣药。

一味草药，上升到圣药的境界，算是参禅了。

齿败口臭，水煎芎䓖漱口。

时珍说，芎䓖，血中气药也。肝苦急，以辛补之，故血虚者适宜。辛以散之，故气郁结者适宜。但体虚气喘者不可久服。骨蒸多汗的人，气弱的人，不可久服。因为芎䓖性辛，会令真气走散，导致阴虚越加加重。

有个医案，沈括讲的。说，有人久服芎䓖，名医郑树熊看见了说，芎䓖嘛，不能长时间吃，吃了会令人暴死。后来，这人果然无疾而卒。又有朝士张子通的妻子，脑中风，一直服用芎䓖，一旦暴亡。大家都看见了这两件事，觉得郑树熊真乃神医。这两个病例，都是独味芎䓖服用的时间太长，则走散真气。若是配了其他草药辅佐，不长时间吃，病可能早就好了，怎么能如此糟糕啊。

粗布青衫，芨芨草鞋，竹篓小锄，踏着一山静寂，独自采药。万径人踪稀，空山鸟鸣长。时珍靠着青石头打个盹儿，一队蚂蚁娶亲，吹吹打打路过，看也不看他一眼，兀自拖着一行痕迹走了。阳光从树叶的缝隙里筛下来，幽暗，明亮，到处是斑驳的光影。一枚青叶，别在他的帽檐里。摘下来细细看，笑了，说是谁呢，原来是天名精啊。

天名精。

还有名字叫地菘，鹤虱，活鹿草……大概十来个，一口气说不完。一味草么，弄这么多名字干啥哩么，破烦的。

嫩苗绿色，柔弱，很像皱叶菘芥，稍微有点狐气。嫩苗淘洗干净，凉拌热炒，可以食用。长高一点，就起茎撒叶，开小黄花，像小野菊花。秋天结籽实，像茼蒿，籽最粘衣裳，很讨厌，狐气尤甚。狐气就是不芬芳的气味，狐狸的气味。

性甘，寒，无毒。主治瘀血，血瘕欲死，下血，止血，利小便，久服身轻耐老。能除小虫，去痹，除胸中结热，止烦渴，逐水，大吐下。破血生肌，治疮。主金疮，止血，杀三虫。

时珍说，天名精，是对其根苗而言。地菘说的是其苗叶也。鹤虱说的是其籽也。病人咽喉肿痛，小儿急慢惊风，牙关紧急，不省人事，用鹤虱草，一名皱面草，一名母猪芥，一名杜牛膝，一名天蔓菁，取根洗净捣烂，入好酒绞汁灌下去，良久即苏醒。药渣可以敷在脖子下。

初读，以为鹤虱草，皱面草，母猪芥，杜牛膝，天蔓菁是五样草药。后来才知道，就是天名精的五个名字。说来说去，就是把天名精绞汁灌下。噢，这么花哨，把人都绕晕了。

古人朱端章记载说，他在任淮西幕府的时候，牙疼大作，可把他疼死了，疼得满地打滚。有人用一捻草药，热水浸泡了一会儿，蘸汤点在牙痛处，少时即好，不疼了。这味草药实在太好了，就求药方，说，很多人牙疼欲死，你把方子告诉我，可以给大家治病。这个方子就是皱面地菘草。也有人讹传为地葱。他说，用鹤虱一枚，塞到牙痛处，也有效果。然后鹤虱煎米醋漱口，或者加一点防风，漱口，草研末塞到牙痛处，都有效果。

一味草药有很多笔名，也是很正常的呢。可是这个天名精，乱七八糟的名字实在多，医生开药方的时候，不得不这样开：

男女吐血，皱面草即地菘，也叫鸡踝子草，晒干研末，每日以矛花泡汤调服。

咽喉肿塞，喉咙水肿不可下者，蚵蚾草即天芜菁，也叫地菘，连根叶捣汁，鹅翎扫入，祛痰最好。

治风毒瘰疬，赤肿痛硬，野叶子烟即癞格宝草，也叫地菘，捣如泥，敷瘰疬上，干即易之，以差为度。

治恶疮，癞蛳草即麦句姜，也叫天名精或是地菘，捣汁服之，每日两三服……

晕啊，天名精，你饶了我吧，要这么名堂烦不烦呀？

旷野里，阡陌纵横。一树一树的繁花，开成空枝。也不知道你来过没有，时珍。反正我在树下徘徊的时候，只剩下一地落红。竹篓里也没有草药，身边只有几滴鸟啼。先生，我是路过山野的一女子，孤单，惆怅。还未年轻，就已经老了。老了，只能在大野里采采风，采不到一丛草药。就连最寻常的女苑，也寻不见。你说，田埂下，山洼里，随处可见。可是，就算见了，我依然不认识它。

女苑。

女苑，也叫白苑。时珍说，因为其根似女体，柔婉，故名。辛，温，无毒。治疗霍乱泻痢，肠鸣上下无常处，惊痫寒热百疾。对肺伤咳嗽，出汗，久寒在膀胱支满，饮酒夜食发病，都有极好的疗效。

时珍说，女子面黑，若想变得白皙一些，用女菀三分，铅丹一分，研末，醋浆服一刀圭，一日三服。十天大便黑，十八天面如漆，二十一日全白，便止，过此则太白矣。年纪过了三十，绝对不可服用。

他讲了个小故事，是名医葛洪记载的。宋兴国时，有个美女任氏，面若桃花，倾城倾国，美得不行。后来聘嫁给进士王公辅，不遂意。大概王公辅不是美男子，不风度翩翩。美女郁闷的时间久了，面色逐渐变黑，显出苍老之态。娘家人急了，重金四处求医。女儿靠脸吃饭，颜色黯淡，那可不行。有个道人揽下这个活儿，用的是女真散，每服两钱以酒冲服。数日后，美女面貌微白，一月如故，粉白粉白的。娘家人恳求药方，说再要是变黑，那可怎么办啊？不如你把方子给我们吧。道士给了药方，女真散就是黄丹、女菀二物等分即可。

时珍说，根据葛洪之方，有人吃了，应验着呢。然而女菀有两种，紫菀和白菀。紫菀治手太阴血分，白菀治手太阴气分。肺热则面紫黑，肺清则面白。三十岁以后则肺气渐减，不可复泄，所以不能吃了。

可见，吃药这件事，非常玄乎，不能人云亦云。

另一个故事也是葛洪记载的。葛洪在另一篇文中说起过，名医，善人，雅士。草药葛就是以他的名字命名的。他说，秦末汉初，西楚霸王项羽攻下咸阳。城里慌乱，人喊马嘶，杀人放火。有个宫女惊走，逃入山中。跑得匆忙，也来不及收拾行囊。深山遇见一个老翁，说这山林里，野草野菜都可以吃，唯有粮食没有。最能活命的是柏仁，饿了就嚼几口，柏叶也能吃。饥寒的宫女用柏仁度日，虽然起初觉得苦涩难咽，但是日久则渐渐习惯了，当作过日子的主要口粮。吃柏仁的好处是冬不觉寒冷，夏不觉暑热。从此，山中岁月深，不知世外是何年。

到了汉成帝时，有个猎人在终南山追赶猎物，无意间遇见一老妇，身上没有衣裳，全身像猴子一样长着黑毛。她跳坑越涧，身轻如飞，山梁上闪一下就不见了。猎人大惊，以为遇见传说里的野人。于是招呼来许多人，大肆围捕而捉获。一问，才知道这个野女居然就是秦时宫女，逃进深山再也不敢回去，已经两百多岁了。

猎人推测说，古人称柏树禀坚劲之质，是多寿之木。吃柏仁体香，宫女身轻如燕就是柏仁的药效。

读到这样的故事，心里免不了丝丝怅然，勒得心口疼痛。一味草药的背后，为什么总藏着一段悲凉的光阴？人生寒凉，起起落落，活到老，也实在是一件不容易的事情。一个女人，从文明社会过渡到了野蛮状态，跟野兽为伍，已经够凄惨了，还活了几百岁，她是怎么熬过这漫长焦躁的日月？

耕半亩薄田，栽一坡菊花，过一种菩提，净水，经卷的日子，料想也是难的。人生多事，总不如意，活在时光的孤单里，还不如草药呢。一味味草药，在幽凉的日子里，疏淡，清雅，柔软，兀自随风起舞。很想，在一个朴拙古意的乡村里，最好是大片大片樱花盛开的时候，红云弥漫。一把旧藤椅，一盏旧年的米酒，慢慢啜饮，等待青衫的雅士路过。他呀，不来也没什么，一山一野的草药都在，清苦的药味儿都在，这就好了。不要把自己也当作一枝花，开一开算了。做人最高的境界，就是活到草药的境界，高深，又随意。

草药，如梦衣裳

每一味草药都有自己的衣裳。朴实的，清雅的，绚烂的，都暗暗使着一股子劲儿，打蕾的打蕾，撒叶的撒叶，毫不含糊地蓬勃生长。

三枝九叶草。

有一种草药叫三枝九叶草，长得还行，茎如粟秆，叶青似杏。叶子上顶着几丝细细的刺，有时候开个白色的花儿，有时候开个紫色的花儿。根入药，紫色，多须。这是它的正常形态，环境若是改变，它的衣裳可就不一样了。

时珍说，三枝九叶草生在大山中，没有人烟打扰，它长得甚是得意，张扬，洒脱，肥硕。一根有很多茎，茎粗壮，一二尺高。一茎分二桠，一桠三片叶子。叶面光滑，背面黯淡，有些许茸毛。总的来说，叶子很薄，边缘有细齿，微微的一点刺儿，不甚锋芒，只有触摸才能体察。

至于长在平原地带的三枝九叶草，衣裳还是那件衣裳，但收敛黯淡了很多。叶如小豆，枝茎紧细，很紧凑，也长不高，很抑郁的样子。根像黄连，叶刺要尖锐一些。最最重要的是，它生长的地方不能听见水声。若是有水声吵着它了，药效减半。大概，没有好衣裳穿，又听见水声哗哗的很破烦，比较生气吧。

偏风不遂，皮肤不仁，都可以用三枝九叶草来治疗。取三枝九叶草一斤，剉成细末，白绢袋盛了，放到瓷器里。然后灌入无灰酒两斗，浸之，层层密封，酝酿七八天，可以了。取酒温暖饮之，酒到微醺就行，不要酩酊大醉，那样不好。酒喝干了，再续一些，接着喝。喝着喝着，病就好了，无不效验。不过呢，准备酿药酒的时候，要清寂干净，鸡儿狗儿都赶走，不要近前。

无灰酒是个什么酒呢？就是不放石灰的酒。古人在酒内加石灰以防酒酸，但能聚痰，所以药用须无灰酒。一般是黄酒最好。酿酒的时候，有坐灰，清灰的程序。发酵酒时，酸碱度适中，无须再加石灰，就叫无灰酒。

积雪草。

弘景说，积雪草方药不用，想此草以寒凉得名耳。

时珍说，积雪草是一种蔓草，功用大概和薄荷相似。也有人叫胡薄荷，比薄荷的味道少了一点甘味，喝茶很不错。这味草本来也是薄荷，蔓生的，在寒凉的深山背阴处过日子。

积雪草的衣裳很漂亮，朴素，悠然，不雕琢。

但它长着长着，突然就离开山间皈依了佛门。山里不见踪影，平川也没有，它到底去了哪里？不知道从哪朝哪代开始，积雪草选择了寺院墙的砖砌间。别处都寻不见。它换了一件衣裳，和薄荷不像了。叶子圆圆的似铜钱，引蔓铺地，散发出很清淡的香味儿，像细辛，不见开花。它把碎花衣裳丢在世俗里，只穿了素淡的青衫。

寺院的墙壁上，积雪草恬静生长，铺满一面墙，又绕过去铺另一面。听经闻法，兀自生长，连花也不愿意开，独自行走江湖。寺院的僧人采摘了叶子泡茶，还是那份儿清淡的幽香味。祛风散寒，肺热咳嗽，消食积饱胀，都用积雪草来医治。

古代名医董炳记载了验方说，男女血病，积雪草很好，方剂的名字叫九仙驱红散，治疗呕吐诸血及便血。用积雪草五钱，当归酒洗，栀子仁酒炒，薄黄清炒，黄连清炒，条黄芩酒炒，生地黄酒洗，陈槐花炒，各一钱，上部加藕节一钱五分，下部加地榆一钱五分，水二钟，煎一钟服，神效。董炳说，此方得来得很神秘，主治与本草不太相符，不知道什么原因。

钟是古代器名，一种是圆形铜壶。另一种指酒杯，茶杯，与"盅"通。我算了一下草药的剂量，应该是这样的，用一铜壶水煎熬草药，熬成一茶杯差不多了。至于上下部，是腰为界限，吐血为上部，便血为下部。

牵牛子。

牵牛花开，沾着露水，一朵朵的多么漂亮啊。那是牵牛子的衣裳，绚烂而飘逸，清美之极。花落了，牵牛子才探出脑袋来，准备入药。中医里一般叫它二丑子。

那时候，家里开了诊所，我抓药。一味味草药摊开在纸上，觉得妖娆。草木枯萎了，却有一种饱满的妩媚。一脉幽淡的草木气息，指间缭绕，舍不得挥去。抓到二丑子，总是忍不住笑，你怎么这样的丑啊？一丑得了，非要到二丑里去。

只是调侃它罢了。对着草药说话，觉得心里暗暗喜欢。实际上，二丑子的意思不是长得丑陋。牵牛子有黑白两种，黑牵牛多生在野外，藤蔓上长着细细的白绒毛，折断茎，有白汁。叶子像枫叶，有三个叶尖。白牵牛大都是人家庭院里栽种的，开花叫牵牛花。藤蔓微微有点红，无绒毛，有柔刺，也不甚锐利。折断茎，有浓汁，很猛烈渗出来。叶团有斜尖，茎叶很像山药。

时珍说，牵牛子叫二丑子，是因为丑属牛，隐去其名，黑的叫黑丑，白的叫白丑。两样就称为二丑子。《神农》里没有牵牛子的记载，后来才加进本草里去的。

噗，原来草木也是有属相的。有没有属老鼠的草药呢？是不是很贼眉鼠眼啊？

脸上生了粉刺，黑丑研末，加一点别的草药末，洗面，慢慢就好了。面上长了雀斑，黑丑末加鸡蛋清，做面膜。风热赤眼，用白牵牛。

茉莉。

茉莉也是一味药。草药里叫柰花。当然，茉莉的衣裳仙风道骨，清美飘逸，算是草药里的品牌衣饰了。茉莉不是中华原产的，属舶来品，原出在波斯，移植到南海，慢慢传进来。时珍说，茉莉其性畏寒，不宜中土。

时珍又说，茉莉本来就是胡语，无正字，随人会意而已。雅士张敏叔呼为远客。名医嵇含写草木，呼为末利。也有的医药书籍里叫抹厉。佛经里叫抹利。王龟龄呼为没利，洪迈叫末丽。杨慎说，今人叫末利花者，晋书里叫柰花。

张敏叔这些人，都是古代有学问的人，雅士，名医，文人，很受世人的尊敬。多少达官显贵，死了就灰飞烟灭，无人惦记。唯有他们，世世都被人敬重。李时珍因为留下《本草纲目》，后世尊为医圣。一声时珍，多少敬仰啊。

胡人发音很含糊，读出来大概就是茉莉的音差不多吧。古人把柰花蒸油取液，作为润面养发的油脂。用了，面如桃花，身体清香。长发黑亮，飘逸柔美。但是更多的用处，是入茗汤。一盏茉莉花茶，清香四溢。

茉莉的根有毒。时珍说，古代江湖上的诈术，很玄乎。用无灰酒研磨茉莉花的根，磨好后服下，磨一寸，则昏迷一日乃醒过来。磨两寸，则昏迷两天。磨三寸，就昏迷三天。

噗，若是磨一尺，怕是醒不过来了吧？假死成真死了。还不知道有没有后遗症呢。

大夫也用茉莉的根。凡跌打损伤，骨节脱臼者，就给病人服用了酒磨茉莉根，从容地捯饬着接骨，捏骨，绷绑架，固定断骨。这样，病人迷糊着，不知道疼，安静地等着接好骨头。

三七。

俗名字叫山漆，金不换。时珍说，当地人说，三七的叶左三右四，故名三七，大概不是这样的吧？也有人说，叫山漆是因为能合金疮，如漆粘物。至于金不换，是说它贵重也。

不过，我觉得三七和山漆纯粹是发音的问题，也许是地域方言的缘故。小孩子口齿不清，叫三七就是山漆。

三七这味药非常好啊，在旧时光里它简直是圣药。两军对垒，一声呐喊，开始厮杀。一场混战之后，满地伤残。刀伤，箭伤，撕裂伤，血流不止。有新鲜的三七，就嚼烂敷在伤口上，布条包扎，血即刻而止。没有新鲜的三七，就用晒干的三七粉末止血，疗效是一样的。一株三七，可以救活一个兵士，是军中要药。

时珍说，但凡杖扑伤损，瘀血淋漓者，嚼烂三七，敷伤处，疼痛慢慢减弱，由锐疼变为钝疼，直到不疼。青肿瘀血经过一夜就消散掉了。若是有人受杖之前，偷偷先服用三七几钱，挨打则血不冲心。杖后赶紧再服几钱，则很快好了，不伤筋骨。

很想栽种一盆三七，叶子苍凝老绿，开一攒红色的小花朵，在书桌前晒着太阳，慢慢长呀。一袭绿衣裙，怎么看，都好，合着心意的清雅。

人要回到大自然才好。每一株草药的心里，都有一件最美的衣裳，春绿秋黄。每个人的心里，总藏着一重水云间，闲听山风清泉。真正的安静，是无声处倾听花落草长。凡尘里的素淡，就是门前的小径，花开如沸。还要有一卷书，字字珠玑，读来满心的清香。

只把心交给光阴

藜芦。味辛，寒，有毒。

也叫山葱。时珍说，北人谓之憨葱，南人谓之鹿葱，都是藜芦。有两种，一种水藜芦，茎叶大同，只生在近水的溪涧石上，根须多，不中药用。药用的藜芦，名字叫葱白藜芦，根须甚少，只是三二十茎，生高山者为佳。均州土俗亦呼为鹿葱。

小时候被王姓女子欺负，像个小泼妇一样撵出撵进骂她：你能得很，你是高高山上一根葱吗？

突然就笑，原来高山上的葱是藜芦啊！

藜芦主治蛊毒咳逆，泻痢，头疡，疥瘤，恶疮，杀诸虫毒，去死肌。疗哕逆，喉痹不通，鼻中息肉，马刀，烂疮。不入汤用。

一般来说，有毒的草药，都可以外用治疗各种皮肤病，以毒攻毒。当然也不一定，有的就不行。

张子和记载的医案：有个妇人是风痫病。自从六七岁得惊风后，每年都要发作几次。后来病情慢慢加重，一年发作十来次。到了三十岁至四十岁期间，几乎一天发作十来次。有时候烧水，癫痫发作，一壶开水浇在自己身上，人却僵直了。待醒来，疼得几乎求死，想尽快结束性命。再后来，昏痴健忘，连自己也不知道是谁了。

正值大旱年，庄稼不长，民间大饥。饿极了，她就跑到山野里乱采百草吃。能吃的草都吃下去。吃了一段时间，突然脑子清醒了一些，看见大野中一种类似于葱的野草很好看，就采回来，蒸熟饱食。到了五更天，突然觉得心里不安，吐涎如胶一样。因为半疯半傻的，也没有人理睬，几乎狂吐了一天。全身出大汗，像浇了一大盆水一样。然后，昏睡过去。一直睡了三天，家里人以为死了，她却醒了。奇怪，能下地走路，步履轻健，脑子也好了。大夫把脉，百脉皆和。给了饭吃，结果几天就彻底好了，风痫一次也没有发作。于是，她拿着吃过的野葱给大夫看，原来是憨葱的苗，即本草说的藜芦是也。

《图经》记载说，藜芦能吐疯病。这个妇人应该是偶然遇上藜芦，把病吐掉了。

时珍感叹说，药弗瞑眩，厥疾弗瘳，诚然。意思是说一个病重的人，如果在服用完中药之后，没有出现不舒服的现象，那就不能彻底治愈这个病。瞑眩者，令人愦愦之意也，就是不舒服。

草药的药效与毒性是有毒中药的双重属性，以毒攻毒，则可除病。医学说的瞑眩反应，可理解为排毒，排病，调节反应，即疾病已经好转，开始排毒，大部分人都会出现的一种身体不适症状或发病状态。

时珍说，荆和王妃刘氏，七十岁了，病中风，不省人事，牙关紧闭，群医束手无策。先考太医吏目月池翁诊视，药已经喝不下去了，嘴巴僵硬，时辰从午时至子时。牙关咬得太紧，没有办法，他只好敲掉王妃的一颗门牙，浓煎藜芦汤灌下去。少顷，噫气一声，遂吐痰而苏醒过来。太医调理了几日，慢慢好了。

读到太医打去门牙的时候，正是下午阳光最惬意的时候，光影落在书桌上，水杯里是一杯茉莉清茶。突然忍不住大笑，独自一人，像个傻子一样痴笑了半天。太医，你这么调皮，皇帝知道吗？

藜芦虽然有毒，却是常用药。治诸风痰饮：藜芦十分，郁金一分，为末。温浆水一盏，和服探吐。

治头痛不可忍：藜芦一茎，暴干，捣罗为散，入麝香麻子许，研匀吹鼻中。

中风不醒，牙关紧闭：用藜芦一两，去苗头，在浓煎的防风汤中泡过，焙干，切细，炒成微褐色，研为末。每服半钱，小儿减半。温水调药灌下。以吐风涎为效，未吐再服。

防葵。辛，寒，无毒。

防葵长得很像葵花，尤其是叶子。香味和防风近似，所以就叫防葵。总的来说，这个名字不诗意，也不柔软，还不如叫葵防呢。

不过，这味草很有意思，神神道道的，不是一味平淡的药。防葵有很多名字，阔绰得很，房慈，爵离，农果，利茹，方盖，梨盖，房苑，晨草。叶子似葵叶，每茎三片叶，一本数十茎，中间发一枝干，顶端开花。开得花像葱花和景天花，色白，六月开花即结籽。根像防风。

防葵主治疝瘕肠泄，膀胱热结，溺不下，咳逆温疟，癫痫惊邪狂走。主癖气块，膀胱宿水，血气瘤大如碗者，悉能消散。治鬼疟，百邪鬼魅精怪。通气。

时珍说，防葵在《神农》里列为上品药，黄帝、岐伯、桐君、雷公、扁鹊、吴普都说是无毒草药。可是，唯有《别录》里记载说，若是中火者服用了，令人恍惚见鬼，神魂颠倒，十分可怕。所以，中火者绝对不能服用。

陈延之说，古人怎么搞的，头脑发昏了吗？防葵列为上品养性草药合适吗？防葵服用过多，真的令人迷惑，神志不清，恍惚如狂。根据个体差异，体质重阳者服用就癫狂了。体质脱阳者服用眼前见鬼，人走哪儿，鬼跟哪儿，吓死人了。这样的草药，怎么能说是寒而无毒的呢？

时珍总结说，不是这样的。《本经》及黄帝岐伯们说的，是防葵的功用。而《别录》所列者，乃是很像防葵的一种草药，叫野狼毒，不是防葵本尊呢。陈延之也把野狼毒认成防葵了，他说的也是野狼毒的功用，不是防葵。这两样药不可不辨。古方里治蛇瘕、鳖瘕，多用防葵，其实皆是野狼毒也。

陶隐居说，野狼毒和防葵同根类，但丢在水中，沉者便是野狼毒，浮者则是防葵。

可是有人又说，陶公此话也不足为信。因为防葵秋冬采挖的体质坚实，丢在水里也沉下去了。野狼毒春夏采的轻虚，丢在水里也浮。依据采挖的季节不同，药物的沉浮也不同。

弘景说，防葵，本与野狼毒同根，犹如三建，其形亦相似，但置水中不沉尔。而野狼毒陈久者，亦不能沉矣。凡使防葵，勿误用野狼毒，缘真相似，而验之有异，效又不同，切须审之，恐误人疾。

藏器说，防葵与野狼毒，一是上品，一是下品，善恶不同，形质又别。陶氏以浮沉为别，后人因而用之，将以防葵破坚积为下品之物，与野狼毒同功。今古因循，遂无甄别，殊为谬误。

所以，若不是医道精深的大夫，轻易鉴别不出来。

就我这样的平庸之辈，看上半天也是闲的，看不出个所以然来，徒费工夫。

病人肿满洪大，癫狂邪疾。防葵研末，温酒服一刀圭，至二、三服，身及小不仁为效。

刀圭是古代中药的量器名，我们武威汉墓出土的医药木简中，有刀圭之称。你可能没有见过那些木简，非常精美。每一粒字都像一粒花蕾。一刀圭是多少呢？一撮者，四刀圭也，如梧桐子大也。剂量很小的，一点点。

伤寒动气，伤寒汗下后，脐左有动气。用防葵散。防葵一两，木香、黄芩、柴胡各半两。每服半两，水一盏半，煎八分，温服。

村里有人给我讲过一个故事，也许是她杜撰的，老奶奶都喜欢讲一些奇怪的事情。说，防葵和野狼毒，本是一种草，因为根是一样的，都叫心不甘。有人在深山修炼成仙，石洞门口的一株心不甘沾了灵气，偷偷修炼了千年，要转世成人类。

人死后，必定要过奈何桥。孟婆就守候在桥头，灌忘魂汤，让人忘却今生来世所有的牵绊。后来，那株心不甘草死了，也要过桥喝汤。可是它死活不愿意喝。你想啊，它好不容易修炼了几世要修成人的，一碗破汤灌下去，忘了，那怎么能行？

孟婆不高兴，一棵野草，事情还多得很，讨厌！就一掌将它扇到桥下的忘川河里。心不甘草在河里扑腾了几茬光阴，终于爬上了彼岸，结果又轮回成一棵草，没有转成人。转世之后它心怀悲愤，带着前世的记忆，心越发的不甘。但凡误食它的人，都会看见鬼，令人癫狂疯乱。我们老家叫迷魂草。

怎么说呢？自此，世间有了两种草。没有转世的心不甘，就是防葵。还是草药，不妖气，不蛊惑。至于野狼毒，就是转过世的心不甘，变成了迷魂草。有个放羊的老汉说，他踏了迷魂草，在山里转悠了一天，走不出来。暮色里，他的枣红走马找到他，骑在马上才走出深山的。所以，他一辈子不吃马肉。

我也没有见过迷魂草，但很多人都说自己遇上过，草上踩一脚，就迷糊掉了，出现了幻觉，原地转圈圈，鬼打墙一样。想想也是挺害怕的，一味草，居然这样的妖孽。

防己。辛，平，无毒。

也叫解离，石解。

为什么叫防己呢？这味药很像那种祸根子人，阴险，稍微有点勇猛。单单看字面，就是不可信任。时珍说，防己如险健之人，幸灾落祸，能为乱阶。若善用之，亦可御敌。其名或取此意。

把一味草药描画成这样，好像有点刻薄。

防己根就像葛一样蔓延，生长过程攀缘缠绕，喜欢依附。根外白，内黄，如桔梗，内有黑纹，细密地呈现出放射纹路。药用时刮皮，酒洗晒干。质坚硬，不易折断。气微香，味微苦而涩。能治疗水肿，风肿，去膀胱热，伤寒寒热邪气，中风手脚挛急，止泻，散痈肿恶结。

防己有好几种，产地不一样，主治的功效也不一样。木防己，广防己，粉防己，汉中防己，很复杂的。若是搞不清楚用错了药，加重了病人的痛苦，防己就会一脸无辜地说，是你们大夫医术不好，可不要怨恨我。

大夫开防己，还要考虑病人的体质。强健的人，吃了祛病的效果很好。虚弱的人，拿不住防己，它反而去帮着壮大病势，病情愈加重。大概是这样的，防己进入身体经络之后，有一个选择，是去帮人还是帮疾病。人体若是气脉强盛，防己说，亲，我是你的奴役，帮你赶走疾病吧。于是一阵棒打棍敲，把疾病撵得不见踪影。

若是觉得人体气脉虚弱，病势上扬，防己便会谄媚地对病邪说，主人，我是你的人了，你说咋样就咋样呢。其实有些人就是这样，心机太重，见风使舵，让人看一眼心里就寒凉半截。喝了药的人，永远不知道防己在腹内倒腾些啥。有时候药效出现反作用，反而怪罪给大夫或者别的药材，想不到是防己捣的鬼。

半夏。辛，平，有毒。

是不是觉得半夏就是半个夏天呀？当然了。时珍说，五月半夏生，盖当夏之半也，故名。

虽然有毒，却是常用药。它的毒性被炮制过之后就减弱了。就像一个人，能力强，脾气不好。灌点儿迷魂汤就可以了。

半夏二月生苗，独茎，顶端三片叶子，灰色里隐隐透着极淡的绿，有点像竹叶。不过，生在江南的半夏苗叶子像芍药叶。五月中旬采根，裹上石灰放两天，清水浸泡，加点白矾，泡好，捞出来，去皮，晒干。这种叫清半夏。

法半夏，是把半夏在清水里浸泡，加一点白矾进去，隔天换水，泡到有点麻辣感觉的时候，捞出来，晾一晾。然后，取甘草碾成粗粒，再放石灰块，加水煎汤，煮一会儿，除去石灰渣，倒入半夏缸中浸泡，每天都要搅拌，使其颜色均匀。等到黄色已浸透，看上去透亮，无白心，好了。捞出，阴干。

姜半夏呢，是法半夏炮制到一半的时候，另取生姜切片煎汤，加白矾与半夏共煮透，取出，晾至六成干，闷润后切片，晾干。

这些炮制方法不可省略，很重要，为了祛除毒性。不然，吃了要中毒的。误食生半夏就麻烦了，口舌咽喉痒痛麻木，声音嘶哑，言语不清，流涎，味觉消失，恶心呕吐，胸闷，腹痛腹泻，严重者可出现喉头痉挛，呼吸困难，四肢麻痹，最后可因呼吸中枢麻痹而死亡。这是很可怕的后果。

半夏主治伤寒寒热，心下坚，下气，喉咽肿痛，头眩胸胀，咳逆，肠鸣，止汗。消心腹胸膈痰热满结，咳嗽上气，心下急痛坚痞，时气呕逆。还能消痈肿，堕胎，疗萎黄，悦泽面目，开胃健脾。一般在方剂中用使药，不做君药。孕妇忌半夏，因其燥津液也。

治湿痰喘急，半夏香油炒，为末，粥糊丸绿豆大。每服二十丸，姜汤服下。

治肺热咳嗽，制半夏，栝蒌仁各一两，为末，用生姜汁糊为丸，如梧桐子大。每服二十丸，用淡生姜汤下，食后服。

治霍乱心腹胀痛，烦满短气，桂，半夏等分。末，方寸匕，水一升，和服之。

有人说云南白药含有野葛，不安全，因为野葛是断肠草，有毒。其实，不要这么想，中草药里有毒的草药多了去了，若是有毒的都不用，那么方剂也不是方剂，草药也不是草药了。有毒的草药，炮制过后，照样是治病强身的。几千年的东西，古人早就研究到登峰造极的地步了。

水萍。辛，寒，无毒。

这是一味很柔软的草药。也叫水花，水白，水苏，水廉。

萍者，无根也，浮水而生。

藏器说，水萍有三种。大者曰苹，叶圆，阔寸许。小萍子是沟渠间者。《本经》云水萍，应是小者。

时珍说，本草所用水萍，乃是小浮萍，不是大苹也。陶、苏都是以大苹注之，有误。萍之与苹，音虽然相近，字却不同，形亦迥别，今厘正之，互见苹下。浮萍处处池泽止水中甚多，季春始生。也有人说是杨花所变化的。一叶经宿即生数叶。叶下有微须，即其根也。一种背面皆绿者。一种面青背紫赤若血者，谓之紫萍，入药为良，七月采之。

又说，紫背浮萍，七月采之，拣净，以竹筛摊晒，下置水一盆映之，即易干也。

水萍主治暴热身痒，下水汽，胜酒，长须发，止消渴。

时珍说，世传，宋朝的时候，东京开运河，民夫挖掘出来一块石碑，很奇怪，不是汉字，是梵文大篆，没有人能认识。后来，真人林灵素懂梵文，逐字逐句辨认翻译，乃是治疗中风的一个药方，叫去风丹。碑文说，以紫色浮萍晒干，研末，炼蜜丸，弹诛大小。每服一粒，以豆淋酒化下。治疗左瘫右痪，三十六种风，偏正头风，口眼歪斜，大风癞风，一切无名风及脚气，并打扑伤折，及胎孕有伤。服用百粒之后，即为全人。此方，后人易名紫萍一粒丹。

一味柔软的草药能治这么多病，真是上天赐予的玄机。

汗斑癜风：端午日收紫背浮萍晒干。每以四两煎水浴，并以萍擦之。或入汉防己二钱亦可。

水汽洪肿，小便不利。浮萍晒干为末。每服方寸匕，白汤下，日二服。

方寸匕，是古代量取药末的器具。形状很像刀匕。一方寸匕大小为古代一寸正方，其容量相当于十粒梧桐子大。盛金石药末约为两克，草木药末为一克左右。

总觉得水萍好，柔软，包容。太刚易折，过盛则人远。可是啊，水萍貌似柔弱，连个根都没有，却内心强大。什么样的风邪湿邪，它都轻轻一笑，一脚抄走。它的前世是杨花，那么轻盈，那么淡雅。也不在乎光阴的委屈，沟渠也行，水洼也行呢。漂哪儿，活哪儿。日子里，水清水浊，有一点屈也无妨。总觉得，它的柔弱也是一种傲然的风骨，身在低处，心却是《诗经》里的尊贵。是的，骨傲则人立，气短则位低。它洒然，轻舞长袖，笑傲江湖，只把心交给光阴。

鬼草药

云实。

有一种草叫天豆，长在深山里，也不甚起眼，灰不溜秋的。天豆春季发芽，赤茎，中空。一边长，一边伸出些刺来，像蔓草一样四处攀附。然后开黄花，枝枝蔓蔓的，繁花累满枝。深山里也无人欣赏，不过是兔子狐狸之类的小兽们偶尔驻足看一眼罢了。

天豆哀怨地谢了花，又结个荚。豆荚模仿皂角荚的样子，含着五六个籽粒。籽粒两头微尖，点缀着黄黑的斑纹，厚壳白仁。咬之极其坚硬，铜铸一般。死命嗑开，一股厚浓腥气。

活了一辈子，吸纳天地雨露，天豆念念不忘要修炼成精，想出人头地。草木修炼的最高境界是下辈子转世成人。但是，这个基本很难，只有极有灵性的草木才行。退其次，只好修道乞求入到草药，也不枉活一世。

秋后，采药人打马进山，采撷百草。顺便，也搂了几株天豆放进百草竹篓里。入药的天豆，就贵气了，俗名扔了不要，取个笔名叫云实。种子主治泻痢，杀虫蛊毒，去邪恶结气，止痛，除寒热。根发表散寒，祛风活络。用于风寒感冒，风湿疼痛，跌打损伤，蛇咬伤。

但是，全株云实有毒，茎毒性最大，花朵次之。人误食了云实茎花，很癫狂，不肯歇气，一路狂走。风也挡不住，人也挡不住，鬼也挡不住。反正，就是狂走，直接停不下来。直到自己把自己累瘫，药效过去之后才能渐渐恢复常态。

古人认为，这样的花朵里，就藏着一个鬼，爱暴走的鬼。

世上的事情，总是很奇妙。古时有个人家的媳妇旷野里路过一片坟地。愈走愈害怕，突然觉得脊背被人啪啪拍了几下，毛骨悚然，冷汗淋漓。一边跑一边喊，回家就吓得疯掉了。整天披头散发乱窜，胡言乱语，说身体里进了一个鬼，撵不掉。

大夫说，这种病叫见鬼精。开了草药，一大撮云实的花。妇人喝下去药汁之后，云实花的毒性发作，两个鬼在身体里厮杀，最终，云实花得势，病好了。妇人神志清醒，口齿伶俐了。

古人说，不要烧云实花。因为鬼藏在花朵里，火烧，花烧没了，鬼就冒出来了，很招鬼的。就让它住在花朵里好了。

七叶一枝花。

七叶一枝花，也是挺诡异的草药。俗名叫重楼金线，生长在深山阴潮的地方。一茎独上，茎当叶心。叶子似芍药，厚绿，苍凝。一茎两三层叶子，每一层七片叶，不多，也不会少。夏日，茎头开花，倒也不招摇。一花七瓣，花蕊是金丝蕊，一拃长。越是没有人烟的地方，叶子越能搭楼，最多可以长到七层。根很像鬼臼，外紫，中白。

七叶一枝花是有毒的，苦，微寒。主治惊痫，摇头弄舌，热气在腹中不散。也可以杀虫，去蛇毒，外用可治疗痈疮阴蚀。

时珍说，道家修炼，也服用七叶一枝花，但外人并不知晓真实的方法，只是道听途说而已。说，道家药用的时候，把七叶一枝花的根刨出来，拿竹刀刮去皮，切成小块，放在竹篮里。不能沾铁器。然后呢，裹上面粉，放在瓷瓶中，连瓶子搁在锅里水煮。煮几个时辰，取出来放在粗麻布袋子里，悬挂在屋檐下晾半干，捻丸。

服用这味药也挺玄乎的，到了五更天，沐浴焚香，素布衣袍，面对东方，念咒，打了井水服下。念什么咒语呢？咒曰：天朗气清金鸡鸣，吾今服药欲长生。吾今不饥复不渴，赖得神仙草有灵。每服三丸，连进三服，即可休粮。休粮就是不要吃五谷了，辟谷术听过吧？修炼几个月，闭关到了时候，就要出关断药，吃五谷了。不过，若要饮食呢，先念了松粮咒。时珍也没有说松粮咒语，让人心里急猴哇抓的，读着不踏实。我自己想编一个，编了半天，编不出来。大概道行不深，又不妖孽，完不成这个咒语。

念了松粮咒语，就可以吃五谷了。头一天，先喝一碗清水，再喝点黑豆煎的汤，行了。过一天，用药丸煮了稀粥，喝喝得了。第三天，稀粥里加点粟米野菜，熬稠一点，当饭吃。这样，逐渐的慢慢恢复饮食，不可以一下子狂吃。像我这样的吃货，大概实在渐次不下来，念完咒语就逮住大吃一顿，所以也修炼不成个神仙，注定吃货一辈子，俗人一枚。

七叶一枝花误食后，会中毒的，先是恶心呕吐，头晕眼花，很快就面色苍白，烦躁不安，精神萎靡，痉挛……太可怕了，不要说了罢。

有人抽搐，是阳症者，可以用七叶一枝花救治。中鼠莽毒，也可用它。治新旧跌打内伤，止痛散瘀，效果可以。

总的来说，七叶一枝花好像没有鬼附体，只是有些诡异罢了。

羊踯躅。

时珍说，《广雅》谓羊踯躅是决光，错啦。才不是呢，决光就是决明，怎么又成了羊踯躅？唐朝有名医说，骆驼谷有一种山枇杷，漫山遍野都是，毒能杀人，很恐怖的。开了花，妖艳，热烈，巫气重重，有点像杜鹃花，别人是分不清的，唯有樵夫才能辨别开来。这个花儿，有可能就是羊踯躅。不过，相似的花儿们也多，需要细细辨认才行。

羊踯躅有毒，羊知道的，总是很小心。偶尔误食，原地打着转转，踯躅而死。也叫闹羊花。闹的意思是恼，恼的意思是乱。羊吃了此草药，在风中彻底凌乱了。

这味药有大毒，却能治几种病，贼风在皮肤中淫淫痛，温疟恶毒诸痹。还能驱鬼，邪气鬼疰蛊毒，都可以用，剂量很小，还要有繁杂的炮制。时珍说，有人曾把羊踯躅的根泡在酒里，饮了几口，七步毙命。

这样的草药，一般的大夫不开，剂量掌握不好。只有名医们才可以的。古药典记载说，痛风走注，用羊踯躅和糯米，黑豆，酒，掺和服。然后病人大吐大泄，大汗淋漓，一服便可以了，不敢再喝。效果倒是好。

荜茇。

这味草药是没鬼的，不然一纸鬼气，阴阳不平衡，若是晚上读到此文，吓得不行，又要怨艾我巫婆一样的唬人，不厚道。

时珍说，摩伽陀国的人称荜茇为荜拨梨，拂林国呼荜茇为阿梨诃陀。啊，这两个名字真是太喜欢了，异域的风味，很诗意。

时珍又说，荜茇正月发苗，一丛一丛的，三四尺高，茎像筷子一样。叶子青圆，阔两三寸，叶面光滑，苍厚。三月开白色的花儿，七月结籽，长两三寸，青黑色，类似于椹子。九月采收，曝干，味道辛香。

顺便说一下，我煮牛肉的时候放一点荜茇，去腥味的。

荜茇性辛，无毒。温中下气，补腰脚，杀腥气，消食，除胃冷。治疗霍乱冷气，阴疝和胸腹痛，效果也是很好的。

时珍转载的小故事，说，贞观年间，皇上气痢，久久不能痊愈，服用名医御医的药都不应。于是，下诏访求民间验方。有个卫士进献了一个方子，黄牛乳煎煮荜茇。皇上喝了，疾病痊愈。他说，这件事应该是真的，因为刘禹锡也记载了这样的病案，后来累试于虚冷者很有效。

头痛牙痛，荜茇也有很好的疗效。鼻流清涕，荜茇末吹之，有效。风虫牙痛，荜茇末揩之，煎熬苍耳汤漱去涎水。

古人说，品行高洁的雅士，口吐清荷，言语之间清气冉冉，涤荡人心灵。心胸狭窄的人，出口鬼草，一张口气息浑浊不堪。道家修炼，要用气味芬芳的草药，来协助自己，使得身体内外的气场都有清香之气。清香的气场运行，正气升，邪气降，风生水起，达到清爽的精神境界。

总觉得，每个人心中都藏着一味草药。聪明和善良藏在美好的花朵里，邪恶和造诬藏在鬼草里。你看，选择是多么重要的一件事呢。

草在大野

紫花地丁。

它还有别的名字，箭头草，独行虎，羊角子，米布袋。这些名字，有的我喜欢，有的大概它自己喜欢。这有什么要紧呢？草在大野，自由生长，才不理睬一个过路的女子哩。你活你的人，独自看云，我做我的草，吐故纳新，两不相干。

但是，我总是偏执地认为，有些名字很不好听，最好扔掉不要。比如这个箭头草，太凌厉了。草么，柔暖一点才好。

时珍说，紫花地丁，处处有之。叶子很像柳叶儿，稍微细一点，单薄一点。夏天，开紫色的小花朵，结角。如生长在平地，则起茎，也不甚高，支棱起自己，翘花翘叶。若是生长在沟壑边，则改变自己，起蔓，枝枝蔓蔓的攀爬，花叶贴着地面。

总觉得，植物比人类更加能适应环境，通晓自然。什么地方开什么花，长什么叶子，很明白。自己有多大的本事自己清楚，从不狂妄跋扈。土地肥硕，就随便的生长，清气升，浊气降。土地贫瘠，沟壑纵横，就收敛起来，小心翼翼地活。一天活不老，一季活不老，得慢慢活，不谨慎怎么能行。

修炼了一辈子，一株草活老了，就一脚踏进古风的中药江湖里去了，九头牛也拽不回来。草有草的脾气。

紫花地丁全草入药，味苦，辛，寒。归心、肺经。清热解毒，凉血消肿，清热利湿。主治疔疮痈肿，瘰疬，一切恶疮，喉痹肿痛。黄疸内热，可以用紫花地丁研末，酒冲服。

药庐的柜台上，一张枯草色的纸。枯萎的紫花地丁皱缩成一团，淡淡的棕色，微微的苦味儿飘散。拈起一茎纤细的草叶，羽翅一样，似乎要飞起来了。叶子边缘的锯齿，还是锐利的样子。叶背面细细的绒毛，轻柔而微小。若是呵一口气，它是不是会返青活过来呢？

独摇芝。

这个名字真是好。想起汉朝的女子，发髻里插一枚金簪子，叫步摇。一味草，也有这样清雅的好名字。不过，它还有名字呢，叫定风草，叫赤箭。这世上，哪一味草药没有三五个笔名呢？草根入药，叫天麻。也就是说，草茎叫独摇芝，根叫天麻。

沈括说，赤箭是采根的。有人说，茎如箭，疑惑应该茎入药才对。其实不然也。你看，鸢尾，牛膝，皆是茎叶相似，都是用根的，何足疑惑哉？上品五芝之外，补益上药，赤箭为第一。天麻治风很好啊。

时珍说，天麻子从茎中落下，俗名"还筒子"。其根暴干，肉色坚白，如羊角色，呼为羊角天麻。蒸过，黄皱如干瓜者，叫酱瓜天麻。还有一种形状尖细而空，薄如玄参状者，不堪用。

这样轻柔的草，读来也是叫人怜惜的。想必在山野里，定然是妩媚清透的吧。

光阴里，百草都是美的，瘦有瘦的美，肥有肥的好看。就算是蓬乱的杂草，也是有风韵的，乱而鲜活。你看，枝枝蔓蔓胡乱扯着，牵牵绊绊，缠缠绕绕的，连空气，都被洇染得明艳清冽起来。若是说到草药，那又是另一种简练之美了。独摇芝就是这样，美得想让人供养起来才甘心。

时珍说，若是治疗肝经风虚，就要把天麻洗干净，以湿纸包好，于米糠火中煨熟。取出，切片。酒浸一宿，焙干用。

这样炮制的过程，想来，也是诗意之极的吧？青布衣衫的女子，坐在茅屋里，煨了谷糠火，一点一点拨开，放入湿纸裹着的天麻。丝丝缕缕的热气冒出来，淡淡地映着她的长睫毛。多么好，多么好。

赤箭，辛，温。杀鬼精物，蛊毒恶气。轻身益气，消痈肿。

天麻，主治风湿痹，四肢拘挛，小儿风痫惊气。

还筒子，定风补虚，利腰膝，强筋力。

光阴像戏台。锣鼓一响，花草就要随风而舞。一味草，多像一个女人。衣裳是绿的，开一朵小小的红花，则是红唇一点。就那么一点，蕴含了多少风情啊。谁心里还不藏点儿事？哪一味草还不妩媚一下呢？都要趁着好年华啊。

青黛。

也叫黛花。黛，眉之颜色也。古代的女子，喜欢眉梢挑起来，就拔去眉毛，以此代之，故叫青黛也。青黛捣成汁液，浸入白粗布，浸泡数日，白矾定色，便是靛蓝布。若是想要胭脂红的布，就用红花捣汁洇染。

青黛采摘晾干，解热，消积食。对吐血咯血有很好的疗效。若是病人吐血，一时之间找不到青黛，就用靛蓝布浸汁代替。

靛蓝布是穷人家女儿的衣裳。从吱吱嘎嘎的织布机上剪下一匹粗布，就要到大野里去采黛花。采采青黛，薄言采之。采采青黛，薄言有之。唱着歌谣，采摘满满的一篮子归来。

靛蓝布的衣裳，必定是偏襟的汉服。女子牵过一片衣襟，斜斜的，系上小布扣，托一托衣襟。指尖触摸到的，是青黛的颜色。嫣然一笑，把花草穿在身上，把青黛穿在身上，把颜色穿在身上。

对镜画眉，还是青黛。那眉，温婉细腻，多么优雅啊。走在林间的小路上，青黛的衣襟被风微微掀动着，恬静，精致。靛蓝布衣裳，都是宽大含蓄的，一点儿也不袒露。因为女子知道，身体露出来得太多，必定是轻浮的，不够尊贵雅致。

山之所以美丽，一定穿着草木的衣裳。裸露着肉皮的山，必定内心贫瘠，一点也不好看。

素面，青丝，黛眉。还要把黛色穿在身上，散发着女儿的味道，温暖清香。就算有点小忧伤，也是青黛的沉香，不浮，不燥。

白豆蔻。

它本来叫多骨，不是我们中华的草，来自伽古洛国。是谁把它带到华夏之土的？不是风，不是鸟儿。到底是谁呢？时珍没有说，我也不知道。

时珍说，多骨草，形如芭蕉，叶似杜若。长八九尺而光滑。冬夏不凋谢，开花浅黄色，子作朵如葡萄，初出微青，熟则变白，七月采之。子圆大如白牵牛子，其壳白厚，其仁如砂仁。

当然，它一定得活在热带。若是到了我们乌鞘岭，一场雪三四尺，一根碗口粗的白杨树齐茬茬的冻折，它哪里能冬夏不凋谢呢。也许，是古时候沿海的商人贩卖丝绸瓷器，顺便带它回来的吧？

本草说，白豆蔻，本土出产者不及番舶者佳。是的，本地产的，药效没有伽古洛国出产的好。

白豆蔻，止吐逆，反胃，消谷下气。散胸中滞气，感寒腹痛，温暖脾胃，赤眼暴发，白睛红者。治脾虚疟疾，呕吐，寒热，能消能磨，流行三焦。

治胃口寒作吐及作痛者：白豆蔻仁三钱。为末，酒送下。治胃气冷，吃饭即欲得吐：白豆蔻子三枚，捣，筛，研细，好酒一盏，微温调之，并饮三两盏。

其实，人类自从吃粮食开始，就知道吃草药。你想，老早的时候有西医吗？中华的草药从《黄帝内经》起，就有完善的论述和体系，古代叫汉药。它是中华文化的易、道、岐黄之术的完美结合，是中医文化的精髓。外邦虽然没有草药的体系，但吃也还是吃的。

早前看到外国人质疑云南白药，说含有断肠草，有毒。我是个小肚鸡肠的人，向来刻薄尖酸。我觉得，他们肯定是酸葡萄心理，这么好的药，却得不到配方，心下嫉恨不已，就说含毒，蛊惑人心，搅和浑水。你知道，有些草药的方子是国家的机密。草药里含毒的多了去了，是药三分毒，但经过炮制配伍，毒性自然消降。吃了几千年的草药，你说不行就不行啊？我大中华的祖传秘方，你想要配方就给你啊？想得美。偏不给。

未来的资源争夺，外邦必然会争夺草药的研发。他们又不傻，知道草药养人。

外人不断诋毁中华草药，能安什么好心？不过是想夺走得到中医精髓而已。西医对机体的损伤是不可逆的，唯有草药，才是长远之计。这个他们心里清楚得很。

西医的化学药品见效倒是快，急诊是首选的。如是慢性病，最好是草药。草药来自于大自然，它只养护人，而不是破坏机体。看着吧，抗生素的滥用，小毛病随便就输液，迟早会把身体的抵抗力免疫力破坏殆尽。有些事，后悔就迟了。谁说过的，有些美，是要隔着岁月去看的。

中医所面临的，不是被质疑。有些人为了钱，背叛祖宗的事情也能干出来，真叫人不齿。中医最重要的，是要培育医术精湛的人才，培育良好的药材，传承祖宗的优秀精华，研制提高草药疗效的药品。能杀死癌细胞的，绝对不是西药，而是草药。老天让每一株草下凡，必然有一味用处。不是随便就抛弃到尘世来的。

车前草。

采采芣苢，薄言采之。采采芣苢，薄言有之。采采芣苢，薄言掇之。采采芣苢，薄言捋之。采采芣苢，薄言袺之。采采芣苢，薄言襭之。

年少时读《诗经》，风雅得心里连一丝烟尘气息都没有。芣苢，芣苢，何等清雅之美呢。后来学医，知道芣苢竟然是车前草，心里唯美的意境顿然跌落——芣苢，你怎么可以有车前草这么俗气的名字？你让我情何以堪？简直令我发怒。

可是，吾师，那个瘦老头儿讲芣苢，开口就说，车前草，就是我们常说的猪耳朵穗子。

天啊，真是摧残我的心肝。我清高得不可捉摸的《诗经》，我念念不忘的芣苢，你叫车前草我已经很悲伤了，你居然就是我打小就打的猪草——猪耳朵穗子！

有时候，不知道真相比知道要好。知道了，内心的清美就顿然碎了一地，无可收拾。

可是，车前草并不在乎我的心情，还是在大野里淡定的过日子，晒太阳。看见我路过，看都不看一眼。它举着几片叶子，一根穗，相当的得意扬扬。一个破名字，对它来说毫无用处。这样那样的名字，都是人类捏饬的，跟它又有什么关系呢。真是的。

我小时候，自然不知道它就是草药。去山野里挖车前草，也不一定喂猪，有时候，就是喜欢随便挖一些野草玩。但是春秋时期，车前草是穷人的蔬菜，而且，当时的人们相信，吃芣苢能怀孕且生男孩。

时珍说，车前草还有名字叫马舄。因为此草好生路边及牛马迹中，故有车前，当道，牛遗，马舄之名。

有个故事讲，汉朝有武将远征。路过一地，人困马乏，喝了低洼里的涝池水，结果腹胀如鼓。人不能行走，马儿却知道哪种草消积水，它们吃一种草，很快腹胀消除。将军立刻效仿马儿，号令兵士食用此草，得以痊愈。他把这种草叫作车前草。自此，猪耳朵穗子被当作草药治病。

有个放羊的老汉跟我讲，说，野兽们有时候撕打，受伤的一方逃走后，会自己找到疗伤的草药。它们知晓哪种草治病，非常奇怪。

其实，这有什么奇怪的。天地之间，有很多我们不知道的事情呢。

时珍说，车前草清热利尿，渗湿通淋，除湿痹。去风毒，肝中风热，毒风冲眼，去心胸烦热。

他讲了个故事说，欧阳公常得暴下病，国医都治不好。夫人买了市井之人的一帖药，吃了却好了。以为是什么贵重药材，想办法讨了药方。原来是车前子独味，研末，米酒饮服二钱匕。时珍说，此药利水道而不动气，水道利则清浊分，而谷藏自止矣。

钱匕你还不知道吧？就是古代量取药末的器具。用汉代的五铢钱币量取药末至不散落为一钱匕。

藿香。

时珍说，豆叶曰藿，其叶似之，故名。还有个名字叫兜娄婆香。

《楞严经》说，坛前以兜娄婆香煎水洗浴。说的就是藿香。《法华经》说的摩罗跋香，《金光明经》说的钵诃罗香，都是兜娄二字的梵言也。涅槃又谓之迦算香。

古人礼佛前要沐浴焚香，这沐浴的汤液里，加的就是藿香。藿香洗浴，身体清香洁净。

藿香茎有节中虚，叶子稍微有点像茄叶。枝叶气味芬芳，能助脾胃。能止呕逆，去恶气。能止霍乱心腹痛。

古代的女子，藿香煎汁漱口，所以吐气若兰。藿香水沐浴，所以身形冉冉，一路留香。想来，多么好啊。开满花朵的山野小径，木屐的女子走在明媚的阳光里。发髻是清香的，衣裳是清香的。突然停下来，俯身去嗅一朵蔷薇，聆听叶子上露珠碎裂的声音。人和草木，都在《诗经》里。

藿香生长缓慢，一点也不着急。在大野轻柔的歌谣里抽枝长叶，在磨坊的水声里吐故纳新。一味藿香，沉淀着光阴的味道。

是的，不要把所有的心情都拿去追慕名利。给自己找一份清美的意境，随便到山野里走走。看看花木，晒晒太阳。乡间的小路上走走也可，慢慢地游荡着，像草一样悠闲自在。累了，就在树下酣睡会儿。有时候，你觉得很重要的东西，其实不然。没有比健康更加重要的了。只有心闲了，人才不生病。

光阴的快乐，多半都在大自然里。这一点，草木知晓。草木为药，就是禅。

草之夭夭

蓝。

蓝才不是颜色呢，就是一味草药。《诗经》里说：终朝采蓝，不盈一襜。五日为期，六日不詹。美丽的女子在田野里采蓝，采了一个早晨，还装不满系在身上的围兜呢。为什么啊？也许心思不在采蓝上。男子出门去了，约定五天后回家，但六天过去了，还不见归来的身影。你看，淡淡的一丝忧伤，小小的一点儿抱怨。背景是大野里的蓝，多么安静，淡然。有一句话说，安静才是心底的繁花似锦。说蓝，再合适不过了。

蓝草不是蓝色的，叶子绿，花朵红，味苦，无毒。

采蓝从《诗经》就开始了，是悠然已久的事情。采蓝回来干啥哩？叶子捣碎了染衣裳呗。东汉末年学者郑玄，家里清贫，耕田读书。他常去山上的古井边散步，路边长满了蓝。但是先王有令，不可以割蓝。于是，他把蓝去掉草字头，叫监。百姓采监，是不违抗法令的。

为啥不让采蓝呢？时珍说，蓝六月开花，成穗细小，浅红色，子如蓼，岁可三刈，故先王禁之。

时珍说，蓝清热，凉血，解毒。杀蛊虫螫毒，久服头发不白，轻身。能填骨髓，明耳目，调六腑，通关节，疗肿毒。

蓝采回来，捣碎浸水中，澄清，取蓝汁。有病人呕吐，可以服用蓝汁，杀虫降火。被虫咬伤，取蓝汁一碗，加入雄黄麝香少许，点抹在咬伤处，效果极好。

至于染衣裳的蓝靛，也用这种方法，蓝捣碎，加入石灰澄清，提取蓝靛。扎染，蜡染，都离不开蓝。

毒箭伤人，蓝捣碎取汁饮用，并敷之。如果一时之间找不到蓝，就用蓝染过的青布一匹，渍汁救急。

有一种病很奇怪，叫应声虫病。病人腹内有东西发出声音，随人语言，应声而响。我想象了一下，大概是病人说一句，肚子里叮咣响一下，或者是咕噜一声。这也太糟糕了。用蓝汁一盏，喝五服，有效果。

伤寒初愈，阴阳易病，大汗淋漓。这样的病很难治。蓝一把，雄老鼠屎二十七枚，水煎服，取汗。读了，忍不住笑。老鼠屎能分清雌的雄的？谁捣饬出来的方子呀？古人的馊点子真多。

服药过剂，中毒烦闷欲死，捣蓝汁，服数升。蓝真好，吃错了药，都能抢救过来。

翻看本草里蓝的手绘图。细小的叶子，一攒小花蕾，欲开未开，低调，谦虚，舍不得一下子张开的小模样。摸摸纸上的叶子，似乎毛茸茸的，倏地竖起来，要从纸上走下来，和我说说话儿。

艾。

医家用艾灸百病，也叫灸草。据说，冬天把冰块打磨成圆柱，举着向太阳，以艾承接其影子，则得火。所以也叫冰台。艾条灸病，有通经活络，祛除阴寒，消肿散结，回阳救逆等作用。

艾的叶子细小，一边生长，一边散发出清淡的香味儿。叶面上覆盖着一层灰白的绒毛。采来，阴半干，搓成艾条，灸百病。全草入药，散寒，消炎，平喘止咳……

镇子上居住的时候，山坡上到处是艾，低处摇曳，高处也摇曳。喜欢在午后的阳光里，踏着青草去看艾，风一吹，起起伏伏。相偎的野花开了一点点，躲在艾丛里，影影绰绰，梦幻一样。似乎听见脚步，山野里的艾们都挺直了腰身，往前探呀探的。倏然停住脚步，孩子似的俯身在一片艾草上，耳朵贴近它们，想听听艾的悄悄话。

艾不说话，只把一脉细微的清香徐徐送过来，沁入肺腑。

人总是无法透彻的了解自己的身体，今天头痛，明天脚疼，不知道身体里经脉的玄机。但是，一枚艾一定知道。它看我一眼，就能看到脉络里去，毫不含糊。

采艾要趁着露水才好。采回来，阴干。小儿洗澡，熬了艾水兑进热水里去，看他在盆子里扑腾，水花四溅，淡淡的清香弥漫，小脸儿笑得花骨朵一般。

那时间总是忙，没有足够的时间去采艾，觉得遗憾。其实，做个艾叶枕头，也是挺好的。古人把晒干的艾烧成灰，涂抹在身上，去山野里干活，据说这样蚊虫不叮咬。

老中医用艾条灸病。说，艾叶苦辛，生温，熟热，纯阳之性，能回垂绝之阳，通十二经，走三阴，理气血，逐寒湿，暖子宫……以之灸火，能透诸经而除百病。

总觉得，艾像少女，轻盈可人，在瘦长清淡的月光中水袖长舞。有些人，一辈子最好不相遇。而艾，这辈子一定要遇上一回，还要在花开如沸的清幽古道上，乍然相见才好。

术。

术字篆文，像一棵草。根，干枝，叶子，暗自妖娆舒展，美到惊心。

时珍说，术，山蓟也，山中处处有之。一种叫苍术，苗高两三尺，叶子抱茎而生，梢间叶子似棠梨叶，脚下的叶子有三五叉，皆有锯齿小刺。根呢，像一块老姜，苍黑色，肉白有油膏。

另一种叫白术，有赤白两种。白术，产在吴越地。取根移栽，一年就很稠密了。菟丝子很不要脸，喜欢纠缠白术，直到把白术缠得干枯无力。秋冬采挖。叶子稍微大，有毛毛。根长得像鼓槌，最大的有拳头大。根采回来剖开暴干，叫削术，也叫片术。白而肥的，是浙术。瘦而黄的，是慕埠山所产，药力劣。

有一种草药叫乞力伽，海边出产，一根有好几斤，也是术。

白术治疗风寒湿痹很好。风邪在身面，风炫头疼，眼泪流，主药是白术。脾胃气虚，运化无力也用白术。至于炮制，用麸皮炒的，用土炒的，根据病情需用。直接炒焦的，叫焦白术。

苍术味辛气烈，白术苦甘气和。白术守而不走，苍术走而不守，故白术善补，苍术善行。其消食纳谷，止呕住泻亦同白术，而泄水开郁，苍术独长。

苍术还有个名字叫山精。道家修炼辟谷术，不吃粮食，吃苍术，所以就叫山精。《本经》说，苍术治疗风寒湿痹，行气和胃，久服延年不饥。古方平胃散里面，苍术为要药。瘟疫戾气流行的时候，医家往往焚烧苍术以辟邪气，消灾，除恶气。"非典"时期，苍术价格暴涨，随后是疯狂的采挖。苍术在野，淡定得很。涨价是人的事情，苍术才不管呢。

学医的时候，吾师说，家里常备点儿苍术，季节变换的时候，大地戾气依附地气上升，趁势侵袭人体。可以用苍术和艾草在家里香炉里煨了香烟，熏一熏屋子，衣裳。凡感受夏秋暑湿之邪，发为霍乱吐泻者，可与藿香、半夏、厚朴熬煎汤饮之。

他说，很长时间不住人的空屋子，搬进去之前，也要先焚此物而后居人，辟邪，驱逐腐气。人在屋中，正气充盈。闲置的空屋子里，则邪气可趁。若要是出门一年半载，窗下也可挂一个苍术粉薄荷香囊守家。自然界的事情，总是暗藏玄机。

有时说这些草木的事情，总被人看作迂腐。人人都忙着挣钱，哪里有闲工夫听我乱说。也罢，没人听，也好，安静。独自去山野里走走，沉醉于草木的妖娆中。再美的容貌，也敌不过水一样的光阴。就算对一个人多么痴迷，也抵御不了过眼云烟。这世间，大家都是红尘过客。我宁愿和人擦肩而过，也不愿怠慢和草木的一世情缘。

苏。

为啥叫苏呢？苏从稣，音酥，舒畅也。苏性舒畅，行气和血，故谓之苏。苏气味芬芳，闻者心悦。

苏有些书香意气，茎方形，叶背面带一脉紫色，边缘有锯齿。紫色深，香气浓郁的，是苏的极品，也叫紫苏。夏季开红花。有时苏心情不好，就开个淡红色的花把季节应酬一下算了。茎、叶、种子均可入药。古时，人们拿苏的嫩叶作调味，不知道味道怎么样。

苏入药，补中益气。治心腹胀满，止霍乱转筋，开胃下食。解表散寒，行气和胃。用于风寒感冒，咳嗽呕恶，妊娠呕吐，鱼蟹中毒。

据说宋仁宗挺喜欢苏，朝暮都饮紫苏汤。太医说，紫苏味微辛甘能散，多喝无益。若是脾胃虚寒的人，喝多了致滑泻，往往自己还不觉察。喝喝差不多行了。

什么症状适应呢？咳逆短气。紫苏茎叶二钱，人参一钱，水煎服。

诸失血病。紫苏量大，入砂锅中，水煎令干，去滓熬膏，以炒熟赤豆为末，和丸，酒冲服。

寒气上升。苏叶子三两，橘皮四两，酒四升，煮到一升半，分服。

清幽的日子里，宣纸染墨，独自听一卷梵经。累了，泡一杯百草茶，看花花草草在水中轻盈独舞，舍不得喝，只看着，满心欢喜。

葛。

葛，也叫鹿藿。鹿食九草，葛是其中一味。因此，也叫鹿藿。

葛的叶子有三尖，肥，如枫叶而长，叶面青，叶背淡。野生的葛，藤蔓很长，取藤可织衣裳。据说圣人是冬日麑裘，夏日葛衣。葛衣穿着轻薄透气，有些闲云野鹤的韵味。雅士头戴葛巾，山中清闲自在。

自从读了葛，一直渴望有一袭葛衣，最好的袍子，闲来无事，披着葛衣去山野里采采药，散散步。葛衣，葛衣，光阴里碎碎想念着不肯忘记。一抹幽深的清凉，洒落在梦里。我会老去的，葛也会老去的，山野会不会老去？

葛本来就叫鹿藿，不叫葛。有个故事说：

东晋升平年间，名士葛洪云游到了茅山。他的医术很好，深谙养生之道。茅山云雾缥缈，古树纵横，深山人静，是修行炼丹的好地方。炼丹是童子的事情，烟熏火燎，紫烟漫卷。丹药都是矿石，或多或少都是有毒的。

时间一久，童儿就毒火攻心，口疮，一身的红疙瘩。葛洪用了好多草药，都不能解毒。某天，梦见三清教祖指点说，此山野生的一种青藤，就是好药。根如白茹，渣似丝麻，榨出的白液甘甜，可清热解毒，祛燥消疹，亦可煮之食用充饥。鹿所食者，是也。

名士采来一株粗壮的青藤，捣碎，挤出白浆，煎熬了给童儿喝。没几天，痊愈了，童儿体内的燥热退了，清凉舒适。

山中的樵夫把这个消息带出去，百姓们纷纷进山采了青藤织布做衣裳，挖了青藤根充饥治病，有人移植栽种在庭院里，这味草药就慢慢流传于世了。葛洪一路云游，每到一地，就用葛为民间治头痛中风，疗疮解毒。百姓也不知青藤的名字，大家感念着他的好，就叫葛。

读到此，并不觉得葛有多奇妙，心里泛起一种酸苦。百姓抢食青藤根，以葛为衣，多么寒凉的光阴。一味草药的背后，一重苦涩的光阴。不忍细读，不忍碎碎念想。

野葛。

葛是葛，野葛是野葛。不要以为野生的葛就是野葛，那会酿成大错。人生有些错，是无法弥补的，比如野葛，千万不敢弄错。时珍说，此草虽名野葛，非葛根之野也。

野葛，是断肠草。也叫钩吻，别名胡蔓藤。人误食野葛，救不过来，七步断肠。

某天闲翻书，看到有人胡诌说："古诗里的'绤绤'就是野葛。野葛可以驱热毒败火，绤绤是上好的食物……"

读了，吓得心里一惊。天地佛爷，野葛是断肠草好不好？不懂不要乱说。细葛布做的衣，叫绤。粗葛布做的衣裳叫绤。绤绤引申为葛服，不是食物。我想了下，这位仁兄大概以为，野葛就是野生的葛，稀里糊涂混为一谈了。

野葛是十分厉害的。神农尝百草，一日而遇七十毒，那是因为还没有遇见断肠草野葛。神农若是吃了毒草，有一味解毒的草药可以化解。相传他的肚子是透明的，能看见草药在身体里的运作过程。直到有一天，他遇见了野葛，藤上开着淡黄色的小花，很妖孽，于是就摘了片叶子放进嘴里尝尝味道。可是刚嚼碎咽下，就毒性大发，还没来得及吃解毒药呢，肠子就断成一截一截的了。神农已死，野葛却兀自妖冶蛊惑在山野。人们把这种青藤，叫断肠草。

有人说，羊吃了野葛不死，还能吃肥。我总觉得不信，羊肠子很耐毒吗？吃个羊闹草就口吐白沫嘴眼歪斜，躺在地上直打圈圈，还能抵御断肠草？

断肠草也不是没有用处。可用于治顽癣，疮肿毒。取断肠草鲜叶，捣碎加醋，敷在患处。只能外用。兽医有时候也用，剂量小。

听来的故事，我老家那边的。说，夫妻两人带孩子去田地里锄草，顺便赶着几只羊放。羊在地埂上吃草，动不动要溜达到麦田里偷嘴吃麦苗。做丈夫的很懒，一会儿催妻子说，你去把羊挡一挡。妻子回来刚锄一会儿草，又被使唤，说你去看看娃儿，再看看羊。如此一天，妻子一趟一趟跑得筋疲力尽。

傍晚，丈夫又说，你赶羊回去做饭，背上娃，顺路给羊饮水，我躺会儿，累死了。妻子大怒，自己跑来跑去一天了，又要照顾小孩，又要锄草，又要挡羊。到现在，还要被使唤去做饭。她简直气死了，一路走，一路想不通，哭着回家了。

丈夫觉得晚饭大概也好了，就溜达回来。进门就傻眼了，妻子口吐白沫倒在地上已经没气儿了。这世界，消失一个人不过刹那。前尘旧梦断，阴阳弹指。

娘家人觉得自己女儿死得不明不白，就告上法庭。这个男人痛苦涕零，说自己实在没有害妻子，但娘家人哪里肯依，领了一帮子人来闹腾，讨说法。

邻居们也怀疑是他药死了妻子。男人辩解，只叹伊人已去，余生茫茫。可是，五岁的小孩突然说，爹啊，你可不要吃那种黄花花草，有鬼的。你看，娘吃了就在院子里死掉了。

一院子的人惊骇了，让小孩指给看，小孩从草棚里拿出来一束草，是野葛。孩子说，娘就这样咔嚓咔嚓吃了草，喔嘘，倒在院子里不说话了。

一气之下。这四个字背后，常常是疮痍满目的人生，留下一地伤残的败影。野葛，你到底是谁？弹拨一曲绝音，把一个孩子的母亲从红尘摘走。

中医说，人一定要调节好心气，让体内正气长存，邪气不犯。日子里总有各种各样的不如意，但心气平衡，日子也是平和的。钱多钱少，都可以过日子。唯有邪气，避开，远远的，一辈子也不见。

一叶一菩提

陟厘。

只这两个字，就有一种妖娆，在心底暗暗摆动。美而清，缠而绵。也蔓延不起来，细微的一脉香气，随风而逝，稍有疏忽就寻不见了。

时珍说，晋武帝赐给张华侧理纸，是陟厘为之。本来就叫陟厘纸的，但后人讹传为侧理了。陟厘生在水中石头上，取了粗苔，作纸青黄色，隐隐透着一点儿青，极为淡雅。陟厘纸稍微有点儿涩，光色柔和，作水墨画，厉峭带涩，简直清美到惊艳。陟厘纸在潮湿的屋子里放一宿，隔天落墨，墨色微微有点洇潮，墨迹苍凝朴拙。

这么一说，我就极其渴望有一卷陟厘纸，不书一字，只是看着也欢喜啊。让花草的影子筛落在淡青的纸上，极淡的香味儿倏然飘忽而来。若是纸上落了一瓣花，那胭脂的颜色被映衬得愈发清艳了，多么好，多么好。我像那个老和尚一样，哆嗦着嘴唇说，宝贝袈裟！不，是宝贝陟厘纸啊！

陟厘。甘，大温，无毒。主治心腹大寒，温中消谷，强胃气，止泻痢。采陟厘，直接捣汁服用，治疗天行病心闷。丹毒赤游，亦可捣碎涂抹。

一味草药，在时光深处安静生长。自己把自己修炼得禅意深深。入药，是好药。做纸，乃纸中上品。不必在世俗里招摇，只简单朴素的生长。在低处，悄悄的妖娆飘逸。真是好。谁说过的，一个笑就击败了一辈子，一滴泪就还清了一个人。一人花开，一人花落，这些年从头到尾，无人问询。

无人问询也很好啊，随意生长，幽静度日，有什么可忧伤的呢。

昨叶何草。

又名铁脚婆罗门草，天王铁塔草。奇怪，为什么这样叫呢？时珍说，我也不知道哦。

胡乱想，是不是最早从西域传过来的呢？好像也不是，到处都有，并不挑拣地域。大概，在异域是这样叫着吧。真是洒脱狂傲。

陟厘在水洼里，活在低处。而昨叶何草选择了屋顶，在陈年老屋的瓦上过自己的光阴。新瓦才不爱去呢，有些年头的旧瓦上，越陈越好。瓦一旧，落满光阴，肃静，幽深。昨叶何草在光阴深处独自思考，那是一种禅意。

古人的美，鬓发眉毛是首选。一个毛发稀疏的人，绝对不算美。小女孩，才七八岁，就把眉毛头发剃刮干净，葫芦一样光溜溜的难看。然后呢，晒干的昨叶何草，掺了生麻油，一同煎，直到烧焦了为止。焦了的昨叶何草研末，再浸生麻油，往秃脑袋上涂抹，秃眉毛上涂抹，一天三次。这样打磨过之后，二茬长起来的头发眉毛都很漂亮，蛾眉青黛，乌发蝉鬓，美得不能再美了。

据说汉朝的宫女们养发很喜欢烧焦的昨叶何草。她们梳一种高耸的发髻，头顶挽了结，状若云雾。烧焦的昨叶何草研末，掺一点麻油涂抹在发髻上，可以保持云鬓的乌黑发亮。

民间用来治疗头风白屑。昨叶何草晒干，浇灰淋汁热洗。汤火伤。用昨叶何草，柏叶同捣烂，敷涂。恶疮。用昨叶何草阴干，研为末。先以槐枝，葱白汤洗净患处，然后以药末涂搽。

在高处，昨叶何草低低地活着。谦卑，安静，兀自和光阴一起年轻，一起苍老，独自吐露柔美的风骨。

卷柏。

也叫长生不死草。辛，温，无毒。

很不起眼。宿根紫色，多须。春天生苗，主茎粗直，小枝很像柏叶，稍微有点细，拳挛如鸡爪，也就三五寸高。不开花，没有籽实，多生在石头上靠孢子繁殖。

天气热燥时，小枝蜷缩如痉挛的鸡爪子。沾点雨露，枝叶舒展开来。雨水好，逍遥自在。太干旱，就打算挪挪窝。悄悄把根从土壤里拔出来，蜷缩成一团，遇见大风，跟着风走了。风落下，它也落下，没有水分，就先歇着，不着急的。等到有点水分，它慢慢舒枝展叶，扎根生长，从容不迫地过光阴。甚至有些优雅和禅意。

若是长时间等不到雨水，它会再次迁徙。等风吹来。大风刮到哪儿算哪儿，随遇而安。石头缝里也行，墙头上也行，伺机行事。遇见一点雨水，枝叶迅速展开，饱饱吸一顿，然后扎根，吮吸大地。

多么旱，也无所谓。枯了几年，干撅撅的，蜷缩着。别的草都轮回好几世了，卷柏还缩着，不吭声，你以为它已经死得不能再死了，枯草一样了。其实也没有，它只是在休眠状态，还活着哩。它以柔韧的心态，来抵御寒凉的凡尘。

风总是要刮的，这儿不行走那儿。雨总是要下的，三年不下五年下。好了，雨水一来，它恢复了正常的生长状态，该扎根就扎根，该撒开枝叶就撒开枝叶，毫不含糊。就算在干茬茬的荒滩上搁十来年，给点水分，卷柏照样还魂复活，旺盛得很，直接死不掉。所以，都叫它长生不死草。

一棵草，坚韧到这样的程度，谁也拿它没有办法。机会是给有准备的人预留的。卷柏从头到脚都准备好了对付这个浮躁尘世的招数。苍天能给，老子能受。你把我扔到岩石缝里，我就在缝隙里等雨水。你把我一脚踢到阳山坡上，我就在太阳底下收缩起自己。今年不活明年活。这辈子等不来雨水，下辈子接着等，没关系的。光阴漫长，一天活不老，两年也活不老。就这样，和日子耗着，和干旱耗着，和命运耗着，看谁耗得过谁。总有雨来的时候，总有重新活人的机会。滚滚红尘的事情，机缘多着呢。

若是药用，那就采摘去好了，不生气，也不遗憾。就这样朴素地过一生。

时珍说，但凡用卷柏，先用盐水煎煮半日，再用井水煎煮半日，晒干，还得用火焙之后，才用。不然不死。

读到这儿，简直乐不可支，笑得嘴都咧成个破皮鞋了。好吧，卷柏，你赢了。你看为了让你入药，医家们咕咚咕咚煎煮着一天的操劳。你啊，实在太能活了，实在太皮实了，实在太透彻生命了。洞悉命运玄机，打磨好爪牙，牢牢钳在阳世三间，死活不死，你是怎么做到啊？

面对这样顽固柔韧的一味草药，简直要束手无策了，把自己搁置十来年，遇见水分随便又活了。时光轮回，多少草木都老了枯了，找不见了，卷柏还是自己，朴素随缘。人生如此啊。诗人说，走着走着，就散了，回忆都淡了。看着看着，就累了，星光也暗了。听着听着，就醒了，开始埋怨了。回头发现，你不见了，突然我乱了。

实际上，读到卷柏，我自己真是凌乱了。

卷柏入药，主治五脏邪气，女子阴中寒热痛，症瘕血闭绝子。久服轻身和颜色。也可止咳逆，散淋结，治脱肛，头中风眩，痿蹶，强阴益精。

时珍说，卷柏治尸疰鬼疰腹痛，百邪鬼魅啼泣。

疰，有灌注和久住之意。这是怎样的一种病呢？本来人好好的，走路，多半是夜路，心里害怕，就出现幻觉，周围鬼哭狼嚎，阴森森的气息袭来。倏然被鬼拍了一下，随便拍哪儿，回头一看，妈呀，鬼呀！于是，闷绝倒地，如中恶之类。就算吓不死，也会心腹刺痛，余气不歇，连滞停住积久。抬回家，抽搐，心悸，乃至受于死。死后，鬼多一半还要注易旁人，就是会转移给别人，这样的症状，就叫鬼注。鬼灌注进身体里了。

这时候，首选卷柏。卷柏有安魂的作用。所谓的一物降一物，大概来源于它不死的强大霸气。

总觉得古代鬼多，动不动要闹鬼的。大概，那时候人烟稀少，人也朴实憨厚，好欺负。哪里像现在，人多得挤折肋巴，路上车堵得走不开，街上人都没地儿走，哪有鬼插脚的地方。况且某些人坏得不能再坏，把鬼算个啥。鬼直接吼不住人，镇不住场子，哭着消散掉了。

读了一段话，挺有意思。说，做鬼也是很难的。衣服要奇异，知道穿什么样的衣服才能吓人。化妆技术也要一流，保证一眼吓倒。还要变幻无常，怎么惊骇怎样变。关键时还可以钻到人肚子里去，不被闷死。还要会轻功，神出鬼没。还要懂得穴位，知道钻到哪里致命，必须有老中医的资格。

我觉得卷柏也很妖孽了，一味草怎么能这样天下无敌啊。

卷柏全草有止血，收敛的效能。民间将它全株烧成灰，内服可治疗各种出血症，和菜油拌起来外用，可治疗各种刀伤。

有人说，有一种神秘的孢牙在清风里飘。落在水里，就是陟厘。落在石上，叫石濡。落在瓦上，叫昨叶何草。落在墙上，叫垣衣。落在地上，叫地衣。孢牙哪儿都去不成呢，就在朽木上把自己长成苔衣，跟风走。在石叫乌韭。在屋顶叫瓦松，在墙上叫土马鬃。在山林叫卷柏。在水里，就叫也。真的很奇异啊。原来卷柏的上辈子就是神秘的苔衣。据说，每个人的前世都要把灵魂栖息依靠在一株植物上，所以今生总喜欢一种草木来寻找自己。可是，每一味草药也是有前世的，今生不相忘，来世碎碎念。

莼。

莼生南方，也叫茆，甘，寒，无毒。《诗经》里说，薄采其茆，说的就是莼。吴越人当作小菜享用，应该是很好吃的吧。水草，浮在水面，叶子椭圆形，开暗红色花。茎和叶背面都有黏液。刚抽芽儿，嫩叶叫稚莼。叶子稍微舒展一点，长大一点的时候，其茎如丝，叫丝莼。等到长老了，茎叶不柔软有点柴的时候，叫葵莼，可以喂猪。有人讹为龟莼。

莼，消渴热痹。主治热疸，厚肠胃，安下焦，逐水，解百药毒并蛊气。

张翰临秋风思念吴中之鲈鱼莼羹，说的就是它。不过，孟诜说，莼冷而补，热食之，亦壅气不下，甚损人胃及齿。不可多食，令人颜色恶。又不宜和醋食之，令人骨痿。久食损毛发。又说，莼毕竟是草药，不能大量食之。温病后脾胃弱的人吃多了，不能磨化，导致疾病加重。说，有一年春夏瘟疫，饥民无食可吃，就在湖中取了莼充饥，结果死了很多人。到了秋天大旱，湖中水枯竭，饥饿的人们掘了藕食之，却养活了好多人。可见，瘟疫病后，不能食莼。

现代医学认为，莼有清热消肿，解毒抗癌的功效。

菰。

时珍说，菰乃蒲类，干，冷，滑，无毒。河边生，喂马是极好的。多生浅水中，叶似芦苇，根茎可食。八月开花如苇。结青籽，皮黑褐色，状如米，称雕胡米，古人以为五饭之一者。菰米呢，必须在霜雕时采之，所以称为凋菰。后来或讹为雕胡。掺和了粟米煮粥，甚为济饥。杜甫所说的"波漂菰米沉云黑"，说的就是菰米。

菰米多半是饥民无奈的选择。波漂菰米沉云黑，露冷莲房坠粉红。菰米漂浮在池面，菰影倒映在水中，望过去黑压压一片，像乌云一样浓密。秋季莲蓬成熟，花瓣片片坠落。杜甫肯定是吃过菰米的，滋味如何，他是知晓的。读来，心里总是荒凉瑟瑟的肃杀之气，有些痛，隐隐的，欲罢还休。

时珍说，菰，利五脏邪气。主治白癞，面赤，目赤。热毒风气，卒心痛。可用青盐，醋，煮食之。能去烦热，止渴，除目黄，利大小便。止热痢。和鲫鱼炖粥，开胃，解酒毒，压丹石毒发。

蒲黄。

时珍说，蒲黄也叫香蒲，甘，平，无毒。初生的根茎称蒲蒻。花上黄粉名蒲黄，花初绽时采收入药。茎叶可造纸。初春生在水际，似莞，有脊而柔，嫩根可食。《诗经》里说，其籁伊何，惟笋及蒲。是矣。

蒲蒻（蒲黄根）主治五脏心下邪气，口中烂臭，坚齿明目聪耳。久服轻身耐老。止消渴，补中益气，和血脉。

蒲黄主治心腹膀脱寒热，利小便，止血，消瘀血，通经脉，主痢血。治癥结，五劳七伤，停积瘀血。凉血，活血，止心腹诸痛。

时珍说，蒲黄，手足厥阴血分药也，故能治血治痛。生则能行，熟则能止。与五灵脂同用，能治一切心腹诸痛。

他转述了一个故事，许叔微记载的。说，有士人的妻子，某天突然舌头胀满，不能出声。这可太痛苦，鼻子都急歪了。病急乱投医，吃了好多药都不见效。路上遇见一老叟，教了个方子，用蒲黄频掺，一天就好了。果然，蒲黄慢慢咽下去，隔天能说话了。

又说，《芝隐方》讲，宋度宗欲赏花，一夜之间突然舌肿满口，清诞水流。蔡御医用蒲黄，干姜研末等分，干搽而愈。根据这两个病案，则蒲黄是凉血活血的例证。因为舌头乃是心之外候，而手厥阴相火乃是心之臣使，得干姜蒲黄是阴阳相济也。

产后烦闷，蒲黄方寸匕，东流水服，效果是极好的。关节疼痛，蒲黄八两，熟附子一两，为末。每服一钱，凉水下，日一。坠伤扑损瘀血在内，烦闷者，蒲黄末，空心温酒服三钱。

中医里说心，指的是胃脘。空心，是空胃，饭前。心挼，是指胃里折腾难受。心痛，也是胃痛。心倦怠，是胃里不舒服。

莽草。

莽草。辛，温，有毒。

时珍说，莽草有毒，人吃了很迷惘，萎靡不振，本意叫惘草，后来称为莽草。深山里人拿来毒鼠，也叫鼠莽。

老鼠吃了，大概也是很迷惘的。过于迷惘，便绝望，于是老鼠们都是绝望死的呗。

又说，水边的人拿莽草捣碎加了陈粟米粉，纳水中，鱼儿纷纷吞食。然后，鱼儿也因为迷惘而死，浮出水面。人取食鱼，倒也无妨。

虽然无妨，但总归还是多少有点迷惘吧？抑郁症的人，可不敢吃。噗，这是我胡诌的。

就算不吃莽草，有时也会迷惘的。世俗烦闷，很奢求一处烟柳迷蒙的清静小院，门前小径傍开满野花。院子里柳絮儿满天飘着，石桌上摊开的一卷经文。心之所往的，不可及，多么迷惘。不过，只是迷惘一下罢了。这尘世，许多梦做着做着就会清醒，连迷惘也没有了。

但是，莽草是草药，人必须吃。所以炮制就要格外用心。时珍说，采得后，取叶细锉。又生甘草、水蓼二味，并细锉之，用生稀绢袋盛毒木叶于甑中，上甘草、水蓼同蒸一日，去诸药二件，取出，晒干用之。

莽草主治风头痈肿，乳痈疝瘕，除结气疥瘙。杀虫鱼。疗喉痹不通，乳难，头风痒，可用沐，勿近目。

皮肤麻痹，煎浓汤淋。沐浴时万万不可接近眼睛，切记切记。古方里治疗风虫牙痛，取叶煎汤，热含，少顷吐出，含后净漱口。不可咽下去。若是不留神咕咚一口咽下去，完了，中毒了。然后就狂躁不安，四肢麻木，惊惶不安，感觉全身爬满虫子……太吓人了，不要再说了。

莽草药效很猛烈的，一点都不知道世上还有柔和二字。治疝瘕结气，荡涤在内之宿积也。疗痈肿头风，搜逐在外之邪毒也。药性最猛烈，服之令人瞑眩。

人，总要活得恬淡一些才好呢。过分追逐名利，也如莽草，药效猛了，烈了，会迷惘的。草木驿站，柔和明净。坐在光阴里，看花开鸟鸣。能让自己平静下来的，无非就是一笺水墨，几行汉字，半帘幽梦。有草木陪伴的日子，始终都是温暖宁静的。一花一世界，一叶一菩提，多么清凉自在。

是草木保管着苍茫大地

拾芥子。

荒野里藏着一种草，叫拾芥子。拾芥子其实也不是草，就是若草若木的，不好说。主要是它叶子长得像白茅草，茎秆却不怎么纤弱哩，几乎有拳头粗。这么粗壮的草，恐怕说是树也行呢，反正它自己硬要长成那个鬼样子，谁也管不了。再说，人能管住草木的事情？

拾芥子嘛，是个慢性子，一天长不粗，两天也长不粗，怎么也得三年吧。初春，它把自己卷成一个纤细的捻子，钻出地面，慢慢地撒开叶子，抽茎生长。它顶喜欢藏在杂草丛里，不抛头露面。至于开花，也是不开的，那种搔首弄姿的事情它都躲着，活得多么含蓄有致。不低调也不行啊，它散发着清幽的香气，容易召唤来麻烦。

别的草们，蔓草啊，菟丝子啊，都帮着拾芥子躲藏。拾芥子稍微长大一点的时候，蔓草就赶紧依附在它清丽的茎秆上，遮遮掩掩开几个碎花儿。骆驼草啦什么的也一蓬一蓬丛生在它附近，远远看过去也就是荒草们粗糙地生长，不见拾芥子。至于长到三年，它粗壮了，青藤们就慌张逃窜过来，严实的覆盖它。

拾芥子一边生长，一边茎秆上渗出来细密的津液，最初像露珠一样清澈，见了阳光雨露，就慢慢变浑浊，有了胶质的那种厚重。最后，凝结成沉黄色的浓胶，散放出清纯的松胶一样的气味。大概，那些蔓草青藤们是喜欢这样清芳的味道吧。

这时候，采药人就踏草而来。清晨，太阳还未照下来，荒草丛里小虫子们飓飓叫着，草叶上露珠晶莹纷繁，风压得低，也缓，从草尖上披拂过去。弥散的雾气也慢慢褪去，有些小心翼翼的样子。这时候，拾芥子的松香味道顶顶的醇浓，压都压不住，倏然随风吹来，清香得教人一惊，随即四下里扑散而去。

拾芥子有个脾气，大概胆儿小，不敢散漫的零星生长。它们抱团儿，一窝一窝集聚在一起。采草药的人也不急躁，先拿一枝藤条在荒草丛里胡乱倒腾一番，惊吓走蛇啦鸟儿啦什么的，然后细细捕捉香气，掀开藤蔓，找到一窝纷纷散发清香的拾芥子掘走。若是单单说采药人花费的工夫，倒也是挺辛苦的哩，深山老林，棘刺丛生的。蔓草们大概是很伤心的，不知道拾芥子心里怎么想。

世上的事，总是很难说。很无用的植物，并且散发着难闻气味的，模样儿亦是粗陋乏味的，反而活得逍遥自在，能活得老老儿的，自然地枯萎消失。倒是越有价值的，受到的伤害愈多。你看，为了取沉香，沉香树年年被刀砍斧头凿的疼死了，一辈子苦苦熬着。苏合香亦是如此，都是伤口上渗出来的精华。拾芥子要想活老，也很难，一般都是中年夭折。不过，古时候的人们也活得颇为艰难。山里人家，一年的零花就指望采药的钱，若遇上战乱，那就更加凄惨了。这么说的话，拾芥子沉香们都有着济世的好心肠。

采来的拾芥子，先把粗壮的，结胶厚的挑出来，放到溪水边晒。蜂蝶嗅到松香的味道就急着赶来，它们顶顶喜欢清香的味道了。被太阳晒得黏稠的拾芥子汁液，粘住蜂蝶，很难挣脱。太阳落山，拾芥子汁液凝固起来，就把拾芥子埋入溪水边，做些记号。过了两三年，挖出来，拾芥子的胶脂就变成沉黄透亮的软石头，石头里藏着的蜂蝶虫子都能看见。

商人们来买走这些软石头。做啥哩？掺假哩。他们手里有秘方，把这些软石头加工炮制一番，打扮成琥珀的模样，掺杂在真正的琥珀里出售，不是行家根本分辨不出来。最早的琥珀不叫琥珀，叫虎魄，据说是老虎死了，精魄入地化为石，近玉石类。梵文叫琥珀为阿湿摩揭婆。

我们的老祖宗在草药里造假是很有一手的，简直呱呱叫。汉朝风靡苍术，家家户户都得有点儿。可是假苍术相当的多，名医们抱怨说，这真是令人哀伤的事情呢，满目皆是假货。唐朝又风靡黄连，贵族们见面寒暄说，最近，您吃了黄连吗？所以假的黄连也是满天飞。至于沉香苏合香，也是假的多，不过这两样是来自外邦的药材，早早就被异域商人掺假掺好了，不用劳心费神。可见，天底下的人贪钱又是一样儿的，造假术心有灵犀一点通。琥珀造假很难，但因为有拾芥子，那可就容易多了。假的琥珀里连栩栩如生的蜜蜂虫子们都是天然的。

除了这个邪门歪道，拾芥子本来是一味很好的草药。拾芥子的胶脂提取出来，加了松脂，气味清雅幽淡，简直美妙之极。在屈原那会儿，美男子们出门，贴身佩戴一块拾芥子胶，叫芥魄，一路走，一路清香。这种香味适合男子，是一种自然的清香。

古人没有牙刷，刷牙不方便呀。拾芥子胶和薄荷甘草柏仁等草药，研磨成粉末，制成药丸，淑女们清晨嚼一丸，饭后嚼一丸，口气清新，刷牙不刷牙的，也没有多大关系。

在药用里，拾芥子胶脂安五脏，定魂魄，杀精魅邪鬼，消瘀血，通五淋，也是很好的药。

东晋时期有位医学家，叫葛洪，是声名远扬的名医。医术好，肯散银钱给穷人，天文地理无不知晓，世称小仙翁。他也是个道人，精通炼丹，世上草药没有他不懂的。

葛老先生隐居在罗浮山里，和弟子们炼丹。某一天，有弟子在炼制密陀僧的时候，不慎误用了拾芥子，结果释放出有毒的气味，熏得弟子眼睛红肿，浑身起了一层疙瘩。葛洪大惊，说，密陀僧畏狼毒，看来和拾芥子也不能相处，亦是有毒的。

前来看病的人们没怎么听清楚，回去后就说，葛神仙说了，拾芥子有毒哩，他的弟子都被毒成那个样子，万万不敢吃了。以讹传讹，拾芥子就被人们抛弃了，因为葛洪实在名气太大，没有人不相信。

慢慢地，人们就淡忘了拾芥子，医家亦是不用。葛洪之后，已经无人能认识拾芥子了，医学典籍里也难有其身影。

时珍说，拾芥子的记载很少，都是极早的时候。后世人也不认识拾芥子，有人所说的拾芥子都是误传。

大概，只是一味传说的草药罢？或者是它后来藏得太好，参禅得道了，人们都找不见。来有因，去有果，也许是苍天的玄机吧。草药史上，还有一味失踪的草，叫青黏，三国时期，生长在彭城和朝歌一带，服用令人长生不老。青黏是华佗传授给弟子樊阿的。华佗去世，樊阿活了据说五百岁。樊阿之后，就没有人能认识青黏了。一味草药神秘地消失在光阴里。时珍做了很多研究，始终也没能找到青黏和拾芥子。不过他说，樊阿应该是活了二百多岁，不是五百多岁。这樊阿可真是个老不死的。这么说，可是罪过哩，樊阿是有着菩萨心肠的名医，悬壶济世，救人无数。只不过爱喝点儿酒，偶尔酒鬼一回。

五加。

五加这味药长得也不咋的，甚至有些灰头土脸的寒碜。别名叫追风使，五佳，豺漆，豺节。五加入药，以一枝五叶交加者效果最好，故名五加。大夫们习惯叫五加皮。大夫们的叫法也挺随意，金银花叫二花，黑丑白丑叫二丑子，大黄叫苦将军。

五加不是草，也不是木头，就是藤草呗。其实藤草是我胡诌的，医书上说，五加，落叶木质藤本，蔓生。为啥要叫个豺漆，豺节呢？因为它的枝茎上有尖锐的刺针。带有棘刺的药物，暗含着杀气的。豺这种东西，若狼若狗的，牙齿那是顶顶的锐利了，和五加的刺针有得一拼，所以叫豺漆，豺节。

五加最早生长的地方是汉中和冤句。汉中习惯叫五佳，冤句这地方是深山老林，此地豺多，就把多刺的这种植物叫豺节。冤句的古汉语里，豺节是豺漆的音讹。所以五加才有这么古怪的名字。冤句是个古老的地名，大约在山东的某个地方，我也不清楚。

时珍怎么说？他说，五加，大寒一过，天气稍暖，枝干上就隐隐透出暗青的绿意来。春月，在旧枝条上抽出条蔓，山里人家采摘为蔬茹。嫩茎叶入沸水锅焯过，清水浸泡，炒食或做汤，味道鲜美，也可晒干菜。正如枸杞生在北方沙地里都属木类，南方坚硬的地里长出来的却属草类，五加也会随着产地由藤类变成草类。唐朝的时候，取峡州生长的五加充贡。有医家说，五加叶子像蒲，枝干白刺刺的，非也，那可不是正宗的五加。

五加丛生，不甚高，有的地方像灌木，硬撅撅地杵着。有的地方像藤蔓，柔软，稍扭曲纵横。茎直立或攀缘都行，全看五加的心情如何了，想怎么长就怎么长，我的茎秆我做主。叶子狭长，不肥，披针形。叶子边缘有锯齿，叶脉有稀疏的刺毛。枝条不怎绿，有些灰黄的色泽，一枝五叶的顶好，四叶三叶的亦是不赖，中央一小叶最大，簇生于短枝上。

枝茎上有锥形硬刺，也有无刺的。也开花，黄绿色，开得粗陋，几乎没什么看头。当然，五加是草药，凭借实力，不靠脸蛋吃饭，好看不好看的，倒也没什么关系。也结果实。浆果差不多是一攒球，稍微有点扁，熟时紫黑色，果内包含种子。若是折断枝干，剖面是淡黄色，有细纵纹，或有白色乳汁渗出来，气微幽香，味微辣而苦。

弘景说，五加春月里生苗，茎叶俱青，一丛一丛，极为蓬勃。长大一点，茎赤褐色，又似藤蔓，高三五尺，枝茎上有黑刺。幼时看起来是草，蹿高后又像是藤，似乎藤似乎草的。叶生五叉，一簇簇拥着的效果好。四叶三叶者最多，为次，不是上品。每一叶下生一刺，不多不少。三四月开白青的花，烦琐，结一攒细青子，至六月渐渐转为黑紫色。

根很像荆根，皮黄黑，肉白，骨坚硬。七月采茎，十月采根，阴干好，晒干的品相不佳。根皮呈卷筒状，蜷缩着。棕黄色或灰褐色，粗糙枯萎。方士们极喜欢五加的。煮了根茎酿酒饮，益颜色。道家用五加作灰煮石，念了咒语，和地榆并有秘法。到底是什么秘法？弘景没说，我怎么知道哩。不过就是为了长生不老呗。

时珍说，五加是很好的草药，治风湿，壮筋骨，其功良深，宁得一把五加，不用金玉满车。身体健康比有钱重要多了。五加酿酒药效也很好。也说是文章作酒，能成其味，以金买草，不言其贵。可见五加的药效之好。文章作酒里的文章，不是写的文章，也是五加的别称。五加又名文章草。

五加的根皮洗净，沥干，去掉骨，去茎叶，亦可以水煎汁，和糙米酿成米酒，时时饮用，可以治疗风湿痿痹，壮筋骨，添精补髓，强意志。小孩子三岁了，还不会走路，也用五加。五加皮，牛膝，木瓜，研磨成粉调服。五加皮常服能肥妇人。难道，男人服用就不肥？真是奇怪。

桑。

大唐名医孙思邈坐在桑树下替人针灸治病。他喜欢桑树，求医的人多，挤在室内空气容易污浊。桑树下好啊，风从远方来，清爽幽香。病人半躺在攒鼓里，四肢上扎满三棱银针，眯着眼睛听风走过桑树叶。这攒鼓，是专门扎针的坐墩，两端小中间大，鼓出一个窝窝来，病人半躺着陷在窝窝里。木头的支架，包裹了麻布棉花，很软和，头可以靠在攒鼓边上养神。有人被利刃伤了手臂，疼得龇牙咧嘴。孙思邈抓起一把新桑白皮烧灰，覆在伤口上……

茅庐前，弟子们炙炒药材，九地，防风，干草，蟾蜍……一个个都忙得像陀螺一样。他的邻居也来帮忙做酒糟。粟米碾碎了，掺了角子，发酵，晒在毒毒的太阳里。

他的茅庐简单朴实，木格子窗户上悬挂着金红色的药葫芦。篱笆墙上开满牵牛花，纷繁热闹，几只鸟儿相互啄羽毛。细藤斜斜编织的席子铺在地上，晒满草药。荆草编织的帘子垂下来，被风推得一跑一跑。阳光透过草帘洒进屋子里，桑树枝条编织的屏风上，搭着药王的一件粗布衣衫，散发着幽微的草药香。

最伶俐的小弟子弓着腰，在马棚边的大青石头上吃力的砸胰子。胰子是猪胰子，羊胰子，从屠户那里运回来，一大堆，有点腥，还有血丝。掺了桑白皮，掺了肃州西卑禾海的沙碱，还有香草，新鲜的桑叶，白芷，冰片，赤小豆，白茯苓，杏仁，桃仁，丁香，冬瓜仁，苏合香，皂角等各种药材，掺在一起使劲砸。

这些东西反复砸半天，砸匀，砸出草木的香味来了，再放入石臼里捣。捣好了，就揉成团，晾晒在太阳下，翻动，晒干，就成了桑叶胰子。草药和香料经过反复捣砸，释放出清幽的草木味道，祛除了猪胰子的淡淡腥膻臭味。这样的胰子，洗头发，洗脸，沐浴都是顶顶好的。当然，这都是要送到长安城里去的奢侈品，不是轻易就能用到的。

桑叶胰子洗过头发后，发丝柔顺黑亮，祛头皮屑，连头发脱落都不会有了，还有一股天然的清香。洗面呢，肤若凝脂，弹指可破，面若桃花。至于沐浴，就更加好得不能再好了，人走过去，一路清香。药王说，头发不长，用桑叶，麻叶煮泔水沐之，七次可长数尺。

历代的名医们都很有脾气个性，清高得不屑于和权贵周旋。华佗就很没心肠给曹操看病，结果招来祸患。孙思邈虽然贵为药王，医术顶呱呱的好，但不得罪人，脾气柔和。皇帝召唤他做御医，他想办法脱身，说我给您到深山里去制作养颜增寿的胰子，那儿有最好的原材料，别人做不出来。贵族们来求桑叶胰子，他给个方子说，依此制作，虽没有我做得好，可也不会差到哪儿去。他依旧回到深山，给百姓看病，顺便差弟子做胰子，日子甚为滋润。他活了一百多岁，人脉很好。不过我想，一百多年的光阴里，他肯定也会遇到绝望和挫败吧？只不过他能降服自己的内心，安然回到草木间。

权贵们说，桑叶胰子的方子您老人家保密一点，不要被百姓们知道了，贫贱的人不配使用如此好的奢侈品。他却说，这是哪儿的话，白鹭在清水里沐浴，松鸡在浮土里梳理羽毛，这是上天赐予的权利。而且清贫的人更加要清洁身体，不然因为积垢而生了病，耽搁了农活，一家人要饿肚子。

他把桑叶胰子的方子刻在木板上，人人都可抄去制作。不过，百姓人家嘛，名贵的香料也没有，就连猪胰子，羊胰子也很少。药王又吩咐人家，采了桑叶晾干，烧成草木灰。然后掺在能采到的药材里，掺杂少量的猪羊胰子，反复捣砸。砸出来的胰子虽然不是极品，但洗浴也是很好的了，很能预防疾病。

可是，有的人家实在是太穷了，实在没有猪羊胰子，火碱也没有，砸不出来桑叶胰子。可是过日子总得洗呀，蓬头垢面可不行。药王说，桑叶捣汁，加在淘米水里洗脸，洗过后肌肤光滑滋润，能祛除褐斑。洗头用皂角水兑桑叶水，常常洗令头发浓密乌黑。至于洗衣裳，用桑叶捣汁泡水再用棒槌砸。若是被单之类的厚重织物，用草木灰泡水棒槌砸。如此清洗，可防百病，使人康泰。

五加皮常服能肥妇人，桑叶常服却能瘦人。药王种桑树也很有意思，他在桑树根下埋了乌龟甲，桑树长得极为茂盛而无虫蛀，叶子肥大繁密。

桑树为什么叫桑呢？古书上说，日初出东方汤谷，所登榑桑，叒木也。叒，音若。榑桑就是叒木。太阳神和母亲羲和驾着车子，每天从生长在东方汤谷的扶桑神木出发，到西方的虞渊谷落下。

古代名医徐锴说，叒木是东方自然神木之名，其字象形。桑乃蚕所食，异于东方自然神木，故加木于叒下而区别之。

我们河西很早之前的匈奴人，牛皮帐篷里供奉着青铜的扶桑树，胡人也叫叒木。他们说，这是神树，能护佑族人平安吉祥。

古人也说，桑之功最神，在人资用尤多。桑叶煮茶常饮用，可以令人更加聪明。

时珍说，桑有数种：有白桑，叶子大如掌而厚。鸡桑，叶和花都单薄一些，不肥厚。子桑，先椹而后叶，枝条生长比叶子早。子桑，先有桑葚，后来才有叶子，次序不一样。山桑，叶尖而长，枝干坚韧。用种子种桑树很慢，不如剪了枝条栽种，生长快一些。桑生黄衣，谓之金桑，其木必将枯萎。结子叫桑葚子。

桑叶大概是很美味的，因为我也不是蚕，所以不是太清楚。小时候和人打赌输了，吃了一片白杨树叶子，真是顶苦了。《尔雅》里说，桑树有女桑和山桑。桑树细小而枝条柔长者，皆为女桑，叶子饲蚕，蚕丝为丝中极品，织出来的丝绸华丽柔和，是别的桑树不能相比的，主要是桑树长得好，叶子肥美所致。

至于山桑呢，叶可饲蚕，但丝就差一些了。不过，山桑木坚劲，古代用以制弓弩和车辕。尤其是山桑木制的弓，弓性强劲，好得不能再好了。北宋神宗时期，和西夏人打仗，吃了几次败仗。宋人发现西夏人用的一种弓弩特别厉害，弓身长三尺三，弦长二尺五，射程远达三百四十多步，宋人的弓弩比起来实在差远了。他们很快也制作了这种弓弩，用坚韧的山桑木为弩身，麻为弦，轻巧坚劲。宋军弓弩手持这种弓弩，所向披靡，称为桑木神臂弓。

桑树皮厚实，褐灰色，有浅浅的纵裂。桑叶冬芽红褐色，虫子一样潜伏于枝条。纤细的枝条有细毛，很稀疏。叶子撒开，梢端急尖，青绿里略略带着鹅黄。慢慢长大一些，鲜绿鲜绿的，叶尖就圆钝一点儿了，不那么尖。基部圆形至浅心形，边缘锯齿粗钝，叶脉稀疏的细毛，看上去很可人。聚花为果，叫桑葚子，由暗红色渐渐转为紫黑色，味道微甜多汁。

桑叶经霜后采收的效果好，称霜桑叶。桑根白皮入药也很好，叫桑白皮。甘而寒，无毒，去肺中水气，利水道，治疗水肿胀满的首选药。桑白皮治疗金刃刀创，有疏风清热，凉血止血的功效。年轻人头发花白，用黑熟的桑葚子，搽涂，头发就能变得黑亮浓密。

有一个方子叫神仙饮，说桑叶常服很养生。四月，桑树茂盛之时，采得桑叶阴干。等十月，落了清霜，再采霜桑叶阴干。再等一下，满树的叶子落得只剩下二成了，再采摘一些。再等，落得只剩一成了，叫神仙叶，全都采摘了。然后一年里所有采得阴干的叶子都掺和在一起，捣成粉末，调了蜂蜜炼丸，冲服或者煎水代茶饮，就叫神仙饮。手足麻木的人，用降霜后的桑叶煎汤，频洗，也有疗效。

有个宋朝的医案说，有一天，严山寺来了个游僧，身体瘦弱且胃口极差，每夜就枕，遍身汗出，迫旦，衣皆湿透，连被单草席都被汗水浸湿，几十年求医皆无效。

寺里正好有僧人会医术，就带着游僧来到桑树下，趁晨露未干时，采摘了新鲜的桑叶带回寺中。没有别的草药，只单用桑叶一味，焙干碾末，每用二钱，空腹温米汤饮服。几天后，缠绵几十年的沉疴竟然痊愈了。游僧与寺中众和尚无不惊奇，佩服监寺和尚药到病除。《本经》里解释说，桑叶能除寒热，能止盗汗。

桑树上寄生着一种枝条柔软的植物，叫桑寄生，也是药材。别名叫茑木。鸟雀叼衔来浆果，落在桑树上慢吞吞地啄吃，果核粘落在桑树枝或伤陷处寄生，吸取树的养分长成另一株植物，高两三尺。也有鸟儿啄吃了野果，种子难消化，随粪便排出，落在树干上，便生根发芽，根系伸入桑树茎内，汲取水分养料，抽枝散叶。桑寄生叶子和桑叶有点像，肥圆微尖，质厚柔软。叶面闪着翠绿绿的光泽，叶子背面有一层白白的茸毛，细微地一脉清香。采摘桑寄生的嫩叶晒制成茶，即为桑寄生茶，养生益寿。桑寄生枝叶入药，补肝肾，强筋骨，祛风湿。

日暖桑麻光似泼，风来蒿艾气如薰。这样的草木境界，想一想都满心清香啊。我们一辈子总在修炼自己，使得光阴更加禅意。而草木，早已是参禅得道了，才投胎转世到红尘的。一花一叶，都是菩提清净心。很向往的一种意境，坐看溪云忘岁月，笑扶鸠杖话桑麻。真是好，锄头落地，读书耕田，踏实安然。世上的事情，多么玄乎多么热闹，都不如农事兴旺才好。四季枯荣相互替换，一树霜叶的萧条败落之后，生命更替，肯定会迎来盛大的春日，繁花似锦。生命的轮回都在草木的变幻里延续。人生的际遇也是如此，没有一成不变的枯败。最枯黄的时候，潜伏着最美的新绿。

世间最安逸的岁月，莫过于把酒话桑麻。像草木这样慢悠悠地活着，朴素地过着，多好。你知道，是草木保管着苍茫大地，是草木寄放着红尘禅意的光阴。而我们，保管好自己的心灵就可以了。

第三辑

旧时光，八千里路云和月

一年是活不老的，十年二十年也是活不老的，得慢慢活，慢慢过日子。漫长寒凉的光阴里，总得找些珍贵的东西来驱寒。谁说过一句话：人活在世上，无非坚持罢了。

古镇三题

古镇，风吹草低的日子

胖王爷是个木匠，做了一辈子的木匠活。他做得家具很笨拙，一点也不好看，但结实的要命。我家有个碗柜就是胖王爷的手艺。数次搬家搬来搬去，别的家具们都搬得七零八落，衣柜碰坏了腿，沙发搬掉了扶手，茶几干脆片片扇扇不能用了。只有碗柜毫发无伤，搬到哪儿都贼溜溜的结实。

后来，不想要碗柜了。用了十几年，模样太难看，而且往县城里搬也太占地方，就送给姑妈。姑妈掂了一把斧头，想把碗柜劈了当柴烧，姑妈家太缺柴火了。她狠命砍三斧头下去，碗柜上只留下三道白印印儿。姑妈琢磨了半天，要想把碗柜弄成劈柴的话，也许得用锯子锯上一天才行。

姑妈恨恨地骂道，这个胖王爷，做个家具这么牢实干嘛哩，钉是钉铆是铆的，铁铸的一般，用三辈子都嫌牢实呢。死心眼的老爷子，也不晓得偷工减料做得懒散一些，现在也好拆……

姑妈叨叨半天很无奈，只好把碗柜做个顺水人情送给隔壁的邻居算了。她实在没有本事把碗柜劈成柴。邻居唤来俩壮汉抬柜子。俩壮汉挣得面红耳赤边走边牢骚着，这个胖王爷，恨不能把一寸五的木板用上。打个碗柜嘛，木板薄些好了，这么厚干啥哩，死沉死沉的……

当初碗柜做好的时候，胖王爷只要了一百三十块钱。他说，丫头，我收了木头钱，手工就不要了。这木头是存了好几年的，现在这个价钱连一半也买不到了。那时还年轻，以为胖王爷在诳我，不以为然。现在看来，胖王爷一句假话也没有说。

胖王爷老了以后就做不动木匠活了，家什都闲置起来。他的儿子不想继承木匠手艺，老早就四处打工。手艺失传，胖王爷提起来总有些遗憾。胖王爷没事就在镇子上唯一的一条街上溜达个不停。天气热的话他就脱了帽子，搓着油光光的脑袋和遇见的人说话。反正镇子小，几乎没有不认识的人。胖王爷从北头喧谎儿喧到南头，半天时光就过去了，他孙子就一路喊着爷爷寻他回家吃饭去。

古时的人早晨起来，对着太阳说话，就叫寒暄。镇子上的人确实是这样的，把喧谎儿当作一辈子重要的事情。清早的太阳还在山头上，阳光还没有落到街上，零零星星的人就已经打着招呼寒暄上了，相当于晨练。天冷了天热了，地里的庄稼家里的琐事，别人家的猫儿狗儿，无所不能提及。我一直认为镇子上人的是世界上最能喧谎儿的人了。镇子并不古老，但生活着一群古老的人，保留着一种古老的思想。

胖王爷几乎天天都在街上喧谎儿。不过也有例外的时候，就是老天下大雪了。乌鞘岭的雪一下就是一尺厚，半尺厚。两三寸的雪是不怎么下的。大雪从天上倒一夜，屋顶上院子里的雪够胖王爷忙上一天。

胖王爷常常为扫雪和他的前院邻居吴元娃起争执。地方挤挤巴巴的，扫出来的雪没地儿堆去，只好堆在门前的巷道里，堆得小山一样。但是吴元娃总是把他家扫出来的雪，非要偷偷往下移几尺，堆在胖王爷的地界。

雪晒晒就化了，一条巷子成汪洋大海了，各家门前都用土坯筑一道坝，防止泥水倒淌进院子里。吴元娃门前的坝筑得又高又长，把水都逼到胖王爷门口。胖王爷若是出门，就得穿了长筒雨靴，不然水厚得过不去。

胖王爷时不时地跟吴元娃争执几句。但胖王爷总是势单力薄吵不过吴元娃。胖王爷的儿子儿媳常年在外面打工，除了过年回来几天。而吴元娃两口子根本就不出门，赖在家里，可以随便吵架。胖王爷老了，吵架不是吴元娃的对手，而且也有把柄落在吴元娃的手里呢。

胖王爷的儿子是捡来的，闺女才是亲生的。尽管这件事整个镇子人人皆知，但别人是不揭短的，只有吴元娃敢。吴元娃这个人呢，脑子有点毛病，有点高，两口子都是，又瓜又歹。一般人也是招惹不起的。

　　吴元娃一连生了两个丫头，第三胎是个男娃。若是别人，镇上计生办的主任不罚他个驴死鞍子烂才怪。要知道整个镇子超生的也没有几户，顶多也是超一个。吴元娃居然一口气生三个，而且一点也不在乎计生办的人。

　　吴元娃家里只有两间房，东倒西歪的，烟熏火燎的，像出土文物。吴元娃从来不扫房顶上的雪。因为他敢站在房顶上，房子就敢塌给他看。

　　说来奇怪，那样的房子似乎一场大风就能刮倒了。但我在镇子上住了十几年，那房子就颤颤巍巍坚挺了十几年，居然没有倒塌。前几天我去镇子上，那两间房子居然还好好的，可真是算奇迹了。老人们说，房子是需要气场的。多破旧的房子，只要人住着就不倒塌。再好的房子若是空着没有人住，几年下来就塌了。可见房子里若填满人气就坚挺了，人是房子的心呢。

　　计生办的人若是进到吴元娃院子里，不敢进屋子。胖王爷说，吴元娃的房子嘛，麻雀落上去跳一个蹦子就塌了，别人家的狗洞都比他的房子结实。计生办的人不敢进屋子不是怕屋子塌掉，而是怕被他家里的气味熏晕。他们若是想办法动脑筋想罚点什么，简直要笑死人了。

　　吴元娃家里除了两间破房，还有一头破黄牛。黄牛瘦得皮包骨头，龇着一身脏毛，常常乏得一扑沓卧在地上站不起来。胖王爷说，吴元娃的这头牛就是他的老先人，白送人也没有人要呢。

我去过他家一次，终身铭记呀。一铺大炕，炕上破毡旧褥子。小孩的尿迹一坨一个圈儿，一坨一个印儿，像千层菊花开在破床单上。他家的被子好像从来没有叠起来的习惯，就那么疙疙瘩瘩的堆在炕上，被窝里躺着吴元娃的女人冬莲。冬莲说话，头一句可着嗓门喊，第二句就吞下去了。第三句猛乍乍又喊一嗓子，有心脏病的人恐怕承受不住。不过她长得并不难看，皮肤反而很白。我一直觉得她这个名字起的太糟糕了，所以一辈子都不好。莲花在冬天都冻成个冰撅撅了，还开什么开。

有一年，吴元娃喊了几趟让我去给重感冒的冬莲输液，在他家里。去了一看，天啊，冬莲手背上的垢痂厚厚一层，根本就找不见血管。我抓着她的脏手又拍又打，终于把针扎进去了。这么邋遢的人家，镇子上很少见的。

他家的沙发也是不能坐。木头架子是胖王爷打的，结实自然是不用说了。木头上包着的棉絮破绽百出，索索掉掉的。苫着一块花布单已经脏得看不清原来的颜色。三个小土匪一样的孩子穿着鞋子就直接踩到沙发上去了。鞋底子上的稀牛粪草屑都拓在布单上。三个小家伙高兴地又跳又叫，沙发上的尘土腾起来，冬莲就在炕上吭吭地咳嗽。

据说计生办的人一去，冬莲就立刻喊着要做饭哩，烧茶哩，手里捉着碗大的干馒头硬塞让他们吃。可怜的干部们只能逃之夭夭了。

吴元娃只有这么两间破房和一头破牛，实在无多余的一物。吃的面粉都是赊欠着的。他说，他们想给我罚款，我倒是要去镇上要救济哩，难道他们看着让我一家挨饿嘛……

他理直气壮的样子，好像他的孩子都是给计生办生的一样。

遇上这样的一个邻居，是胖王爷的不幸了。那一年开春，下了一场罕见的厚雪，足足可以没膝。清早雪一停，吴元娃就借来一架梯子爬上去，把屋顶的雪用一个长把推板，直接推到胖王爷家院子里。本来吴元娃从不扫房顶的雪，但那次雪太厚了，怕要压塌房子呢。房顶上不能站上去，吴元娃只能站在梯子上，拿长把推板把雪一点一点推到后院王家里去。这也是没有办法的事，推板不能把雪弄到前面来，只能推到后院里去了。

胖王爷一觉醒来推门一看，哇呀呀，简直要气炸了。院子里一个大雪堆，而且还在簌簌往下掉。胖王爷立刻撵到吴元娃的院子里，俩人大吵起来。

吴元娃两口子叽叽喳喳只管骂一句话，说你那个儿子抱来的，来路不正。胖王爷气得血压上升脸色发紫，肺都要炸了。胖王爷被吴元娃两口子搀扶回家，没多久就躺在热炕上气死了。吴元娃居然跑出跑进帮着去请邻居们，又解释说，胖王爷又不是我气死的，是他自个儿死的，高血压么，脑出血么。好像他是医生一样清楚。

冬莲率领着三个碎娃，拼了老命给王家扫雪，其中一个娃穿着冬莲的破棉鞋，走一步绊翻一跤，娘儿四个都泥人一样在王家的院子里折腾。

王奶奶慌了神，给新疆打工的儿子打电话，哭着说，儿啊，你爹被吴元娃气死了，他大骂你是个抱疙瘩，来路不正。你快快回来讨个说法……

后来庄邻们都谴责王奶奶不会说话，害了儿子的命。这样天大的事情，要慢慢说，哪能这么激烈呢。胖王爷的儿子正在施工，三层楼的脚手架上。接完电话手机还没塞进衣袋里，眼前一黑，一脚踏空就从三楼掉下来了。那个叫王德的小伙子好像还不到三十岁，过年的时候回来，也极少出门，见人很憨厚地笑笑，黄黄的牙齿。只记得有一年我从武威回来下车，抱着孩子还有一大堆东西。他没说话就帮我把东西扛到店里，一身好力气。

可怜的王家阵营大乱。父子俩说没就没有了。吴元娃一看事情不妙，就背着一卷破铺盖逃之夭夭了。

胖王爷的女儿出嫁在北山，很僻背的一个山沟沟里，家境不是很好。这个女婿料理完后事，就从北山搬到胖王爷家里了。胖王爷一辈子省吃俭用家底很是殷实，还有儿子媳妇的收入，都在王奶奶手里。王家女婿嚷嚷着要跟吴元娃打个官司，但吴元娃人影儿都没有，上哪儿打去呢。

让镇子上的人惊讶的事情在后面呢。三个月后，胖王爷的儿媳妇悄悄改嫁了，嫁的人居然是他女婿的堂哥，也在北山，据说是个半吊子老光棍。

你一定见过老实巴交的人，但胖王爷的儿媳妇那么老实的人肯定没有见过。娘家没有爹妈了，只有一个哥哥。她也不怎么说话，只知道干活，机器人一样的，有点木。可怜的女人刚刚失去了丈夫，又被剥夺了孩子，基本净身出户了。据说她娘家哥哥收了那个老光棍三万块钱彩礼，也就同意了。

最关心王家事情的是吴元娃的女人冬莲。她像风一样刮来刮去，再也不窝囊在炕上了。冬莲四处捣闲话，说王家女婿占了天大的便宜，逼走了王德媳妇，夺了王德的儿子和新疆工地上十几万的赔款，霸占了王家的家业，赚得盆满钵满。

总之，王家的什么事情她都知晓得一清二楚。连王家一日三餐吃什么她都全知道。冬莲有时顺着牛棚爬到后墙上看王家干什么，有时悄悄溜到王家院子里听窗根子，有时把胖王爷的孙子哄到她家里从孩子嘴里掏话，有时又打发她那三个小叫花子似的孩子去王家收集信息。简直无处不盯梢，害得王家吃顿臊子面都要插上门不敢出声，打个喷嚏都压低嗓门。王家女婿很尴尬，整个镇子的人都拿一种异样的目光看他，使他自己也觉得干了卑鄙的事情抬不起头来。

冬莲穿一件宽大的黑西装，吴元娃穿过的，前衣襟短后衣襟长，皱皱巴巴地，脏得也不成样子。又穿白花绸子的裤子，吧嗒着布鞋，走起路来头重脚轻像墙头的草。还有呢，她的头发乱糟糟的像一蓬枯草缠绕在脑后，两根黄牙长长地突出来，嘴总是忙着，吧嗒吧嗒，绝对没有合拢的机会。你以为我在编排她啊，绝对没有，一渣渣子都没有。还有她的身上散发的味道，也就不说了。一个女人，活成那样，绝对是一种境界。一个人没有钱是没有办法的事，但不能没有生活的信念，至少，可以干净一些，整洁一些。

镇子上的人很排斥王家女婿这个外乡人，但也不多事，只是从冬莲嘴里打探一些消息，背后评头论足一番。那段日子，整条街上都是议论王家的事情，好像不说就会胀死。吴元娃气死胖王爷倒没有人关心，只关心胖王爷一辈子的积蓄到底有多少，这个女婿占得便宜有多大。

冬莲一下子成了红人，她晚上都打着手电筒串门，不断报告王家最新的情况，比如王家女婿早起都开始喝牛奶了，吃猪肉都不要肥肉了。她的三个娃像三个小叫花子，饿得吱吱哇哇乱叫一番后，寻她不着，只能去邻居家蹭饭。

三个小贼蹭饭很有头脑，不一块儿去蹭，分头行动，昨天蹭了的人家今天绝对不会再去。蹭饭也不直接蹭，懂得声东击西旁敲侧打，很有尊严的蹭饱肚子。我说，吴元娃两口子都是半脑子的糊涂人，生的孩子怎么那么机灵啊？我弟弟说，因为负负得正呗！

冬莲也一下子有了价值，这家那家的居然也能混饱肚子。镇子上的人最爱听别人家的不如意了，尤其像胖王爷这样家底殷实的人家。有一天近中午，冬莲转悠到我店里来了。平日里不怎么来，因为欠的钱还没有还干净。这天却大摇大摆来了，买一根头绳，站在地下不走，情文并茂细细描述王家的事情，以为我傻得什么都不知道。冬莲的话高一句，低一句，粗一声，细一声，前半句，后半句，高三搭五，总共说了半小时还不走。我是有心脏病的，她的语言力度严重考验着我的心脏。

我开始撵她走。我说，你得回去给娃们做饭了，都中午了。谁知她却说，小贼们随便到人家里就吃过了，现在的日子谁还吝啬一顿饭呢。我不用操心的，就是我还没有吃饭哩……

她大模大样坐在我店里蹭我家的饭。邻居们进来买东西惊讶地说，啊呀，冬莲，你都到街上铺子里混饭来了。她也不介意，吃着饭，含糊地说，我专门喧王家的事情来了，婶儿啥都不知道么。婶儿是我在村子的辈分。喊，好像我是闲话客一样，什么人啊。

冬莲吸溜吸溜吃饭，吭哧吭哧通鼻孔里的空气，龇牙剔牙缝里的菜叶子，一口气吃了三碗饭。一定是早上没有吃。我只好没饭可吃了，舀一点面汤喝喝算了。再说面对着冬莲我实在没有食欲。

冬莲还是不走，赖了一下午，没话找话。实在没话可说了就无聊地说，你这个名字不如我的，莲花多好，神仙都爱哩……我嘴里说那是那是，心里骂道，你知道个鸟毛，菊花一开百花杀，梅花一开春才来。梅花乃百花之王，统领百花。当然对这样一个人呢，说这些也实在无趣。

后来姑妈责备我说，没事你招惹吴元娃的瓜女人干啥哩，她到处说你减肥，每顿饭只喝半碗面汤。你怎么搞的，居然头脑发昏留她吃饭，看见她那双脏手爪子没有……

胖王爷的孙子也就五六岁，一下子没有了爷爷和父亲，连母亲也见不到了。小家伙蔫败败的，整天不见笑脸。上下学从我门前过，再也不闹腾着要泡泡糖了。走路的架势像个老头儿，全然没有了孩子的朝气。

后来，胖王爷的儿媳妇来看孩子，牵着小家伙到我店里买零食。看左右无人，娘俩抱头痛哭。我也跟着搭了一场眼泪。做母亲的不敢放声大哭，声音压得低低地，呜呜咽咽。儿子蹭着妈妈的脸，哭成一团。我说，你怎么不把孩子带在身边啊？这个可怜的女人泪眼婆娑，脸色发青，短短的头发贴在头皮上。她说婶儿，我不识字，娘家又没有人。这就是一个女人的命运了。

不一会儿胖王爷的女儿来牵走了孩子。小家伙回头，频频朝母亲挥手，眼里的泪光一闪一闪，在阳光里格外晶莹。

古镇，烟熏火燎的日子

朱爷坐在他的水果摊后面，不动弹的时候像一尊泥菩萨。阔面垂耳，慈眉善目。他太胖了，坐着都呵喽呵喽喘气。他脚下的那条黄狗也在呵喽呵喽喘气，伸着长舌头。朱爷的嘴几乎没有闲着，一会儿挑一个烂杏子，一会儿又翻捡两个蔫桃子，用一块破抹布胡乱擦擦，吧唧吧唧吃着，目光钻在街上的人缝隙里，看见有人搭睬，立刻招着手喊：来来来，过来歇会儿了浪。

镇子上的人把串门叫浪门，逛街叫浪街。出门玩叫出门浪。真是个奇怪的叫法。一样东西特别好，非常好，叫糊涂好。编排别人戏弄别人叫哇差。诸如此类的叫法还有很多呢，外人乍然一听，一头雾水。人们挂在嘴边的一句话是：走，浪走！那种特别喜欢四处游荡闲逛不回家的人，我们通常都是叫逛鬼。镇子上的人叫大浪鬼。

朱爷的大儿子就是大浪鬼。朱爷老两口子都胖啊，胖的没脖子没眼睛了，走路像企鹅一样笨拙。可是两个儿子却瘦，尖嘴猴腮的瘦，瘦骨嶙峋的难看，竹竿子上挑着衣服一样的夸张。真是应了我弟弟那句话：负负得正，胖胖得瘦。

朱大整天浪得不知道进家门。庄稼地里的活也不干，也不去打工，动不动就离家出走十天半月才回来。一旦身上有俩钱，朱大就立刻消失了踪迹，潜水不见了。等花完最后一毛钱，他像个叫花子一样又回来了。朱大耷拉着脑袋，垂头丧气坐在朱爷的摊子边，伺机寻几个烂果子塞进嘴里，一个果子两口就咽下去了。朱爷挖一眼瞪一眼，恨不能把朱大一脚踹死算了。无奈何他老了，多一句也不敢说，任凭朱大耍死狗。

夏天的中午，朱大就在遮阳伞下的一条木板凳上蜷缩着睡觉，呼……呼呼……打着鼾把朱爷挤出伞外。朱爷在烈日下用袖口擦光脑门上淌下来的汗，大口喝着酽酽的砖茶，牛血一样浓。黄狗倒是跟朱大挤在荫凉里。朱爷浑浊的两只眼珠子骨碌碌转着，看见熟人就招手喊：来来来，过来歇会儿了浪。

有一次我抱着儿子路过朱爷的摊子，我家郭飏仰一看见水果就立刻呱喊着要。朱爷忙忙拿一个小苹果递给郭飏仰。谁知这小子右手拿着，居然伸出左手又讨。朱爷在摊子上巡视一番，又递给他一棵红枣。郭飏仰扔掉枣坚持要苹果。朱爷很认真地拿出一个本子，画两个圈，又递给郭飏仰一个大苹果。朱爷说，丫头，这两个苹果你欠我一块四毛钱，下次还来。朱爷有一种本事，他的账本画满圈圈点点，但他知道是谁欠的，丝毫不差。

朱二倒是很勤快，一年到头都忙着没有闲空儿。种庄稼，开着小拖拉机卖蜂窝煤，卖水果，卖菜。朱二过度的勤劳仿佛要弥补朱大的懒散似的。朱二的女人何花花也是极为能吃苦的人，穿一件衣服洗白了晒烂了，才肯换另一件。当然，朱二的日子是很殷实的。

朱大分家另过，朱二和两个老人一起生活。但朱大却常年在朱爷家吃饭。他若回家吃饭，他女人就挥舞着一截榔头把追着将他打出大门。朱大一定要跑得快才行，跑慢了，腿上就挨几榔头把。

朱大的三个儿子动不动就找奶奶发火：奶奶呀，你当初生了我爹咋就不喂了狼去呢？养大干什么哩么。就算狼不吃，跟挑担担的货郎换个针换个线也行啊……

朱奶奶一看三个孙子齐铺铺立在地下，就惭愧地像做了件丢人的事情，立刻摸出几个小钱让孙子们买香烟去，哄他们出门。朱大的大浪鬼名声直接影响了三个儿子的终身大事。三个儿子齐心合力盖好了一院子新房子之后，买家具的钱被朱大偷走逍遥了半年。不仅如此，朱大还在镇上的信用社欠了一屁股债，三个儿子年年挣的钱一半还了贷款。朱大的家是个空壳壳，屋里除了一铺火炕，连个沙发也没有，桌子也没有。有了朱大的光辉形象，三个小伙子没法讨到老婆。

大孙子朝爷爷借钱。他说，爷爷呀，你不能看着我打光棍呀，我快三十岁了。你养下的那个好儿子，当初咋就不一巴掌拍死呢？朱爷一见大孙子来，就立刻装聋作哑指东道西。他大声说，你说啥哩？问我有没有酥油喝吗？有哩，有哩，你不用买了……

朱爷的大孙子临出门嘀咕着悄声骂一句：破老头子，存着几万块钱不出手，留着生仔哩嘛，抠搜死了……朱爷立刻拿着笤帚追出大门喊，臭小子，你敢骂我，打断你的狗腿子。虚张声势一番，吓走大孙子。朱大女人见人就诉苦说，我家爷爷一提借钱耳朵就聋了，若是偷着骂一句，出了庄门还能听见，真聋假聋啊。

朱二也怕侄子借钱，尽量躲着能不见面就不见面。朱二的钱都是血汗钱，一分一分挣来的。何花花满腹牢骚总是给邻居们抱怨着说，我们苦一天了，回家还得做饭，奶奶连一口开水都不曾烧，猪儿鸡儿也不管。老大的懒散就遗传了奶奶的基因。这也罢了，老大常年吃饭，没家的一样……朱二就在一边宽慰说，唉唉，又不能撵出去，亲亲的哥。你就当喂了头猪吧，这么多年都喂过来了，不差这几顿。

朱大实在混不住了，就去外面浪逛一段日子。不知道在什么地方，回来就给人吹嘘说，我认识的都是大老板噢，请我茶屋吃茶呢，还请我喝啤酒，我们关系铁，哥儿弟兄，出手都是几百几百的，毫不在乎。不过他走的时候，多半是偷了朱奶奶一点私房钱，或者是摸了朱二衣袋里的钱。家贼是防不住的。你怎么提防呢，一个屋里生活，总不能样样东西都上锁吧。

那一年朱大机会好，一下子就偷走了朱二进货的一万块钱远走高飞了。何花花就在院子里跳着叫骂说，妈妈哎，你生了这么个糊涂鬼我们不怪你，但分开另过的日子，你不该把这大浪鬼收留在家里吃饭祸害人呀……

朱奶奶默然流泪，仔细给儿媳妇解释说，朱家几辈子都是老实人，没有出过这么个混账东西。但是自从老祖母下葬到新坟里，就生下了老大这大浪鬼。不怨别人，只能怨老祖母的坟地占得不好，才出这样败家子。

朱二的血汗钱被哥哥盗走，何花花天天闹腾。何花花买一件衬衫才七块钱，一条头巾围了三年还不扔。她活了三十多岁还没有进过一次饭馆，连两块钱一碗的牛肉面都不曾吃过。那钱可是一分一厘牙缝里抠出来的，一下子说没就没了。朱二心里总是疙疙瘩瘩解不开，掉了魂一样。

那天下午，天气闷热，朱二从我门前路过。我闲的没事就喊他的奶名，二喜子，你哥偷走多少钱呀？朱二阴沉着脸进了店，伸出一根指头朝我晃了晃。他长长叹了一口气，咬咬牙说，买一包紫兰州，给何花花买那件最贵的蓝衬衫，我省来省去给谁省呢！朱二坐在店里的椅子上，一口气吸完了半包烟，受了委屈的小孩一样，给我数落朱大的劣迹和他妈妈的偏心眼。朱二觉得，朱大偷钱这件事，跟自己的母亲有着莫大的关系。他放钱的地方朱奶奶是知道的。朱二一口接一口吸完了剩下的半包烟，腋下夹着那件五十块钱的蓝衬衫走了。他简直郁闷之极。

就在那天下午，朱二出事了，他开着的小拖拉机翻掉了。后来何花花给人哭诉说，朱二压力太大，开车走神开进了沟里。千钧一发之时，朱二拼全力把何花花推到了路边的地里。朱大的女人连哭带喊连滚带爬跑着满庄子报丧。

一个人要死去的时候总有一些细微的反常。节俭的朱二是从来不吸烟的，却一口气吸掉一包，而且是十块钱一包的。他买给何花花的那件衬衫，是对媳妇的内疚最后的补偿了。那件蓝衬衫，活着的人是如何能穿到身上呢。

朱大依然没有音讯。朱家里一片死寂。只有朱二的小丫头跑出跑进的玩。邻居们路过朱家，都抬高了脚尖，怕惊动了他们的沉静。

朱大的女人却渐渐活络起来，往人多的地方凑，绕着弯子表达她的心里话：朱二死了，朱大跑了，朱爷老两口唯一能指望的就是她的三个儿子了。她忙着制造舆论，争取别人的支持。镇子上的人吃饭也议论朱家的事，走路也议论朱家的事，地里干活也议论朱家的事，好像谁不发表一下意见就会立刻憋死。

过了几个月，朱家一改往日的寂静，突然热闹起来，连墙头上都爬满看热闹的小孩。朱奶奶和何花花天天打架哩。朱奶奶经历了这一场变故，暴瘦，脸上的皮脖颈里的皮松衰地垂坠下来，眼窝深陷下去好多。何花花简直龇毛郎当憔悴得看不成，穿的衣服全村子里也找不出那么破旧的。后衣襟被朱奶奶撕扯了几道裂口，看着很是可怜。

朱二的死抽了她们的筋，都没有一点力气了。俩人扭打在一起，都病病歪歪的，撕来撕去。最后俩人都绊倒在地上哭嚷，没有人搀扶爬不起来。朱二的丫头坐在门槛上尖厉啼哭，眼睛眯一条缝儿看看奶奶又看看妈妈，真是个小可怜儿。

后来，朱奶奶发誓要撵走何花花。她说，老二的钱她都捏在手里不拿出来，生个丫头还理由足得很，撵出去嫁人去，腾出来房子给大孙子娶媳妇哩。

何花花哪里肯依。两人天天打，天天骂。何花花骂朱大和朱奶奶合伙偷了钱，又骂朱大的女人背后操纵朱奶奶。朱大的女人急忙跳出来撇清自己，连脚踪也不送到朱奶奶家里去了。何花花的语言恶毒之极，充满了对朱家前生后世的诅咒。朱爷和三个孙子也开始帮着朱奶奶撵何花花，简直天天搞得唱戏一样热闹。

何花花晚间来买药，哭诉她的难肠。我就支着说，你去告状呀，镇上告，村长那儿告，你怎么木头一根不开窍呢。何花花大梦初醒一样，一路撒着眼泪回去思谋告状的事。

镇上的干部，村长村主任，还有村子里几个和事佬，还有朱家的本家长辈，就浩浩荡荡到朱爷家来处理纠纷。何花花抱着女儿哭得撕心裂肺，朱奶奶也毫不示弱，满地打滚哭天喊地。

处理的结果出来了。何花花还是离开了朱家，她守孝一年的计划落空了。不过家产处理很公平，何花花应该得到的都得到了。朱家想夺孩子的计划也是个妄想，孩子归何花花。何花花拖着女儿拉着一车东西投奔娘家去了，属于她的两间房子由朱爷付了钱。朱二的存款都归何花花。朱家又恢复了死寂。

过了一年，何花花嫁给了镇子上的屠户。俗话说跟上官是官娘子，跟上屠户洗肠子。果真是啊。何花花几乎一整天都在水管子下翻肠子，洗肠子，双手泡得发白，满脸倦容。屠户家可忙了，她连个打盹发呆的时间都没有。只不过穿的衣服比先前光鲜了一些，目光却是黯淡的。

我搬家的时候，何花花跑来帮着装东西，眼里噙着泪，一句话也没有说。那双发白的手在阳光里格外苍白。

离开镇子也五六年了，很少回去。前些天兰州有个老师打电话，托我买一张白牦牛的皮子。县城里大约没有，我到镇子上去找何花花。屠户一个冬天要宰掉几百头牦牛，应该有皮子的。

何花花坐在炕沿上不断往茶杯里加开水，屋子里是腥臭的味道，苍蝇在院子里屋里围成个黑疙瘩。她的目光依然黯淡。她说，眼泪早就淌干了，枯了。她说，经常挨打，动不动就几牛鞭。她说，不允许给朱二上坟，不允许想念朱二。她撩起衣襟，后背上还有一道疤痕。她说，熬吧，再熬十年丫头就长大了。现在死了，丫头要受罪。朱家从来不心疼这个娃……

我在去姑妈家的路上遇到了屠户。他说，老邻居，皮子过几天就有好的了，给你留一张，绝对好。我摇摇头，心里暗暗骂道：死去吧你，谁买你的皮子呢！

一个残杀生灵的人，怎么会懂得珍惜那个受伤的女人呢，怎么会感知她内心的疼呢。你可以阻止她的一切，甚至不让她吃饭，但不能阻止她对最爱的人的思念。

我一直不明白，何花花当初为什么要选择一个屠杀生灵的人，来做后半辈子的依靠呢？她到底是怎么想的啊！

古镇，不断咳嗽着的日子

老常牵着他的那头花奶牛沿着地埂溜青草。一路溜过去，又回头溜过来。好马不吃回头草，但对一头牛来说，不仅要吃回头草，还要把吃进胃里的草倒出来，再细细嚼一遍才肯罢休。好马不吃回头草那是好马的事，在牛看来，只要有草就吃，回头不回头又有什么关系呢。

老常远远看见我过来，就朝我招招手喊，这边，丫头，这边苦苦菜多！这是我家的青稞地么，所以老常热情得很。我走到跟前，拍拍花奶牛肥嘟嘟的脊背。老常夸口说，我这牛，只吃青草，庄稼送到嘴边都不吃。

我不信，立刻拔了一束青稞喂到奶牛嘴边，奶牛几下就卷进舌头咽下去了。我又去拔邻居家的小麦，老常急忙拦挡着说，行了行了，别人家的庄稼就不要拔来试验了。喂到嘴边的草不吃，它又不是傻瓜牛。不过呢，主动那是不偷嘴的。

我到地里是挖苦苦菜的。那段日子我总是阑尾疼，苦苦菜味苦，性凉，清热，有散结消炎的功用，所以天天吃苦苦菜。我是个慵懒的女人，不肯好好干活。地里的杂草长得比青稞还要高，我才不愿意趴在地里一棵一棵拔草呢，任凭杂草疯长去。

老常把牛缰绳递给我说，丫头，你看着牛吃草，我去给你挖苦苦菜，操心别让牛吃到辛软软家的地里了。老常和辛软软是冤家，路上见了面都不理不睬。辛软软人长得很高，又很细，走路没有力气，总是腰来了腿还没跟上，看着很软。

两家也是庄门对着庄门的邻居。有一年辛家盖了新房子，庄门移到南面去了，原来庄门的位置盘了个驴槽，拴了一头黑毛驴子。老常一开庄门，正对着驴槽和黑毛驴，非常晦气。

老常和辛家交涉了许久，辛家不肯拆掉驴槽。老常觉得这是辛软软在欺负他，老常就在庄门上方装了一面镜子，把晦气都反射到辛家去。不仅如此，还见人就宣传说，我这面镜子是照妖镜，压邪镜。两家人吵架倒是没有，却结了仇气。

我的青稞地紧挨着辛家的小麦地。我的地里杂草丛生，草和庄稼参差不齐，甭提多难看了。辛家的地里麦子绿油油齐刷刷地很是漂亮，让我看着心生惭愧，暗暗骂着老辛：真是过分啊，草拔得这么干净！

老常放牛就是瞅中了我的青稞地。他一边照看牛吃草，一边在地里拔些很高的青草。回家的时候牛也吃饱了，还能拔两大捆青草。别人家的地里那是不可能有这么好的青草资源。

辛软软远远地看见老常的牛在他的麦地边晃悠，不见人影，就一路狂奔撵过来查看。他跑起来的样子很奇怪，像毛毛虫蠕动一样。他气喘吁吁地跑到地头一瞧，结果牛在吃回头草，老常正卖力地蹲在青稞地里挖苦苦菜，我怕太阳晒着，头上顶着一件衣裳歇在马莲墩上。辛软软巡视了一番他的麦地，牛一口也没有偷吃过。

辛软软说，稀罕啊，你居然给老常放牛。我说当然了，邻居嘛，就是要帮帮忙的。苦苦菜老常已经挖得差不多了，我就转转眼珠子开始夸辛家的麦田，夸得天花乱坠。辛软软甭提多高兴了，一定要替我提着一大篮子苦苦菜回村子。过河的时候，他还自告奋勇把那篮子苦苦菜淘洗干净，一路滴着水珠给我提回家去。那时候真是年轻啊，耍个小诡计就可以高兴好几天。

老常一家其实待我是很好的。常嫂子的娘家和我的老家在一个村里——那个叫萱麻河的村庄。常嫂子看见我格外亲热，老远的路上就喊我丫头。她回娘家，也不忘喊我一下说，丫头，回娘家走，搭个伴儿。我多半是不去的。她娘家里有爹娘呢，我没爹娘，回什么娘家呢。

老常的儿子山子跟着他萱麻河的舅舅常年在一个叫马鬃山的地方打工。他们干的活是采矿炮工，一个月大约挣到一千块钱。那些年萱麻河的很多人都在马鬃山干活，我叔也去过，他回来说太苦了，吃得差，活儿累，还很危险，因为要炸山嘛。叔后来去了别的地方打工，老常的儿子还在那儿一直干着。

山子是个壮实的小伙子，他的理想是挣够一笔钱回来盖新房子。老常的房子并不很破旧，但山子是想盖了房子就可以分家另过，旧院子让两位老人住，可以多养几头牛。

后来，山子攒够了盖房子的钱，就不去马鬃山了。父子俩拉来木料砖瓦，准备盖房子。那时候我已经离开镇子了，老常时不时进县城来买盖房子的材料，到我家里喝水，说说镇子上的事情，家里的事情。

后来，房子盖好了，山子却病了。老常说山子得了肺病，不停地咳嗽，几乎不能下床了。那个时候我们都不知道有一种叫尘肺病的阴霾笼罩在我们娘家的山村里。没有一个人知道这是长期吸入大量粉尘导致的噩梦。

老常没有很多的钱给山子看病，山子住院出院反复几次后，就跟这个世界告别了。山子不到三十岁，他的儿子三四岁。老常进城来，脸色憔悴得都看不成了。又瘦又薄，仿佛一口气就可以吹倒他。他说，院子里都乱糟糟的，没心肠收拾……山子媳妇去了娘家……可怜才二十几岁的人，就守了寡。

老常变得很唠叨了，每次进城来，都在我家唠叨半天。孙子的事，山子媳妇的事，养牛的事，每一件都说得透彻清爽，每一件事都说得心酸难肠。

直到去年的时候，我们才知道山子有可能就是尘肺病。这种病无法根治，洗肺只能延长生命。可是山子都已经去世两年多了。而我的老家萱麻河，一百多人都得了这种病。多么可怕的事实。一百多个家庭将要面临灾难。他们没有劳动合同，得不到赔偿。贫穷让人失去了最宝贵的健康乃至生命。

山子的媳妇改嫁了，依然嫁在镇子上，孩子老常哭着喊着留下了。当初为孩子老常和儿媳反目成仇，几乎闹腾了几个月，最后儿媳妇妥协了。老常真的老了，除了能养牛，庄田地里的重活没法干了。儿媳妇和娘家的老父亲，一直帮着老常种地。

老常背着孙子去放牛，下午回来时牛背上驮着青草，他背上驮着孙子。常嫂子早晚送牛奶，背着一个塑料桶，疲乏地挪着脚步。老常的孙子很是淘气，小家伙喜欢上墙揭瓦地疯玩，满庄子乱跑。老常经常都一路小跑撵着逮孙子。

有一次去镇子上，常嫂子非要拉我去她家里吃饭。一家人还住在旧院子里，新房子就那么一直撂着，没有收拾。山子的媳妇回来在厨房里蒸馍馍，灶上热气腾腾。她改嫁的那个小伙子在院子里清理牛圈里的牛粪。老常依旧絮絮叨叨，怀里揣着他的宝贝疙瘩孙子。常嫂子做饭时，老常刚摘了几棵白菜，小家伙不见了。老常一边往庄门外跑着撵孙子，一边回头跟我说，我们老两口就盼着这个娃活着哩，没这个娃，我们就没活头了。

厨房里，常嫂子擦眼泪，山子的媳妇也擦眼泪。我坐在门口的小凳子上，不知该怎么说才合适，同是天涯沦落人。天很蓝，院子里很安静，只有几头牛在槽边吃草。庄门开着，门对面辛软软的驴槽也拆掉了，黑驴也许早就卖掉了。

种瓜的父亲

父亲卖瓜，自己没有运输工具，是雇了别人的手扶拖拉机去卖。他是个地道的庄稼人，卖瓜对他来说太难了。车停在路边，他坐在车上，和一车西瓜一起晒太阳。汗水顺着他黑黄的脸颊吧嗒吧嗒往下滴。一顶旧草帽根本遮不住多少日头。他坐在西瓜堆里，汗流满面。他是会出汗的西瓜，西瓜里的瓜王。

零星的顾客挑挑拣拣拨拉着车里的西瓜。父亲脸上堆满谦卑的笑，心疼地看那些滚过来滚过去的西瓜。他不停地说，慢些拨拉啊，别碰坏了。

偶然遇上个大主顾，要几百斤西瓜，父亲就慌忙地搬出一个圆溜溜的大西瓜，又慌忙切开，热情地让人家尝尝。尝瓜的人在一牙西瓜上牙齿尖咬上几小口，扑哧，扔在脚下。鲜红的瓜瓤在阳光里水光盈盈，一地汁水。父亲皱皱眉，心里疼得抽搐一下。

这些西瓜，刚刚坐瓜时只有一粒豌豆大小，是他一颗一颗拨弄着长大的。每个西瓜都打磨掉他手心里的一层皮，每个西瓜都落满他厚厚的一层爱抚的目光。他爱着它们，心疼着它们。现在，他看着脚下糟践的西瓜，心里的疼窜到眉梢，拧成一个疙瘩。他吸一口气，牙疼一般，发出嘶嘶地惋惜声。

父亲不善于卖瓜，就和村庄里的很多庄稼人一样，跑到大路上去等车。每当有一辆两辆空着的卡车驶过来，他们簇拥过去，询问是否是拉瓜的车，询问人家收瓜的价格。但往往是狼多肉少，一辆车上围一圈瓜农竞争。他们相互拆台压价，谁出的价钱最低，车主就跟着谁走了。尽管这样，父亲不善于言辞，还是拦不下一辆车。

后来，他就跑到公路的上游，跑到离家几十里的土门，永丰堡去拦车。偶然地拦来一辆收瓜的车，让他高兴不已。拦来的车停在路边，车主坐在瓜棚里。父亲又递烟又切瓜，依然是一脸谦卑的笑。车主把咬了几口的西瓜扔在脚下，瓜瓢汁水淌着。父亲毫不掩饰地拧紧眉头，心里疼得抽搐。

一车瓜拉走了，父亲捏着手里薄薄一沓纸币，拾起衣襟擦擦脸上的汗，像甩去一个大包袱那样舒一口气。他嘿嘿地笑着说，这下总算卖掉了，不然几场雨就沤在地里了，一个钱也进不来哩……他小小地高兴一下，随即又阴下脸弯腰捡起车主们啃过的西瓜皮，骂骂咧咧丢进猪食篮子里，看着残余的瓜瓢叹息一声。

我的父亲很真诚地巴望每个吃瓜的人都能啃净红瓜瓢，啃到露出瓜翠为止。他可惜着那些红红的瓢儿。

　　我和父亲常常坐在地埂上吃西瓜。我们不切开西瓜，只在瓜顶上剜一个洞，拿一把长柄的勺子掏出瓜瓤儿吃，一口一口。父亲和我都鼓起腮帮子，一边吃瓜一边说话。我小时候话多得很，琐琐碎碎的话题父亲总是耐心听完，从不半途打断。我们吃完的西瓜壳皮儿薄得几乎透亮，没有一丁点儿的红瓜瓤，像两滴翠绿的水珠一样。

　　我常常把西瓜壳儿放到路边，装作一个完整西瓜的样子哄骗过路的人。看到有人上当翻动空空的瓜壳，就得意地咕咕直笑。父亲摘下一个西瓜，招呼路人过来尝瓜，并歉意地嗔怪一句：我这个黄毛丫头总是捣鬼得很。他和路人闲聊，满意地看着别人啃完的瓜皮，不收一分钱。实际上那时候，过路的人吃个西瓜，也没有付钱的习惯。地里种着呢，谁也不是很较真。

　　父亲去世的时候，我还不满十八岁。我也和父亲一样不善周旋，但我实在没有一身好力气去种庄稼，种西瓜。我成了一个地道的商人，在一个破旧的镇子上打拼着，养活我自己。父亲肯定没有料到我会是个买卖人，他一直希望我是个读书人，有一身书香的好气质。但生活总是这样有些小小的不如意。

　　镇子上很冷，年年夏季都不怎么吃西瓜。我也渐渐淡忘了种瓜的日子。今年的某一天，我去一个深山的寺里松散一下心情。一片幽静的树林里，有石桌和石凳。有人在石桌上切开一只很大的西瓜，香客们围起来吃西瓜。

　　一会儿石桌上摆满了西瓜皮。我啃过的瓜皮掺在一堆瓜皮里，很突兀。我的瓜皮啃得没有一点红瓜瓤，只剩下真正的瓜皮了。我突然发现这些年我都是这么吃西瓜的，都是把瓜皮啃成一张纸。这是父亲留给我的一个习惯，不经意保持了很多年。

　　那些被我啃得轻飘飘的西瓜皮，坦然地躺在石桌上。瓜皮上留着我牙齿的痕迹，像一个人走过的路。我小心翼翼拾起瓜皮，像拾起我和父亲的那段日子。

　　那一刻，我非常想念我的父亲，想念他像西瓜皮一样被我啃得只剩下轻飘飘一页纸一样薄的日子。

梦工厂

乌鞘岭的大雪，一下就封山了，扬风搅雪，天地一片白茫茫。工厂的院子里，栖落着一群黑袍子的红嘴鸦儿。突然，它们呼啦一下集体飞走了，那是因为屠宰工把车间的垃圾倒在墙外，它们抢羊肠子去了。

有时候，为了争抢一截好肠子，红嘴鸦儿也会打架，啄得你死我活。猫儿也在厮打，爪子抓脸。还有狗也扑抢，用嘴头撕咬。我说，墙外真是热闹。屠宰工老杨就嘿嘿笑。他的脸真是黑，煤块一样。他一笑，牙也不白，黄板牙。他的皮围裙也是那样的难看，血渍，牛粪渣，碎肉末……太脏了。雨靴也是那样，脏兮兮的，在雪地里走着，哐唧，哐唧。

我的靴子也太大了，像穿着两只小舟，走路一撇一捺的。不过，工作服很干净。我们的组长，那个高个子的小伙子，我第一天上班，就赶紧从柜子里领给我一套新的白色的工作服，脸笑成一朵牡丹花，说，小丫头，你才从学校里出来呀？

跟在我身后进来的几个女工，就没有新工作服啦。他拖过一只纸箱子，推给她们一堆旧工作服，说，挑吧挑吧。又扭头对我笑，说，宰羊的时候，你不要看啦，吓人的很。

那一年，我十八岁。

我们都在很大的车间里干活。

最西边，是屠宰组。墙上留一个洞口，外面的人把羊头塞进来，可怜的羊咩咩地叫着，死命抵着，蹄子不往前走，它预感到了即将到来的不祥。它还没叫完呢，里面的屠宰工咔嚓一刀就把羊头卸了，一回头，咚一声扔在一堆羊头里，血滴了一路。一大堆羊头，瞪着眼珠子看人，幽幽的怨恨的。整只羊从另一个洞口拖进来，挂在滑轮上，送到了另一组。

有时候，一天要宰掉几百只羊。我想，整个工厂的上空，都堆砌着羊哀怨的眼神。

屠宰组的，都是老男人，都是杀羊不眨眼的莽撞汉子，生肉都能嚼着咽下去的，很茹毛饮血。可以有一天，洗肠子的一个小姑娘，突发奇想，也要宰羊。

天啦，她可真是大胆，手起刀落，一下午宰了四十多只羊，刀法精准，比老男人更加熟练。全车间哗然。要知道，宰羊这事儿，老男人们苦苦操练了若干年才熬得这技法，早上起来还要念经，求羊们不要怪罪，求它们下辈子变成蚂蚁。而她，一上手就如此狠辣，眉头都不眨一下。

小姑娘一举成名，全厂的人都争着看她，连门房的老头儿，也撵着看。这事儿就传到了她妈妈耳朵里。她妈妈大惊，骂道，你逼能，将来怎么找婆家呀？

果然，她一直找不到合适的对象。最后嫁给一个混混。

混混在外面天不怕地不怕，回家看到媳妇，气焰就塌下去了。有时候混混在赌场子里正吆喝，媳妇拎着切刀来了，混混就吓得跳窗子逃走了。当然这都是后话。其实她在屠宰组只宰了两三天而已。不过，名声倒是出去了。

另一组有四五个小伙子，专门剥羊皮。刀尖挑开羊脖子，撕开一角，慢慢剥。羊身上的热气还在冒着，血滴在他们的靴子上，滴答，滴答。

一开始，我不敢看，夜夜做噩梦，一梦的羊叫，凄惨无比。闭眼是羊，睁眼还是羊。路上遇见羊群，总是悲哀地想，这些羊的前面的日子里，有一把刀子在等着。

慢慢地，习惯了，一个人不能改变环境的时候，就学会了适应。剥了皮的羊，一部分直接送到冷库里入库，另一部分要剔骨。

羊依然挂在滑轮上，往前送。剔骨组的几个人，一个抱着一只羊，剔下来的羊肉披挂在骨头上，要剔干净，骨头要白亮才算手艺好。有几天，剔骨的人手少，车间主任就发给我一枚利刃，说，你也去帮忙。

羊肉尚是温热的，我摸上去，心里就怵，我担心它从胸腔里咩咩叫出来。那把刀子，真是锋利，一只羊剔下来，我的手就被割得伤痕累累。主任惊讶地大叫，啊呀呀，是让你剔羊哩，你把手爪子剔成这样干啥哩嘛！车间里的好事者都轰隆一下跑来看我的手，天啊，他们笑得眼泪都下来了，什么技术啊。

他们接着笑我剔过骨的羊肉——只割下来一半，另一半还牢牢留在骨头上。揪一块，割下来，好好的羊肉被我割成饺子馅儿了。一架羊骨架，看不见骨头，只能算是羊排骨吧。主任也算是美男子了，只不过半边脸受了烫伤，不过依然还是风度翩翩。他说，嗯，这只羊，剔得也算可以，小丫头很尽力嘛，手艺还不太差劲儿。

主任宝贝一样拎走了羊骨架，做了记号，亲自送冷库入库了。第二天，他去会计处开个票，买走那副羊骨架，或者说羊排骨。一斤羊肉两块七，一斤骨头三角五分。老刀客们剔骨，手艺精湛到了入骨三分的地步，骨头上一丝儿肉都没有，连骨头都被刮下来一层。

主任在摩托上绑羊骨架，对我感叹说，啊呀，丫头，你心好啊。那些老滑头们剔骨，比狗啃了的还干净，干干的骨头架子，买回去，猫儿都没有一口。

从此，我成了红人。职工们谁要买羊骨头，主任就指定我去剔骨。主任说，丫头，找个肥羊剔，羊瘦了，你只能割一层皮索索下来。

我手艺总是没有长进。早上选一只肥羊，吭哧吭哧下刀子割，吭哧了一上午，半只羊都没有剔下来。我身边剔骨的两个老刀客，几只羊都卸下来了。说是老刀客，只是说资历技术，其实他们比我才大四五岁。老巴，一个高个子的小伙子，长得英俊，龇牙大笑，总是笑话我的手艺。剔一会儿，转过身来取笑我，哎呀，丫头，你抱着羊说悄悄话哩嘛！老余却说，没有吧？她给羊挠痒痒哩！其余的人都哈哈大笑，笑得眼睛都找不见了。

车间里除了主任和组长是正式职工，我们都是零工，工资是一天十块钱。老刀客们月底还有别的补助。干活大家都是尽心尽力，除了我，没有偷奸耍滑头的。我实在不喜欢剔骨，打包装也不喜欢，因为没有力气扛箱子。但是，大家都很喜欢我，允许我偷偷懒，允许我一天随便剔一只羊。

羊肉剔下来，主任就过来了，一股大笑在他的腮帮子上乱窜。那只羊，实在是剔得不成样子，千疮百孔，乱七八糟，十斤肉，顶多剜下来五斤。骨架上绑一只塑料袋子，打上记号，主任就亲自送进冷库车间了。第二天，约好的职工就买走。不过，也有意外的时候。有两次，主任明明放在库房一角了，结果晚上加班，又入库了几车子骨架，愣是把那副排骨给淹没掉了，怎么都找不见。主任恨恨骂道，喊，指不定便宜了哪个孙子，我的排骨啊！

我纠正说，不是你的排骨，是羊的排骨。

老巴立刻笑得浑身乱抖，当啷一声，把刀子掉在地上。

有时候，我正吭哧着割肉，厂领导来检查屠宰车间，老巴就立刻转身，帮我剔骨。用他的庞大的身子遮住羊，向日葵一样挡着领导们转。领导们看着老巴剔过骨的羊，骨头白亮，刮骨三分，很满意，一次也没有发现我糟糕的手艺。

老巴说，咱们车间，就这么个宝贝，不好好保护怎么行？组长也帮腔说，这丫头一来，我们天天笑得腮帮子疼，高兴嘛。

我剔骨剔了一段时间，总是划伤手，伤痕累累的，主任说，那就去包装组吧。然后又对预约羊骨架的职工说，公家的便宜嘛，占一点就行了，不要往死里占。

包装组，就是把剔下来的羊肉，用塑料薄膜卷成卷，两斤一个卷儿。卷好了，装进箱子，送到冷库车间。这个活儿倒是安全，不用跟刀子打交道了。但扛箱子多么费力气啊。老巴和老余，居然能腾出时间，跑来给我扛箱子。

我们出了车间，外面大雪没膝，立刻扔掉箱子打雪仗。老巴阴险，一直用雪球把我追打到宰牛的高台子上，老余也不是什么好东西，拼命捏雪球，保证老巴有足够的弹药攻击。我在铁皮台子上摔得四蹄朝天吱哇乱叫，老巴的雪球一个接一个飞来，准确打在我的脚上，脑门上。

组长吼吼叫着，从车间里冲出来救我。然后，包装组的小姑娘们也冲出来，扑进雪地里捏了雪团围攻老巴和老余，然后……

整个车间的人都跑出来，过节一样，兴奋的吼吼乱叫，几十个人打得乱七八糟，雪团乱飞。宰过羊的那个小姑娘，被人追打的鞋跟子都掉了。主任拍着大腿笑，躺在雪里笑，打着滚儿笑。别的车间的人也跑出来凑热闹，看门的老头儿也撵来了，大院里人声鼎沸，闹成一团。

我们围攻老巴一个人，打得老巴鼻青脸肿。这个笨蛋居然跑到车间，拖着皮管子出来，凉水喷出来，我们逃得比主任快，结果，主任冻成一根冰棍回车间了……

有一天几个牲口贩子赶来十来头骆驼，还有几匹老马。他们没有能力宰杀大牲口，就出钱请屠宰工帮他们宰杀这些生灵。

骆驼非常可怜，它能预感到死亡的来临，伸长了脖子，叫得歇斯底里，嗓子都哑了。屠宰组的五个人，把骆驼赶进一个架子，使它无法动弹，他们就绑住它的蹄子，骆驼庞大的身体轰隆一声倒地。

最先绑住的骆驼，还没有长大，它的眼睛睁得大大的，从胸腔里发出沉重浑浊的嘶喊。我总觉得，它的声音是喊着：妈妈，妈妈——

它被送到宰牛的铁皮台子上，蹄子缚在铁环里，然后，刀客们一刀下去，一股血就喷溅出来。小骆驼最后嘶喊了一声妈妈，垂下了挣扎的脖子。十来步之外，就是一群骆驼，眼睁睁看着小骆驼被屠杀。它们一起咆哮着，声音里充满了绝望。

然后，另一匹骆驼又被绑翻在地。它死命地挣扎着，胸腔里沉闷的怒吼声，呼哧哧，呼哧哧。它躺倒在铁皮台子上的时候，知道生命走到了尽头，两股清眼泪就淌下来，脑袋顿然杵在铁皮上，不再挣扎。刀客犹豫了一下，还是举起手中的刀子。

骆驼群里一阵骚动，它们的眼神悲伤到了极点。一匹骆驼突然跪下去，嘴唇挨着地面，浑身楚楚地颤抖。骆驼会哭，会绝望，会悲愤，只是不会说话。若是会说，不知道要用怎么恶毒的话来咒骂屠夫和贩子。

被剖腹的那匹骆驼，是怀孕的。一个成形的骆驼羔从母腹中取出，扔在地上，四肢纤细。牲口贩子们嘿嘿笑着，龇着黄板牙，拾起那只还是胎儿的骆驼，挂在树枝上。那个宰过羊的小姑娘，就拎着刀子去剥胎儿骆驼的皮。从此我知道，有些人的天性中，就暗含着暴虐的成分，就算她是女人。

老巴眼神忧郁地看着，把一块石头恶狠狠扔到远处。绑第三只骆驼的时候，我回到车间去了——非常压抑，胸口堵得慌，想哭。组长，那个英俊的小伙子，站在车间门口，看着我说：他们一定会把这些骆驼肉马肉充当牛肉去卖的，肯定是这样的。

可是，知道了又能怎样呢？世界如此残忍，我们如此弱小。

大伙低头干活，谁也不说话。主任踱着步子进来，无人理睬，又出去了。他的工作服上血渍斑斑，一走路哼喇哼喇响着。

那天，整整一天是骆驼的惨叫。下午，太阳快要落的时候，惨叫声停下了，所有的骆驼都宰杀了，变成肉，被贩子们装在车上。树枝上，还挂着那个剥了皮的胎儿骆驼，赤条条的。

轮到几匹老马了，它们目睹了一场惊心动魄的生死屠杀。

第一匹马绑到铁皮台上子的时候，它死命挣扎着，叫声比骆驼还要惨烈。它突然挣脱了绳子，从台子上跳下来，狂奔。这种事，屠宰工叫躁。躁了的马，就疯了，狂了。它从刀子下逃生，恨透了人，见人就要一蹄子踩死，疯狂在院子里乱奔。刀客们都有经验，第一时间逃到铁皮台子旁边的土台子上，然后又爬到墙头上，刀子扔在地上。组长也很老练，一下就关上车间大门，呼喊我们顶门。

疯了的马奔过来，一头撞在车间大门上，狂咻一声，它栽翻在地，又跳起来，去追踏几个牲口贩子。我们听见人喊马嘶，还有别的车间哐啷啷顶门的声音。大伙都爬到窗台上，还有谁居然爬到车间铁梁上去了，一个个都惊恐万分，瑟瑟地抖。

人很凶狠，也很可怜。一匹马，震慑了一院子瑟瑟发抖的人。

最后，那匹马冲出大门，冲到门外的田野里去了。看门的老头儿扑过去锁了大门，腿子啪塔塔抖。那匹马果然又冲来了，脑袋在铁门上撞击，它知道，一院子的人都是仇人，它想吃了他们。

那是最惊恐的一天，晚上几次从梦中吓醒，发烧，说胡话。我姑妈找了几张黄纸，说是魂吓掉了，点燃黄纸，在门外给我叫魂。并对着星空祷告说，丫头又不曾杀羊，是个善心肠的娃，不要吓她了……

我迷糊地想，姑妈是说给死去的骆驼听的。那么多骆驼死了，阴气不散。

后来，我又见过一头黄牛，挨了一刀子，却突然挣脱了铁环，一跃而起。躁了的黄牛惨烈程度难以想象，满院子都是吓得喊救命的人。它疯狂嘶吼着，咆哮着。跑累了，血流尽了，才轰然倒地，凄惨而壮烈，眼睛睁得圆溜溜的，眼眶都要裂了。

再后来，车间要宰猪。宰了的猪，丢进一个沸腾的池子里烫毛，白花花的猪浮了一池子。快过年了，我们夜夜加班，偏偏又有一头猪没有宰死，躁了，毛都烫了，光溜溜的，却从池子里跳出来奔跑，多么恐怖的事情。

一扇一扇的猪肉，挂在滑轮上，肥腻，无趣。我推搡着猪肉，好让它们滑到车间的另一边去。推着的时候，总是惊心，怕哪一扇猪肉突然躁了，从我手里跳起来，吱喽喽一声惨叫。

后来，我实在无法忍受这样的浑浊，无法忍受生灵们临死前的惨叫，一进车间就惊恐不安。主任就让我去了蔬菜车间。他说，丫头，为了生活，有时候你难以选择，只能接受。

是的，我知道，不打工我会挨饿。为了能吃饱肚子，就得忍受最惨烈的现场。因为贫穷，就难以慈悲。逃避，只是短暂的。

蔬菜车间在冷库地下室里，温度低，阴潮，得穿得厚厚的。成捆子的蒜薹芹菜码在架子上，我们要把菜捆子里的坏菜挑出来，擦去水分，重新归类在架子上。那时候，还没有温棚，青菜的保鲜全靠冷库。

春天了，我们整整一天都晒不到太阳。十来个小姑娘躲在地面以下，老鼠一样，在昏暗的光线里择菜。老巴和老余有时候跑到蔬菜车间来聊天，约我们去吃面皮。

不过，蔬菜车间的主任是个女的，很厉害，整天吊着脸，不允许我们上到地面去玩。闲来无事，就偷偷捣闲话骂她，说她又老又丑。

春天过后，我离开了工厂，去学裁缝。我觉得，一辈子打工实在太郁闷了，若想活得自由安然一些，就得有一技之长。

不过，我学裁缝学得很糟糕，最终也没有缝好一件衣裳。多半的日子，给师傅带孩子，做家务，挑水做饭。人年轻，总是对日子有好多的梦想。可是，现实就像一块铁板，哐当一声碰壁了，才知道疼痛不离不弃。

几年以后，我在镇子上开了个百货店。我在工厂的那些兄弟姊妹们，就算买一包火柴，也要跑几里路到街上来，从我的店里买走。哪怕让我赚到一块钱，他们也是愉快和幸福的。下雨或者下雪的天气里，不出工了，几个人结伴而来，坐在我的店里聊天，喝茶，说说庄稼，说说天气，也说当年牛躁了的惊险。

现在，人都要老了，却常常梦见在工厂打工的日子，那么快乐，那么单纯。留在梦里的都是印象最深的，也许人慢慢老去，好多东西都调转了个儿。我以为会梦见那些被宰杀的动物，却一次也没有。我梦见的不是牛羊的惨叫，不是躁了的骆驼。

　　我梦见我还很小，十八岁，和老巴们打雪仗，和小姑娘们一起上街吃酿皮，抢了老余的钱付账。梦见我骑在墙头上，老巴拎着皮管子喷水，主任像冰棍儿一样，走路哼啦哼啦的。梦见工厂墙外的乌鸦在打架，猫儿在撕咬。梦见我和老杨倒垃圾，我还把一截羊肠子扔在老杨的脑门上，老杨嘿嘿笑着，推着车子往回走，我却耍赖皮坐在车子上。他一边走，一边吆喝，坏丫头找婆家了啊，找婆家了啊，谁家要啊？然后组长就从车间门里冲出来喊着，我来啦，我来啦……

　　可怜的牛羊，骆驼，从来不出现在我的梦里。忘不掉的原来是友情，那么醇浓的人情，那么包容我的笨拙，那么执着的追随。工厂只是一个宏大的背景，而情意，才是核心，温暖一生，跋涉一世。

　　光阴里总是暗藏着暴虐的东西，比如宰杀骆驼，老残的马，让它们去冒充牛肉骗人。也无法拯救牲口贩子的心灵，让他们忏悔。只好忘记，把所有残忍的东西都忘掉，然后记住最温暖最珍贵的，对自己说，生活是美好的，是值得向往和努力的。除此之外，还能有什么办法来支撑漫长而清苦的岁月？

　　一年是活不老的，十年二十年也是活不老的，得慢慢活，慢慢过日子。漫长寒凉的光阴里，总得找些珍贵的东西来驱寒。谁说过一句话：人活在世上，无非坚持罢了。

焦家湾的狗

那个村子，像一块粗布，扔在一片荒滩上。

黄沙茫茫的天气里，风吹得人睁不开眼睛。大风刮呀刮呀，路上飞扬着沙土。村庄里也不见人，那么寂寥荒芜，好像一场风过去之后，这个村庄就会消失。

可是，走进了，却也不孤寂。人静风喧，狗也喧。大风一起，焦家湾的狗们就齐声狂吠，撵出来，站在大路上，声音嘶哑，在风里卖力地吠着。

气势凶猛的狗，叫声不是汪汪汪，是哐哐哐！声音不是从嗓子里发出来的，是直接从胸臆里窜出来的，那么狂野霸气。跟风较劲儿，没有野性是不行的。

我常常在想，狗们一定是看见了风里裹挟着什么才叫着的吧？我们看不见的东西，狗未必看不见。我弟弟却说，不是，它们生气，这个黄风一直刮着，烦躁的。它们，命令黄风停下来。

黄风有时候听话，就停下来了。风落去，树也不再招摇。狗们都回家睡觉去了，叫累了。

239

焦家湾，这个大野里扔着的村落总是荒凉的，我和弟弟谁也不愿意去。可是，焦家湾有我家的亲戚，年年是要拜年的呀。为此，早在腊月里，我和弟弟就石头剪子布，决出胜负。谁赢了谁去，爹宣布的。只有一辆自行车，路远，两个人去是不行的。

我笨，寻常日子里总是输。但是，每到决策关头，我总是忘了游戏规则，拼了全力去赢，结果每年都是我赢了。弟弟阴险地窃笑着，同情地看着一脸愁苦的我。

那些年，狗真是多啊。

先不要说一路经过五六个村子，那些村子里一群一群可恶的狗们。单单就是焦家湾的狗，也是令人心惊胆战的。总的来说，焦家湾的狗比别处的更加肥硕健壮一些。不像狗，像狼。尽管，我也没有见过狼的样子。但就是像。有的人家还养着两条，皮毛光滑，龇牙咧嘴。天，他们怎么想的啊？

我总是耍赖不想去，可是，弟弟天天督促着，尽心尽力。我的赖皮难以拖很久。他在院子里磨叽什么，却大声问：梅娃子，你还不去焦家湾啊？年都过罢了呀。

唉唉！为什么大人不去要小孩子去呢？我爷爷在山里老家，我爹要去看望爷爷了。我不得不噘着嘴，穿了笨棉衣，闷闷不悦去焦家湾。

路过每一个村庄的时候，我用最轻的声音通过，自行车擦啦啦无声无息地，尽量绕过土坎坎儿石头什么的，不碰得咔嚓嚓响。不想麻烦狗们跑一趟。

有的狗很懒，明明看见我了，却躺在庄门口，随便汪汪着叫几声，闭上眼睛睡觉。风把它身上的毛吹得倒龇着，呼呼的，它早就入梦了。

有的狗很忠诚，看见我路过它家门口，就立刻凶狠地追出来。等它追到我的自行车，也就到村口了。我回头呵斥一声，它自己一看，也不是自家的地盘了，就讪讪收了爪子回去。别人的地界上，操心什么呢。

也有的狗很无赖，撵着我不肯松口，一直把我撵到村子外。但是，这样的狗不用怕，都是虚张声势的，不下口咬人。它们有点闷，腿脚发麻，找点事儿遛遛弯。老鼠太闲了，就啃点木头磨磨牙。狗太闲了，就找个过路的小孩吓唬吓唬。

年年都要走的路，知道哪些狗老了，知道哪些狗正是厉害的时候。也知道谁家有偷狗子，背后咬人。谁家有好狗，只看门，不管路上的闲事。还有那些没有长大的狗，打磨好了爪牙，扑过来，火候不到，被我飞起一脚踢走。

有一次，一脚踢过去，太用力，鞋子就飞到狗前面去了。谁知那条缺德狗叼起我的鞋子就撤，一边跑，一边还回头看我，目光贼溜溜的。它知道鞋子对人很重要。幸好，它还嫩，道行不深，被我一路狂追夺回来了。

也有运气特别好的时候，村子里一条狗也没有出来，家家户户都关着门。巷道里寂静无声，晒着太阳。那样的时光多么悠长的好啊，慢慢蹬着自行车，一家一家念着门口的对联。记忆最深的是韩大夫家的对联：

大将军，骑海马，身披穿山甲，去常山，来斩草寇。

小红娘，坐荷车，头戴金银花，到熟地，接见槟榔。

横批被风扯走了。不知道是什么打动了我，也许是中草药的名字诗意风雅，让我记了很多年。

常年和狗打交道，慢慢就琢磨出了一些道理。

狗和人一样。有的狗心怀慈悲，它只是尽职尽责看家护院。你不进到它的院子里，它不咬你。即便是随便闯进去了，也是大声狂叫，引来主人，并不咬人。这样的狗，活了一辈子，一次都不伤人。

有的狗，平日里很凶猛，但是，贪小便宜。贼要进去，先丢一块肉，狗吃了肉，就不吭声了。这样的狗很多。拿了人家的手软，吃了人家的嘴短。

有个人不偷人家的东西，专门偷狗，吃狗肉。他很懒，又谗得很。没有钱买肉，却有一手偷狗的绝技。

他去偷狗，白天里是踩好点的。心怀慈悲的狗，偷不到，因为它并不扑过来。它只是站在屋檐下，扯着声音狂叫，吵醒主人为止。

太忠诚的狗，也偷不到。它不贪小便宜，别人扔的东西不吃。它只是恪守本分，诱惑是没有用的。弄不好，还被追杀几里地。

但是，大多数的狗们，都是贪便宜的。有的是因为吃不饱，看见吃食就立刻饿得忍不住。有的狗也是吃饱的，只不过出于本能，扔到嘴边的东西怎么可以不吃呢。

笨狗们吃了馒头，是被酒浸过的，蘸了一点猪血。然后，就醉了，躺着不动弹，等着被人捞走。再厉害的狗，总归是狗，不如人的算计。有的人，连老虎都能打死，大熊都能下套擒住，一条狗，实在算不得什么。

但是，算计狗都是大人的事情。对于一个小孩子，一条狗就跟狼差不多了，很可怕的——当然是外村的狗。至于本村的狗，谁还把它们当狼呢，都当作自己的爪牙。我们跑，狗们也跟着跑。我们刹住，狗还被我们唆使着跑。还常常被我们带到沙漠里，追兔子。尽管它们很笨，兔子毛都追不到一根。

我还算是胆子大的。尽管害怕，尽管常常被狗追杀，但被咬伤是没有的。唯有一次，因为太迟了，大约是半夜了，我妈妈胃疼，或者是什么疼，打发我去韩家庄子买药，结果被一群狗围攻了。

韩家庄子也很远的，我也只有十一二岁吧，骑着车子，心惊胆战路过了几个村，找到韩大夫家，敲开门，买好了药。但是回来的时候，不幸被一群狗盯上了。它们狂追着我，一直追到村口。若是白天，我骑车狂飙，可以甩掉狗们。可是，夜里，黑咕隆咚的，骑不快。

有条狗大约跑得太猛了，没刹住，"咔嚓"一声一头撞在自行车后轱辘上。它痛得吱哇哇乱叫。喊，这么笨还撵人哩，一边玩去。

终于有一条狗撕咬住我的裤脚，我心里一慌，自行车撞在什么东西上"咚"一下翻掉了。夜太黑了，我摔在路边，而它们，直扑在翻了的自行车上。那个铁家伙，好吃吗？我的惊呼和哭喊，狗的疯狂，惊动了路边场上看麦子的一个老人。他跳起来打跑了狗，救了我一命。

常常想，在你最危难的时候，有人突然就出现了，救你安然无恙。那样的人，应该是菩萨吧？

那个老人，我不知道他长什么模样。天那么黑，我哭得那么厉害。他送我走了一段路，叮咛我骑得慢一些，然后就回去了。

一个人的生命里，总有一些仁慈的人来搭救，让人心里温暖到老。

不过，那天晚上，我回家之后，因为哭得过于悲伤，惹怒了我妈妈。说真的，她不是一个宽容的人。她突然就发怒了，扔掉了我买回来的药片。

后来，十来年之后，我和她说起此事，我记得她那晚扇了我一个耳光的，也许是踹了一脚，把我踢出门外。可是，她说自己只是气坏了，并没有打我。打没有打，我也记得不是很清楚了。不过，我妈说，我是个容易记仇的丫头，这么小的事情记了很多年。

其实，比起记仇来，我更加容易感恩。因为光阴里的伤害很多，若是一一记下来，日子非常的累。所以，我说，时间是拿来忘记的，好多事情是拿来原谅的。而心怀善念，日子才会温暖很多。

这件事一直记着，是因为那晚，惊恐到了极致。那么多的狗啊，在黑夜里疯狂追杀。而我那么的孤独无助，像被整个世界抛弃。

种了善缘，会有福报。我常常觉得，菩萨心肠的人，总会有福报的。记着这件事，也是常常感念那个救我的老人。

白天走路嘛，自然是不必很惊慌的。我的车技好啊，飙车全校第一。一般的狗直接撵不上。我弟弟由衷地赞美说：梅娃子，你骑车天马行空啊，就跟女巫骑着扫帚一样，满天乱飞！

一路小心，有狗狂奔，没狗逛荡。到了焦家湾之后，先不急着进村子。远远的，站在一个沙梁梁上喊：姑奶奶哎——

不过三五声，就引出全村的狗。狗沸腾起来，就惊动了人。我家的亲戚在村口，听见我的呼喊，就急急跑出来，迎我进门。

一般的狗，知道来了亲戚是不能咬的，就算了，走了。偏偏有一条狗，很执着。一直蹲在庄门口，饿老鹰守着小鸡一样，动辄就跳起来，盯着我不放。

想起来，真是奇怪的一条狗啊，它心里想什么呢？

它很肥硕，但走路轻巧。它的身子拉得很长，紧贴着墙根，悄悄进了院子。不是来串门的，也不是来偷吃厨房里的馒头的。它的眼神里有一种仇恨的东西在闪烁，偷偷扫一眼，很快就收敛回去。奇怪，我也没有招惹过它呀？我一年来一次，根本就不怎么认识它的。

为什么它要敌视一个陌生的小孩呢？因为穿的衣裳不够漂亮？有点破旧？这个难道是理由吗？

这条抑郁的狗，不是白狗，也不是花狗，也不是黄狗。皮毛有点灰暗，很难看的一种颜色。像肿了一样，全身的毛都浮着。它的眼神，飘忽不定，很阴险，好像藏着很多有毒的箭。冷不防，就射过来一枝。

狗悄悄蜷缩在墙根里，我在屋子里，一直从门缝里窥视着。若要出门，先拎起门口的榔头把。狗看见我操着家伙出来，就"啊呜"叫一声，夹着尾巴出庄门去了。我才可以在院子里玩。

有时候，它也不怕，怒目而视，不愿意出门。我若是打它一榔头把，其实还没有打到它，这厮就跳起来，拼了老命高声吠，好像我打了它很多下一样。

这样理直气壮地跑得人家来挑衅的狗，我姑奶奶就很生气。她拿了棍子追打出去，一直把它打到它窝里。

本以为不来了，可是没有多久，这条狗又悄悄贴着墙根来了，目光里闪着怨艾和凶狠，拉长了身子，拖长了爪子，贼眉鼠眼的，寻找这个破衣裳的丫头。我们小孩们就合起来去凑它，它一边逃一边回头乱吠，非常委屈的样子。

如此三番，一家人都跟狗较劲儿，什么乐趣都没有了。鞭炮还没有放，小人书还没有看，跳格子还没有跳。连姑奶奶都被狗纠缠得菜也没有炒好。她叹息说，咳！跟一条死狗磨叽什么！

我们只好朝里扣上了庄门。可是，这么一来，串门的人也不来了。大白天的，扣着庄门好像也不对劲儿。复而打开，狗又溜进来了，又要对峙着。它可真是执着啊。

我拜年的有趣时光，被一条癞皮狗就搅和了。连我最喜欢的饺子，也吃不出来滋味。

以至于到现在的梦里，偶然还会和那条纠缠不清的狗打架。

后来慢慢知道，日子里，总是潜伏着这样隐形的狗，在一边窥视，冷不防咬你一口。尽管你一次也没有招惹过。若是你较真了，好像不合适，跟狗较劲干什么。若是不理睬，它到底是纠缠着的，让人疲惫不堪。能抵御狗咬的，不是善良，而是一根榔头把。

现在我明白了，那条狗的出现，是光阴里的暗喻，是提示一个孩子：因为穿得破旧，就得时时提防被狗咬。

盛装的戏

冬天的乡村土路，寂寞而清冷。路面被风刮得白寡寡的，偶尔有一坨冻牛粪，几块青石头，上面都落着一层青霜。我跟着妈妈在山路上走了很久，走得筋疲力尽。

有个骑马的人从我们身边哒哒哒地跑过去了。那个人在马上一颠一颠的，马尾巴飘逸在风里。也有老牛车咯吱咯吱地，慢悠悠晃荡。下坡的时候，牛车就快起来，踏踏踏跑远了。

太阳当空照着。头发潮潮地粘在额头，小小的脸也汗津津的。我的心跟着那牛车走远了。路边的黄土坡，结了冰的河，清寂的白杨树，都在我眼里慢慢地一点一点后退。不见一个村庄。

我赖在路边走不动了。妈妈漫不经心地看着我，又看远处的山。山有什么好看的，黄刺刺的，白雾雾的。她背着两个篮球大的馍馍，方言里叫"烧锅子"。面不是很白，馍馍里卷了深绿深绿的香豆子，看上去发青，不好看。还有两块砖茶，一件的确良的新衬衣。

"烧锅子"是外奶奶做的。不是她手艺不好，而是没有很多的白面，只好掺了青稞面。她的一个远亲要嫁女儿，打发我们娘俩去贺喜。妈妈好像不怎么乐意，别别扭扭地牵着我出了门。

外奶奶的青布大襟衫衫上，是饭渍，油渍，孙子们的泥指头印儿。是一层灰尘磨光后的闪亮。还有我的嘴印儿，我吃完饭直接就到她衣襟上蹭蹭，算是擦嘴了。妈妈在一边气急败坏地骂着，坏啊，这个黄毛丫头，不是个好东西。

外奶奶唠叨着说：我去，总是显得寒碜，还是你去吧。我这一辈子受苦的命，走不到人面前……

乡里的女人，总是拿命来解释自己的一生。苦就苦吧，穷就穷吧，都是命，只要家里平安，没有个疾病就是福气。不这么想，怎么活下去呢。真是悲惨，到现在，我家很多亲戚也都是这么想的。命是一种苍凉的大背景，逃不过，人生只是舞台上一出戏里的一个角儿罢了。日子过得何等的灰心啊。

山里的路真是漫长。我不得不磨叽着走。妈妈想让我背那两块黑砖茶，七八岁的我真的背不动。我拖着哭腔拒绝了妈妈的预谋，她很生气。

又累又渴。又有一辆牛车从我们身边吱呀过去了。我抱怨说，外奶奶家怎么这么穷呀？连个破牛车都没有，连一头牛也没有。妈妈累得没有力气骂我，干翻了两下白眼。

外奶奶家的黑土小院里，只有一只老狗，在跑来跑去，不怎么吠，忙着过日的样子。还有一个草垛，一个牛粪堆。角落里是柴火，杂物。外爷爷坐在门槛上，戴着毡帽。他劈柴，吸烟，哄孙子，忙得很。我把手伸进他的口袋里，摸不到一颗水果糖，一粒瓜子。指头却伸到口袋上的破洞外面。唉，那么破旧的衣裳。

日头偏西的时候，终于到亲戚家了。亲戚家比外奶奶家阔绰多了。一溜子出廊的好房子，红柱子上新刷了油漆，亮亮的。马圈里几匹枣红的马，还有黄牛，牦牛。就连她们家的大黑狗，也是膘肥体壮气势汹汹的，哐哐哐地大叫，底气十足。

院子里几棵大树，鸡儿在树下刨食。两个黄草垛在阳光里金黄温暖。靠着草垛是十来个女人，在择豆芽，切肉，切洋芋萝卜。还有很大一辆木头马车，车上放了做酒席的盆盆罐罐。几个男人靠在马车上划拳喝酒，声音扯得嘹亮。一架梯子搭在房檐上，有人从梯子上爬下来，手里提溜着一捆子鞭麻柴。

空气里是炒肉和丸子的香味，引诱的我的小鼻子不停吸气。简直太饿了。

但是，还不能吃饭，要先搭礼。院子里一字摆开五六张八仙桌，桌子上铺了大红的被面，堆满了亲戚们送来的贺礼。

妈妈掏出了那两块黑砖茶。包着茶的纸皮已经磨损得有皮没毛了。那两个篮球大的馍馍，经过长途运输也是破损不堪了，又黑又青，摆在桌子上好难看。最后，妈妈掏出了那件单薄的衬衫，叫作"添箱礼"。因为要出嫁女儿嘛，给她箱子里添一件陪嫁。

唱礼的人大声报着妈妈的礼物，全院子的人都转过来看。那件衬衫藏在了桌上一件毛呢大衣的背后，妈妈很局促地又摆了出来。一脸尴尬。我知道外奶奶自己不来的缘故了。有个富亲戚压力简直太大了。

外奶奶的那个亲戚出来了，半老不老的老太太，脸上笑着，好像也没有看见妈妈的礼物。她请我们喝空茶。空茶就是先敬茶，还没有菜。我急着要吃饭，大声地问，丸子在哪里？菜在哪里？妈妈讪讪地笑，笑得很难为情。

我眼热地看桌子上的礼物，很多漂亮的衣服，头巾，腰带，鞋子。看得我几乎眼花缭乱，立刻咕哝着想要一件，被妈妈狠狠拧了一下脸蛋，把我的眼泪都拧出来了。妈妈心狠得很。

这个亲戚家真是阔绰之极。我外奶奶家就几件破房子，快要倒了的样子。院子也是那样狭小，连一棵树也没有，过年压岁钱也没有，炒菜的清油也没有。亲戚家的清油缸很大，比我高，比牦牛粗。满满一缸清油，勺子舀着。很惊讶，我长那么大从没见过如此多的清油。

去看新娘。她穿着她们民族的传统服饰，烦琐得好看。戴了帽子。帽子上插满了粉红的大红的绢花。脖子里是好几串玛瑙珠子的项链，手腕上好多银镯子，一动嚓啦啦地响着。

我觉得她不像个盛装的新娘，倒是像一个装扮好的角儿，戏帘子轻轻一挑，就要咿咿呀呀唱戏了。那样繁美的绣花新娘装，跟戏里的行头太像了啊。我那时正是一个小戏迷，看什么都跟戏有点关系。

我常常在开花的季节里，摘来很多的花儿戴在头上，别在衣襟上。披上床单，纱巾，当作唱戏的行头。整整能唱一下午，陶醉得不肯吃饭。

大眼睛的新娘不认识我，对我这么一个陌生的小孩也毫不热情。但我喜欢她的衣服，黏在跟前看个不停。动动辫子，动动镶边的衣襟。她的腰里拴了一面碗口大的铜镜儿，闪亮发光，我悄悄摸了一下，凉凉的，滑滑的。

带着一面铜镜出嫁，是风俗。我那个姨娘出嫁时，也是有一面铜镜的，不过很小，只有核桃那么大。我想我出嫁时，一定也要带这么一面碗口大的铜镜子呢。我也想要很多的银镯子，玛瑙珠子，插满绢花的帽子，还有这么漂亮的好衣服。

当然，长大后出嫁的时核，桃大的铜镜都没有。什么都没有，只穿着一身红棉衣，笨的，难看的。进婆家的门时，小叔子拦着要踩门礼。我口袋里空空的，连一块钱都没有，只好送他一双鞋垫。这件事被婆婆揭短骂了十四年。想想真是悲伤。

亲戚家吃什么菜忘了。只记得一件事，印象很深。

盛装的新娘要出门上马了。鞭炮放过之后，门前唱礼的司仪也唱罢了礼仪，等新娘踏出门槛扶上马。但是，新娘哭着不肯出门。不是因为留恋妈妈，而是嫌妈妈给的陪嫁衣服太少，相持不下。

娘俩都在哭。做母亲的断然拒绝再添一份嫁妆。后来，新娘哭得抽了风，又是灌糖水，又是掐人中，就是不肯醒来。母亲无奈之下，腋下夹着一个包袱出来，新娘才苏醒过来。醒来，还是不肯，还是哭，母亲又去拿来一个包袱，才出了门。

新娘骑在马上。马是枣红的，也挂了红，很威风。做母亲的却又蹬着马不让走，嚎啕大哭。原来她们的乡俗里，女儿陪嫁的包袱里要有碗筷，米面，馒头，鞋子。另外还有一束香柴。

香柴在方言里谐音"箱财"，是引火的好柴火。寓意是日子红火，箱子里有财。这个香柴是不能少的。

怕女儿把娘家的财带走，红火带走，所以陪嫁的香柴要留下一点，不能全部带走。新娘上马之后，要给娘家门前撒下半把香柴。但这个新娘却紧紧抱着包袱，一根也不留，就是不肯撒手。

母亲哭得晕死了，直撅撅地躺在地上。众人乱纷纷地劝说，新娘掏出那把香柴，扔在地上，一路哭嚎着走了。壮士一去兮不复返！

她们闹腾着的时候，我妈妈窃窃地笑，很有些幸灾乐祸

草木禅心 / 刘梅花

的样子。

后来外奶奶说，这个亲戚家旧时是财主。后来经历了运动，但是银圆都藏在窑洞里，只交出了一小部分。所以包产到户后，就忽闪闪地富起来了。

外奶奶的意思是，她们虽然富，吃的是祖业，不是自个儿苦着挣巴来的。她有点嫉妒和无奈。其实生活就是这样的，暗藏了无数奥秘。外人看到的，只是皮毛。谁也说不清，她家的财富到底是怎样堆积起来的。

那天回来的路上，我看到了一个被大风吹落的鸟巢。枯树枝穿插交错着纠结在一起，织得很牢实。最里面是一窝软软的细草，还有一层羽毛，手摸上去很绵软。地上的鸟蛋都碎了，蛋液溅在碎石子儿上。

多好的鸟窝。鸟儿一定在大风里牢牢守护着自己的巢，可是风太大了。我说，是风的手摘走了鸟巢，又扔在了地上。妈妈还是漫不经心地看看我，又想她的事情。

她从来没有想过，我长大会不会是一个诗人。她只是想，我长大后她要不要多陪一点嫁妆，不要像亲戚家的女儿一样哭着闹着不肯出门上马，丢她的人。

回头看那个寂落的村庄，亲戚家是最显眼的人家。房舍浩大，院子周正。门前燃过的火堆，还在冒着青烟。

冷风一波一波地刮来，刮在脸上，刮得清鼻涕都下来了。山上的残雪也被风刮得跑来跑去，雪会不会冷呢？我们过河的时候，冰面上落了霜，踩上去就滑倒了。我坐在一块石头上，在冰面上哧溜溜地滑着，大声喊着，我要飞了——

　　妈妈依旧没有在乎我，小心翼翼涉冰过河。她从来不知道，我是个想飞的孩子。她坐在河边歇气时，突然笑着说，这家人不像嫁女儿，倒像是演戏一样，娘俩演得多么热闹啊。

　　我也想起来，初看见新娘时，觉得她就是一个盛装的戏子，要去唱戏，不是出嫁。也许，她真的是去唱戏呢，那匹枣红的马正驮着她赶赴下一个戏台。

　　现在想，人生真的像一台戏。四周看，都是黑压压的观众。若是有盛装的行头，就在戏台上唱。没有行头，就披了纱巾戴了花朵，在自己的院子里唱。日子，就是一折子一折子的戏连缀起来的。

第四辑

这苍茫的河西大地

风从青海吹来，吹到甘肃的天堂。风从菩萨的眉梢吹过，吹到我的发梢。慈眉的佛祖，端坐在五月的光阴里。我伏地叩拜，额头触到一缕奔跑的清风。

河西，度过时光来看你

大宛紫骍马，暴利长

汉朝很讨厌匈奴，常常和匈奴打仗。匈奴人不喜欢种田织布，懒得很，差了粮食缺了布匹，就到汉地抢。但每次厮打，中原的马匹总是不如匈奴的好，跑不过胡人的马，大汉朝很郁闷。你去打，他就快快跑了，还撵不上。你走了，他又跑来抢东西了，简直阴魂不散。

后来，汉朝决定募民实边，抗击匈奴。闲时种田，狼烟一起，操起长矛和匈奴人厮杀。开荒，修城，布渠，过日子。可是，中原的汉人喜欢扎根，不愿意背井离乡迁徙到边塞之地。于是"罪人及免徒复作"，都调遣到了我们河西来了。当然，平民百姓也是不少的，整个村子移到河西来。现在，还留着地名：土门，泗水，大槐树……

汉武帝的时候，有个人叫暴利长，就移民在河西实边。暴利长牧马的地方，学者们历来争执不下，有人认为在敦煌，有人认为在吾乡武威郡。不过，牧马武威郡的可能性是最大的。因为当时的军事重地设在武威郡，而不是敦煌。敦煌比武威荒凉多了，是迟一些才屯田的。

吾乡有一种青土，叫青胶泥。这种土坚硬如铁，黏性极好。乡村的房子，都是土木结构，遇见雨季，房顶就要漏雨了。所以，家家户户都去山里撬青胶泥，撬回来，碾碎，稀泥覆盖在屋顶上。这样的屋顶，百年都不漏雨，跟水泥一样坚硬。

暴利长种田牧马的空闲，大约是喜欢做些泥塑的，据说他还养了几只猴子，捏了猴子泥像挂在马厩墙上。猴子用以避邪，去瘟病，守护马群。而青胶泥，拿来做雕塑是最好不过了。

他发现了一群野马，常常来水边饮水。有一匹野马，体态高大俊美，昂首一声嘶鸣，余音百里。他喜欢好马，喜欢得要命。但野马的警惕性很高，稍有风吹草动，就像风一样刮走了，影子都寻不见。

匈奴人说，汉人多食谷粟，少躁烈而多智慧。不知道暴利长喜欢吃肉还是吃素食，总之，他有足够多的智慧。暴利长就用青胶泥雕塑成自己的像，穿了衣服，手持套马绳，立在湖边。我怎么知道是青胶泥？因为古时候河西多雨，一般的泥塑像，一场雨就塌掉了。只有青胶泥，一接雨水，愈加坚固。塑像不在湖边杵几个月，野马怎么上当哩。

野马群乍一看有人立在水边，立刻惊恐而逃。暴利长打发猴子们去塑像边玩耍。野马非常有灵性，它们远远试探后，觉得那个塑像很呆滞，无论猴子怎么戏耍，都不动弹，就又回来饮水。日子久了，塑像一直呆立在湖岸，野马群毫不在意，一点也不警惕了。

有一天，暴利长抹了泥巴，悄悄用自己替换了塑像。野马群如期而至，那匹最漂亮的野马靠近暴利长，他一伸手就套住了。真是手到擒来。

我想暴利长肯定是个大力气的人，不然，跟一匹野马较劲儿，也不是件容易的事情。不过，他的职业是牧马人，降伏烈马，自然也是有诀窍的。

这匹野马，来自大宛的深山之中，奔腾如飞，是野马群里的首领。羊群里有头羊，狼群里有狼王，野马群自然也是一样的。

大宛国有一种紫色母马，相貌俊美之极，野马很喜欢。每当紫色骏马长嘶于高山下的时候，野马就循声而来。它们生的马驹，叫汗血宝马。肩上出汗时殷红如血，胁如插翅，行走风驰电掣，惊为天马。与天马能相比的，只有乌孙国的"西极"，至于匈奴的那些笨马，是无法与之相比的。

这是汉武帝日思夜想的天马——健壮，清俊，威风，霸气，齿尖利，枣骝色的鬃毛闪着金子一样的光泽，气质非凡。它引颈长嘶，从容，洒脱，桀骜不驯，大有腾云驾雾之态。

有人说，暴利长将野马献给汉武帝，是为了讨得皇帝的欢心，邀功求赦，便玄乎地说，这是天马。

这话真是过分，我不喜欢这样埋汰人。你又不是暴利长，你怎么知道他抓住野马是为了邀功请赏？

野马从云雾缭绕的高山之巅飞驰而来，四蹄生风，踩云踏雾，不是天马是什么？暴利长深谙养马之道，他在河西边塞之地，自然知道匈奴人的铁骑多么厉害。百姓的苦，百姓自知。若想让汉朝的骑兵战斗力大增，只有更好的骏马来替换中原劣马。他献给汉武帝的，不是天马，是一个百姓的良心。

汉武帝真是狂喜啊，对天长吟：……天马徕，从四极，涉流沙，九夷服。天马徕，出泉水，虎脊两，化若鬼。天马徕，历无草，径千里，循东道……

这匹天马，成了汉武帝的坐骑，四蹄轻点，鬃毛生风。汉武帝喜欢天马喜欢得发疯，有个人就为他铸造了一尊铜天马放在大殿门口。河西有一座寺，是北凉沮渠蒙逊年间修建的，叫马蹄寺。据说天马回乡之时，在悬崖上留下一只蹄印儿。

汉武帝受够了匈奴的窝囊气，发誓要撵走匈奴。他命人持重金大宛乌孙求马，使臣被杀，不得。又想尽办法，仍然无法得到很多宝马。最后，他攻打大宛乌孙，只为天马，终于如愿。大量汗血宝马进入中原，汉朝骑兵战斗力猛增。两军对垒，匈奴人的笨马一看见汗血宝马，立刻腿子发软，浑身打战，趔趄而退。匈奴大败而去。

其实，大宛紫骍马不是奔跑的，它是走马，走得是对侧步。走势平稳，不颠簸，换蹄频率高，疾走如飞。中原的马，是奔马，奔跑起来前蹄举落的幅度大，非常颠簸。这样的马，不容易保持平衡，不要说骑在马上打仗，单单是驾驭就很费劲了。但天马不是这样的，因为它的胸部宽阔，腿刚劲有力，速度平快，兵士在马背上不颠簸，可以从容持刀作战。

天马和笨马的区别，在于走势。你仔细看过武威出土的"铜铸天马"吗？它的四蹄错落有致，体态均称纤长，四肢强健有力，步履稳健，走得步子是独特的对侧步。对侧步，关键是平稳，匀快。同侧两个蹄子一齐进退，两侧交替，这样的走法称为对侧步。它是走马，不是奔马。

除了天马，天底下的马，走得都是交叉步，就是同侧的两只蹄子相反进退，前两个蹄子和后两个蹄子轮番起落，步法不同，叫交叉步。牛呀，骡子呀，羊呀，也走这种交叉的步子。你常常看到的奔马图，就是骏马扬起前面的两只蹄子，半空悬立，一声长嘶。这是奔马，跑马。跑马的迸发力，常常需要加鞭。但走马的耐力非常好，有灵性，不需加鞭自奋蹄。它耳小而灵敏，明眸大眼，性子烈，只认主人。战场上匈奴人很难抢走。就算抢走，它自己会跑回来。

有人说，现在还有走马吗？有哩，怎么没有。我们天祝的岔口驿走马，就是天马的后代，走得是对侧步。我们的方言说，错错步。每年赛马会，赛得是走马和跑马。一匹好走马，价格昂贵。外国也有走马，但那是马驹时绑着腿训练出来的，不正宗。我们天祝的走马，马驹落地，走得第一步，就能使两侧的两腿同时举步前行，走上一辈子，都是对侧步，不骄傲也不行啊。那个步子，才叫优雅哩。

汉武帝撵走了匈奴，在河西大规模移民屯田，养马守边。河西地域辽远水源充足，又种植了大量的苜蓿饲马。尤其是武威，山林茂盛，草原广阔，养马是最最好的。自古好马产武威，从此武威宝马风靡天下。

天祝人是不吃马肉的，这个习俗由来已久。汉朝的骏马，在屯田守边的日子里极为重要，马死了，自然不能吃，要好好地埋了。阔绰的人家，用铜铸造马生前的模样殉葬。穷人家，也要用青胶泥捏一个泥骏马陪葬。也有大户人家的户主去世了，用铜铸造了成套的驾车马匹殉葬的。武威雷台出土的铜骏马，是天马最传神的形象。武威人说，暴利长牧马的地方，就在武威的雷台湖边。

还有一个人，叫金日　，胡人，养马养得非常好。他本来是匈奴休屠王太子，因为被汉武帝打败了嘛，就跟着汉武帝回到长安养马。他养马，一心一意，每一匹宝马都喂得体肥膘壮，美女走过眼前也不看一眼，汉武帝很是喜欢他。后来，不喂马，做官了。做了官，依然喜欢马，看见马就神情欢愉，掐一把苜蓿喂到马嘴里，抱着马脖子不松手。

我想，马和人，也是讲究缘分和知音。马的精神和人的精神气儿是统一的，汉武帝，暴利长，金日　，他们那么疯狂地爱着天马，那么懂着天马的心思，真是让人感叹。

……天马徕，从四极，涉流沙，九夷服。天马徕，出泉水，虎脊两，化若鬼。天马徕，历无草，径千里，循东道……

胡天八月已飞雪

汉武帝的使臣一路西走，到大宛买马。结果，胡人彪悍，拿了钱，杀了汉使，一根马毛也没有给。汉武帝大怒，你个胡奴，拿了我的钱也就罢了，汉朝不缺那俩钱，你居然杀了我大汉朝臣，你以为是拔了根葱拔了支树苗子吗？

李广利被封为大将军，领着步骑几千人，骑着高头大马去西域攻打大宛，顺便也抢些宝马回来。事实证明，李广利是个夯货，打仗不行。就算他的妹妹是汉武帝的宠妃，也不能掩饰他的败仗。回到朝廷是不敢的，他只能躲在敦煌，缩着脖子观望。

他妹妹李夫人，你一定知道，有歌为赞："北方有佳人，绝世而独立，一顾倾人城，再顾倾人国。宁不知倾城与倾国，佳人难再得。"

再后来，汉武帝增派了十万大军，其中骑兵三万，还有浩浩荡荡的补给军资，差不多要二十万人马。大宛城下，人山人海，人嘶马叫，胡人害怕，就投降了。这次征战，汉武帝如愿得到天马。

又过了几年，匈奴犯边，汉武帝对李广利说，你再去，把匈奴撵走，不要让朕心烦。人是有天分的，文臣武将，各有天赋。卫青，霍去病，都是老天打发他们下界带兵打仗的，老天处处帮着他们，战无不胜。

但李广利这厮实在没有一点灵气，又笨又拙，老天爷不打算帮他的。汉人打仗，要讲究战略战术。可是，他哪里有战术啊，和胡人一通乱打，又打不过，到处吃败仗，被匈奴追得稀里哗啦乱窜。他投降匈奴了，还娶了单于的女儿。

单于为什么有很多女儿啊？排队队，分果果，你一个，我一个。想拉拢谁，就给谁给一个女儿。可见，古代的胡人汉人，女人的地位都不行。打了胜仗，罗列一个单子，说抢了牛羊多少，金银多少，美女多少。真是伤心。

后来嘛，有个人叫卫律，本来是胡人，在汉朝做官，又投降了匈奴，也是娶了单于女儿的。他不喜欢李广利，就借刀杀人，灭了李广利。

据说李广利临死前诅咒匈奴，说："我死必灭匈奴"！结果匈奴大旱，草场枯死，瘟疫横行，牲畜死了一层子。唉，可怜的李广利，他是诚心投降的，匈奴却灭他。

汉武帝眼睛里不揉一粒沙子，忠臣奸臣分明得很。谁变节了，叛敌了，必然受到唾弃。但是，还有一个人也变节投匈奴了，他心里疼得刀子搅。这个人是李陵。

李陵自己，也深陷在矛盾痛苦中。他跟李广利，那可不是一路人，他是有天赋的武将，只不过遇人不淑罢了。

当时李广利征伐匈奴，李陵在酒泉张掖一带驻守，只有五千步兵，没有马匹，射箭，操练。没有马的军队就先天不足，你跟人家匈奴的铁骑硬拼，怎么能打得过哩。

李广利和匈奴胡乱厮杀，李陵就领着五千步兵，直捣单于老巢。他胆子也够大的。匈奴的八万铁骑去阻止李陵，相遇在深山里。李陵是大汉飞将军李广的后代，兵法家传，箭射得好。他和士兵射杀匈奴骑兵无数，按照计谋，且战且退，要把单于引到汉匈边界的包围圈里，有汉军埋伏。

但是，援军没有到，四野空旷无人。李广利和李陵不和，没有派人去接应。寡不敌众，李陵几乎全军覆没。那时候，李陵还很年轻，壮志未酬，就暂先投了匈奴。匈奴人最害怕的人是飞将军李广。李广余威尚存，单于一看李陵投降了自己，就赶紧把女儿嫁给他。

司马迁说，李陵是假投降，不是真的，他在寻找机会。

第二年，汉武帝派路博德出征匈奴，公孙敖也跟着，要他们联络李陵里应外合，打败匈奴回朝。但是，公孙敖和李广利关系好，能力也近似。他无功而返之后，给汉武帝说，听说李陵在帮匈奴练兵呢，我不能接他回来。汉武帝大怒，灭了李陵一家。

李陵闻听此讯息，伏地大哭，痛彻心肝。他真的没有帮匈奴练兵呀，也一直想回到汉朝呀。可是，小人背后使坏，使他痛失家人。从此后，孤苦伶仃，再无归路。当时，苏武还在荒野里放羊，不肯降服匈奴。单于派李陵去劝说苏武。

胡地相见，两人肯定是抱头痛哭一场的。命运啊，怎么这样无情。

人活一世，草木一秋，李陵继续着自己惨淡的人生，躲在很远的草原深处，不见人。而苏武却放牧着他的气节。李陵和苏武感情深厚，他劝说苏武，大约也是觉得苏武太悲苦，而汉武帝又那么绝情。苏武不肯降，他一生眼泪，都留在胡地，只为了回到汉朝——哪怕归期遥遥。

苏武，这个倔强的汉人，在荒野里放牧的不是羊，是他的一身硬骨头。若是降了匈奴，胡人骄横，就算鲜衣怒马啊，也遮掩不了奴才的身份，改变不了跪在别人家门口讨吃的悲戚。回到生我的故土啊，就算多么清贫，我也是洒脱的主人，我也是顶天立地站着的，人格上精神上是独立自在的。依附胡人，算什么本事！

汉昭帝即位后，派人去匈奴索要苏武，说大雁传书，苏武还活着哩，再不给你们试试看。强大的汉朝，索要的不是苏武，是一个民族的气节。匈奴就打个哈哈说，原来他没有死啊？吃羊毛吃草根也能活十来年？苏武都成精了吧？那就回去算了。留着，他也不会降的，白白浪费心思。

大汉和匈奴相持天长日久，较劲的不是仁慈和信誉，而是实力。汉朝给匈奴说多少好话都是闲的，国富兵强才是硬道理。汉皇帝一发怒，大兵压境，匈奴知道没有好果子吃。

苏武要回去了，十九年啊，出使匈奴时风华正茂，回朝时已经白发如雪了。李陵清眼泪长流，最后为老朋友唱了一首歌：径万里兮度沙幕，为君将兮奋匈奴。路穷绝兮矢刃摧，士众灭兮名已隤。老母已死，虽欲报恩将安归？

走过万里行程啊穿过了沙漠荒野，为君王带兵啊奋战匈奴。归路断绝啊刀箭毁坏，兵士们全部死亡啊我的名声已败坏。老母已死，虽想报恩何处归？

胡天玄冰之地，他的心碎了一地，疼得万箭穿心。我的故乡啊，此生再也不能回去了。他的心里，始终堵着块垒不能消散，无法消散。他只能把剩下的日子扬在风里。凉秋九月，塞外草衰。夜不能寐，侧耳远听，胡笳互动，牧马悲鸣，吟啸成群，边声四起。晨坐听之，不觉泪下。嗟乎子卿！陵独何心，能不悲哉！

心不甘，心不甘。多少苦楚，独自咽下。疼到深处，孤单疗伤。亲人啊，故乡啊！

每读到此处，我的眼泪就流成两行。汉人重根，可是，家是回不去的家了，朋友要相隔天涯，此生再也不相见了。那份凄惶，心碎成粉齑。

听古筝《苏武牧羊》曲，那么忧伤。总觉得，那凄悲的韵律里面，还有穿胡服的李陵——他的眼泪，慢慢淌过茫茫荒漠胡地，孤寂，辛酸。

乡野流寓，葛衣翁

流落他乡居住的人，就叫流寓。

葛衣翁就是一个。这个故事记载于《五凉志》里，明朝的故事。

说，葛衣翁，不知何许人也，身穿葛衣，披发垢面，在金城乞食，极其苦寒。金城就是兰州。葛衣自然是很单薄的衣裳，不能遮寒。兰州的冬天，那可是冷得够呛。总之，这个人非常可怜。

后来，他一路乞讨，流落到河西平番"佣于鲁家"。平番是现在的永登县。这个鲁家，大约是本地的大户人家，有钱雇佣。

河西的乞丐不是葛衣翁一个人，所以史记里是不会留意的。但偏偏就记下他了。为什么呢？因为这是一个来历不明，且非常奇怪的人。

葛衣翁到了鲁家，日子慢慢好一点了，有了羊皮袄。但是，他的举动很奇怪：渐得值，买羊裘，必覆其故葛，破缕缕不肯弃。

葛衣几乎穿成破索索了，还不肯丢弃。羊皮袄虽然暖和，但不如葛衣有感情，不能丢，不忍丢。

蹊跷的事情还在后面呢：作苦自吟，或夜哭。

鲁家的人常常听见他在夜里喃喃自语，然后哭嚎，非常凄惨。别人问，你叫什么名字？他说，葛衣翁是也。又说，你从哪里来？他低头沉默不语。

这样一个人，自然不是普通的乞丐。但是，没有人知道他的底细。

后来，明朝的永乐年间，一小撮蒙古人骚扰河西，朝中宋将军出兵河西，路过平番县的鲁家，和葛衣翁不期而遇。宋将军居然认识葛衣翁，想和他说话，但葛衣翁却不说，躲避到了南山去了。别人问京朝来人，这个葛衣翁，到底是谁呀？都有什么来头啊？来人也不回答。

过了几日，等京朝来人走了，葛衣翁才从南山回来。后来，就病了，他答谢主人的收留之后，就说："我死，有西北大风起，火我，骨灰扬之，勿埋我骨。"

他真的死了，鲁家就依着他的遗言照办了。

河西历来是土葬，没有火葬。大家都觉得在这个人愈发奇怪了。

《五凉志》最后记了一笔说：盖建文之遗臣也。

大概是建文帝的遗臣？读到这里，总有些心不甘。我不知道这寥寥数语的背后，是一个什么样的故事？但无论什么故事，都是足以让人凄惶。葛衣翁，到底是什么人？

于是查资料，就查到一个关键的词："靖难之役"。有了这个词，葛衣翁的故事才清晰起来，完整起来。晚上睡不着，慢慢梳理这个故事的脉络。

明太祖死后，建文帝即位。藩王们手握兵权，势力强大，建文帝决定削藩。坐镇北平的燕王朱棣起兵反抗，挥师南下，史称"靖难之役"。

建文帝失利后，在宫里放了一把大火，就失踪了，历史上一直是个谜。燕王朱棣做了皇帝之后，一直在寻找他。据说，郑和下西洋也是为了寻找建文帝。

另一本河西地方志说，葛衣翁就是这个时候，随着建文帝出逃的。葛衣翁真实的姓名叫赵天泰，陕西三原人，是明朝的翰林院编修，一个地道的文人。

建文帝出逃时，最贴身的近臣九人，是杨应征、叶希贤、程济、冯榷、郭节、宋和、赵天泰、朱景先、王之臣。一路奔逃，兵荒马乱中又失散了几个，被人们指认出来。程济、郭节、宋和、赵天泰及失踪皇帝，在史书上不知所终。

民间传说，他们都出家做了和尚，隐居甘肃的某个深山里。

但赵天泰没有做成和尚，逃亡途中失散了。葛衣翁流落到金城，披葛衣乞讨为生。建文帝去了哪里？他身穿的葛衣，也许是君臣离散之时，约定的一个信物。朱允炆这个人不暴虐，很仁厚。所以，赵天泰的葛衣哪怕破成索索掉掉，依然不能更换。若是他日君臣相见，葛衣为凭啊。

我想，他大约是知道建文帝的下落。他在河西，佣于鲁家，彻夜哀嚎，是一种不能相见的彻骨悲伤。

"行乞金城哭未休，河西还是葛衣游；莫愁缕缕不堪著，六月君王尚敝裘。"读来，心里一酸。这是一个书生的气节和哀愁。

宋将军回去之后，一定会把葛衣翁还活着的消息传给朱棣。齐泰、黄子澄、景清等人已经被整族整族地杀掉了，有"读书种子"之谓的方孝孺，九族全诛，这还没完，十族被灭。他区区一个赵天泰，何足挂齿。

葛衣翁交代了后事，答谢了鲁家，从容死了，连尸骨也不留。建文帝在哪里，谁也不知道了。不出卖，不背叛，气节不改，这是一个文人的浩然正气，一个铁骨铮铮的汉子。

葛衣翁，一个流落到我们河西的文人，用他的气节，载于五凉的史册，尽管没有姓名。人们都记住了一个文人，在贫寒里坚守的骨气，坚守的一缕人间真情。康熙四十四年，河西监收厅金人望为之建祠堂，和御史包公合祀，名曰"二贤祠"。

河西人尊称他为葛衣先生。建文帝在哪里并不重要，朱棣是魔鬼还是天使也不重要。重要的，是葛衣先生一个文人的品德之贤。一声先生，多少敬慕。

包节

和葛衣先生合祀为"二贤祠"的包公，名字叫包节，字元达，号蒙泉，江南华亭人。他留名地方志里的原因很简单，流落到了河西，是个善良正义的文人，两袖清风，值得百姓敬重。

包节是个单亲家庭的孩子，年幼丧父，母亲杨氏一手拉扯长大，教读甚为严厉。嘉靖十一年进士，后为御史，湖广为官。

做官后，为官清廉，脾性刚直，奉养母亲，兢兢业业做事。嘉靖二十三年，任御史，曾劾兵部尚书张瓒纳贿。后来，包节出巡湖广，遇见显陵守备中官廖斌。

小人所具备的劣根性，廖斌都有。阴险，毒辣，骄横无礼，欺压百姓，搜刮民脂民膏。百姓们听见朝廷来人，就纷纷状告廖斌，说他庇护奸豪周章等人，罗列罪状无数。

包节查实后，先斩了周章，打算下一步收拾廖斌。可是，廖斌之所以胡作非为，是有后台的，有人给他撑腰哩。他立即上书朝廷，诬陷包节不先谒皇陵为大不敬。明世宗大怒，将包节发配河西庄浪卫。

包节的结果如此凄惨，是因为小人编造给他的罪名。明世宗朱厚熜不是太子继位，是外藩继承皇位。他很在乎礼仪名分的事情，礼仪之争是他上任后的第一件事，和杨廷和等朝臣在议父兴献王尊号的问题上发生争论，史称"大礼议"之争。

可见，廖斌是知道皇帝的软肋。他告黑状说包节不守礼仪，是大不敬。所以，明世宗大怒。

包节收拾东西，独自来我们河西。边塞之地庄浪卫，满目苍凉，荒山连绵，大风吹着黄沙飞扬，他非常想念母亲。母亲老了，非但不能服侍，还要为自己担心。孤身在异乡，一身抱负不能施展，想做的事情也做不成，包公的抑郁可想而知。

后来，他的母、弟相继去世了，可怜他连回去看一眼都不行。包节悲痛不已，昼夜啼哭。亲人都走了，丢下他一个人，这光阴，已经寒凉之极。他悲伤过度，不久病卒。

地方志里还提了一笔，他著有《湟中稿》，辑有《苑诗类选》三十卷，《包侍御集》六卷及《陕西行都司志》《四库总目》并传于世。

读到这里，读到的是一个文人的善良和悲悯。

我们总是说，历史会记住他的。每每这样说的时候，是多么的苍白无力和悲伤。冷暖自知，他的清寒，他的屈辱，他的悲愤，他的壮志未酬，不是这样一句话所能弥补的。

历史只记住了他的一丝温暖，而他自己，带走了光阴给予的伤痕累累。如果有来生，他只愿意为一缕清风，吹过我们河西的荒地。

柔然

一开始，我还不知道柔然人。

后来读地方志的时候，才发现还有这么一个部落。那时候，北魏拓跋焘不远千里而来，率军攻打姑臧城。姑臧就是武威。守城的是北凉王沮渠牧犍，就向柔然求救。结果，还没等来柔然人，拓跋焘就攻下姑臧。

再后来，沮渠牧犍的弟弟沮渠无讳打不过北魏，便一直西逃，到了高昌。过了两年，柔然人攻占了高昌，北凉灭亡。

读到这里，才知道有这么一个部落。读书最最有意思的事情是，你读着读着，正在大路上走，突然就发现一条岔路，花乱开，风随着意思吹。便丢下北凉，顺着这个岔路去看柔然。

柔然人生活在漠北。北魏拓跋焘很阴险，说柔然人，没什么智慧，打仗总是吃败仗，跟虫子也没什么两样。于是，北魏人就把柔然人叫"蠕蠕"。打了败仗的柔然，自然要拿很多牛羊皮货给拓跋焘。

匈奴人虽然被汉朝皇帝称为奴，但还包含在人类里。而这拓跋焘，直接把柔然人一棍子打到昆虫界了，真是悲惨。

实际上，北魏拓跋焘也是胡人，只不过精通汉话罢了。他和柔然人同祖同源，是鲜卑人和匈奴人融合后的部族。拓跋焘荫护着自己的部落，恣意欺凌邻居们。把邻居们的财富，都转移到自己的囊中。他不说掠夺，只说，蠕蠕们没有脑子，虫子一样。

其实，天底下，没有哪样东西是你理所当然要拿走的，就算你比别人聪明，就算你比别人会抢。

他们都穿着毛裘、皮裤褶，不停地打仗，南凉，北凉，北魏，柔然，卑禾，乌嘀……

他们也不停地和亲，我家的公主嫁给你家的王，你家的公主也得嫁给我家的可汗……

最让人惊讶的，是柔然人的婚姻习俗。

柔然强盛时期，东魏王高欢想和柔然和亲，就为世子高澄求婚。柔然可汗阿那瑰说："高王自娶则可。"他是怎么想的呢？放着英俊的王子不嫁，却把女儿嫁给这么一个老头子。

柔然公主是个生性倔强的女孩儿，一辈子不说汉话，只说柔然话。她肯定不喜欢高王这个老翁，只喜欢打猎射箭。据说她射箭射得好，天上飞的乌鸦都被她一箭射下来。不知道麻雀会不会射下来。

后来，高欢去世，高澄继位。按照柔然习俗，高澄继娶了公主，还生了小孩。她的日子肯定是郁闷的，就算她是公主又能怎么样，高傲任性又能怎么样呢。

读柔然，都是些历史老把戏，打来杀去，攻城抢牛羊。只不过，胡人打仗，都不怎么用计谋，两下里大喊几声，就开始厮杀。因为伎俩用得少，所以被北魏拓跋焘叫作"蠕蠕"。

读了许多，别的都忘了，只记住了这个气得翻着白眼仁的公主，她是那么的沉闷，一句话也不想多说。

他们都叫她"蠕蠕公主"。一个女人的命运，幸与不幸，都成为历史了。只是我读到她的时候，心里有点疼。那疼，隐隐的，不锐，像怜悯。

车师

有个故事说，很久之前，两个西域王，鄯善国王和车师国王，他俩结伴去朝觐中原汉皇帝。返回来时，一路颠簸劳累，都病倒滞留在姑臧城里了。

有个算命算得很好的人预言说，一个国王能回去，一个就回不去了。大家都不信。一个月后，车师国王病好了，顺利回西域去了。鄯善王却一病不起。后来，鄯善王的病没有好起来，无常了。这个算命先生就得到重用。

回去的车师国王，就牢牢守着他的一座土城。据说，车师城很奇怪，不是修建出来的，是从地上挖出来的一座城堡。车师在西域嘛，不下雨，天气总是旱，挖的土城结实得很。

匈奴和汉朝要想打通西域，都要经过车师。汉朝不断派来使臣，而匈奴又虎视眈眈，所以车师城要费尽心思挖坚固才行。车师人在地面凿洞为室，不留窗户。

城内的街道也是挖出来的，城墙也是挖的，减地留墙，也算是创举。一座城，是严严实实的军事堡垒。不这么小心也不行啊，一块骨头被人盯着的滋味可不妙。

夹在汉朝和匈奴之间的车师，充满了警惕。不过，无论多么戒备，匈奴还是忍不住先打来了。汉朝很着急，匈奴得了车师，等于截断了汉朝走西域的路。于是，征战是不可避免的。中原王朝与匈奴在城下多次交锋，争夺激烈。

匈奴和汉朝打仗，车师就是墙头草，哪边风大哪边倒。历史的记载很冰冷，只记载一次次的厮杀和胜负。至于百姓的疾苦，伤痛，都是从来不提及的。

可怜的车师，在风雨里努力保全自己的部落，但是，这是多么艰难的保全啊，不惜背信弃义，不惜被人嘲笑。身在低处，实在无法持有尊严和正义。

我总是想那座奇妙的土城堡。他们挖出很宽阔的城墙，街道，房屋。如果没有战火，街头巷尾，该是怎样诗意的光阴啊。也总是想，我的朋友姓车，他们村都是车姓人家，会不会就是车师人的后裔啊？

乌孙公主

吾家嫁我兮天一方，远托异国兮乌孙王。穹庐为室兮毡为墙，以肉为食兮酪为浆。居常土思兮心内伤，愿为黄鹄兮归故乡。

汉朝的公主，遥遥乌孙，马嘶风劲。嫁到了胡地，要想回故乡，可就难了。乌孙公主刘细君自然是知道这个道理的，可是，想家是一件忍不住的事情啊，走路想，吃饭想，做梦也想。

和亲这件事，估计是汉人先发明的。胡人喜欢直来直去，脑子不转弯，说打仗就打，说抢东西就抢，恐怕是想不出来这样的计谋。汉人一和亲，胡人立刻也学会了，和亲和得比汉人还熟练。汉人打仗，用了一点兵法，胡人才明白，打仗也可以用阴谋诡计。于是，他们的诡计比汉人还要多。这就是一种效应吧。

老朽的乌孙王昆莫猎骄靡去世了，她给汉武帝传书说，我想回到家乡啊，一刻也不想留在胡地了。住帐篷，食肉酪，听不懂胡人的话，真是凄凉。孤单也就罢了，还有他们奇怪的风俗，怎么可以忍受？

胡人的习俗是新王要继承旧王的所有妻妾，也就是说，细君公主要改嫁给猎骄靡的孙子岑陬。这可真是悲惨的事情。胡人的审美观念，是以健为美。女人要高大，柔美，丰胸肥臀才是美。汉人的公主，都娇小，羸弱，不堪一拥。可是，胡人还是要娶汉人女子的，因为汉公主受到的教育是良好的，有智慧，生的孩子会聪明绝顶。纯种的胡人，多冒失，少心机。

可是，汉武帝回信却说，你安心在胡地吧，接受他们的风俗，我年年会派使臣来看望你。我们要联合乌孙共击匈奴的，你在乌孙，我心里踏实。

大概，匈奴人也有这种想法，就把匈奴公主也送到给乌孙王。悲伤的细君别无选择，成为岑陬的妻子。汉朝，汉朝，梦思魂牵的家乡啊。

胡人对汉朝，就是羡慕嫉妒恨。一边和汉朝打仗，一边却一直都效仿汉人做事。还说，胡人食肉，力气大、脾气暴躁。汉人食粟，脾气柔、智慧多。

汉人的确比胡人聪明很多，如果时光能上溯，找一个胡人看看今天汉人的聪明程度，一定会让他惊讶掉下巴的。我们请他吃老酸奶，破皮鞋做的。请他吃鸡蛋，人造的，不用鸡亲自生。再让他吃面条，很好吃，只不过兑了一点甲醛，放个三五天绝对不坏……他一定欣喜若狂地回去上奏：大单于啊，汉人聪明过了头，自己把自己搞得差不多了。

聪明得过火了，就邪性了。没有了道德操守，就剩下被人讥笑了。汉皇帝若知道他的子孙进化成这样，一定捶胸大哭，呜呼，大汉子民，你们怎么了？

汉武帝征服匈奴的梦想里，浸透了一个女孩儿哀伤的泪水。大雁天天南飞，云中寄锦书，胡地不闻乡音。这辈子，再也回不到故乡了。陌上花开，桑麻人家，汉朝的衣裙，汉朝的味道，再也无法相见了。

隔着几千年的时光，能听见一个女孩儿一滴泪珠的滴落，和一声哀怨的叹息。

西夏的火蒺藜

西夏，是宋人对党项人的称呼。他们自己，则称为大夏。党项人和邻居们常年打仗，宋朝吃过大亏。他们还和金朝打，内部也自相残杀，最后被蒙古人灭掉。

凉州出土了很多党项人的兵器，火蒺藜你可能没有见过。

西夏的火蒺藜，是瓷的，不是铁的。那时候，凉州是西夏的辅都，大量烧制瓷器，顺便就烧制了火蒺藜。

还有一种兵器，类似火蒺藜，不过样子很像狼牙棒，大很多，也是瓷的，长满了刺，大约有小一点的西瓜大，手雷一样。它更像个愤怒的刺猬，锋芒鼓胀，还有把儿。

西夏缺铁，不缺土，所以瓷兵器烧了一窑又一窑。

凉州出土的西夏瓷火蒺藜，一枚为黑釉的，不过残破了。孙寿龄老人成功地将它复制出来，跟原来的一模一样。另一枚是完整的，绿釉，瓷刺尖利，闪着寒光。

凉州是个神奇的地方，还出土了西夏的火炮。铜的，铸造有些粗糙，前膛，药室和尾銎，銎内还遗存火药和铁弹丸。这个火炮应该是使用过的。西夏李德明倾力向河西走廊发展，南击吐蕃，西攻回鹘，拿河西当作老巢。

党项人不仅创造了文字，还热衷于各种武器。他们一边印刷大量的佛经，修建寺院，传播佛教；一边制作各种武器，和邻居们打仗。

瓷蒺藜是空心的，填满炸药，那些咋咋呼呼的东西，相当于炸弹，杀伤力非常大。瓷蒺藜和瓷狼牙棒浑身的这些刺儿，分散了着力点，掉在地上并不破碎。等炸药爆炸后，这些刺的杀伤力可是巨大的。

我的印象里，西夏人应该是擅长刀枪弓箭，炸药是汉人的事情。谁知道西夏人居然也这么嗜好炸药，而且把瓷蒺藜设计得如此威力无比。

这个火蒺藜，应该也可以当地雷用吧？西夏人拿着它是怎么打仗的呢？西夏的史记里一定是写清楚的，只不过，大量的西夏资料被外国人盗走了，我们找不见。

凉州自古就是战略要地，党项人自然是深知的。他们以凉州为辅郡，历时两百多年，在凉州烧瓷器，种粮食，牧马……

西河产骆驼。西夏人组建了一支骆驼队，叫泼喜军。其实骆驼也不是很多，几百匹。但这是一种强悍的骑射兵种，骆驼背上载着旋风炮，抛射拳头的石头，威力十足。河西出土文字的残片里，断断续续记载着一场场征战的痕迹。

大约，党项人是用火蒺藜抵抗蒙古人的。成吉思汗灭西夏，惨烈的战场在河西的沙洲，肃州，甘州。甘州城是成吉思汗亲自攻陷的，因为抵抗非常顽强，火炮火蒺藜交替使用，蒙古人攻不到城下。但是，围城持久，火药用光之后，就被攻陷，然后被屠城。凉州守将斡扎箦投降了，凉州是西夏的辅都，寺庙林立，人口稠密，粮食满仓。若是被屠城，太惨了。

西夏人的骑兵叫"铁鹞子"，也是非常厉害的。还有步兵，叫步跋子，翻山越岭，健步如飞。西夏军作战，重甲骑兵铁鹞子为前军，突击敌阵。步跋子跟后面。铁骑突阵，阵乱则步跋子冲击。打埋伏仗的时候，步跋子藏在路边，用钩索绞勾对方的战马，铁鹞子随后杀来，配合得很默契。所以，西夏也鼎盛过。

后来，漠北的成吉思汗崛起，使出诡计拆散金夏同盟。等西夏和金朝自相残杀得差不多了，他收拾残局。西夏内部也多次发生弑君、内乱之事，慢慢趋于衰败崩溃。最后亡于蒙古。

顺着河西走廊行走，沿途是古长城，烽燧，古城堡，寺庙，还有很多古战场，都是光阴里遗留下来的印痕，苍凉而悲壮。

戈壁滩里，随便踢一脚，说不定就会踢出一个生锈的箭镞。随便挖几尺，就会挖出残片断瓦。刮着大风的时候，古战场上马嘶人喊的声音循风而来。那口音，有胡话，也有汉话。一片旷野里，细细看，黄沙起伏，是一个废弃的城堡的轮廓，延绵盘桓。一场杀戮，一个城池就消失了，在沙漠里留下一点根痕。

西夏研究所里，有复古的火蒺藜，瓷手雷。我摸了摸，凉凉的，冰冰的，寒意渗进骨头里。

黑水城

成吉思汗围攻黑水城的时候，整个西夏已经摇摇欲坠了。山雨欲来风满楼，西夏的气数，快要尽了。

西夏的君王们为了王位使劲儿自残，后宫里尔虞我诈，阴谋阳谋，使尽手段，朝臣们像海绵一样吸附民脂民膏，百姓饿着肚子放羊种田。泼喜军和铁鹞子都去攻打金朝，抢人家的财物，把自己的欢乐踩在别人的苦难之上。只留下步跋子，看守一个千疮百孔的王朝。

成吉思汗从漠北打马而来，他轻轻一笑，西夏，你像一截朽木一样，已经无法抵御我的进攻了。

黑水城，是党项语命名的。党项人叫黑水为额济纳，黑水城就是额济纳城。这个远在沙漠里的城，是他们的命根子。城内的寺院里，僧人和信徒正在印制佛经，各种作坊叮叮当当忙着干活儿，百姓挑着筐抱着娃儿，从街上走过，兵士正在操练，火炎炎的一派繁荣昌盛的景象。可是，成吉思汗来了，这一切都将会毁灭。

更重要的是，黑水城里，珍藏着整个西夏的文化。西夏文、汉文、番文、回鹘文、蒙古文、波斯文等书籍和经卷，雕塑，绘画……件件都是无价之宝。西夏与成吉思汗开战的时候，把很多珍贵的文史财宝都转移到黑水城。大约，他们做了最坏的打算，万一丢失王都，可以退回河西，河西是党项人的大本营。而黑水城，是他们的老巢。

成吉思汗围住了黑水城，他要给西夏背后砍一刀。

这是个惨烈的故事：蒙古人断了黑水城的水路，而且，截断了地下水——他们一定是通晓水利的。没有水，一城人自然是活不下去。党项人在城里拼命掘井，眼见水渗出了，却很快又干枯，反复如此，一直攫到八十丈。那生命的水，始终涌不出来。地下水的水眼，被围城的人堵死了。

援军是等不来的。城外的人喊话说，你们还是投降吧，王孙贵族们牢牢守在中兴府，保全自己，哪里有力气来给你解围。绝望的黑水城统军黑将军，拒绝投降。他把全城的金银财宝，文史资料，珍贵的书画雕塑，都投到干枯的井里。最后，把自己的妻女也投进去，说，你们是主人，守着吧，这是整个大夏国！我要和兵士们突围，若生，是天佑。若死，命该如此。

士兵连夜凿通北部城墙，率城内尽数兵马冲出，杀出了一条血路，但最终寡不敌众，全军覆没了。这一天，黑水城的树木，都枯死了，顺着黑将军突围出逃的方向倒地而伏。树木也会流泪的。

这些珍贵的宝贝，成吉思汗的确没有找到。也许他根本就没有寻找，黑水城是他自己的了，再多的宝贝，都是他的。找与不找，都在城里。

悲哀的是，几百年之后，宝贝被俄国人科兹洛夫和英国人斯坦因找到了。这两个盗贼，在黑水城佛塔遗址，民居，寺庙到处深掘，搬运。大批西夏文献、佛塑、麻布和绢质佛画、金银、各种器皿、饰物、日用器具、佛事用品以及波斯文残卷、伊斯兰教写经和西夏文抄本残卷……没有一样幸免。

每当读到这些罗列的宝贝，我的心里总是抑制不住的悲愤，很想怒吼一声。盗贼们能拿走的，都拿走了。拿不走的，就地毁坏。那一地碎片，是西夏一地的残断光阴。那些珍贵的文物，涉及众多领域，军事，法典，医学，占卜，民俗……承载着整个西夏的历史。珍贵的文物离开故土，流落他乡。黑将军在天有灵，也该哭泣的。可是，这个世界，眼泪是没有用的。

成吉思汗深谙此理，所以，他的强大，足以震慑一切。

他知道眼泪没有用，说好话没有用，进献财宝也没有用，实力才是真本事。他跺一跺脚，大地都要轻微震颤一下。这是成吉思汗的王者霸气。

西夏艳后没藏氏

壁画上的西夏女人，高挑，丰腴，大脸盘，明眸大眼。她们都不瘦，但非常美，非常妖艳。真正的美，是健壮之美，不是病态美。最美的西夏女人，应该是没藏氏了。

那时候，她还是西夏大臣野利遇乞的女人呢。她骑在一匹白马上，迎风回眸，就看见了英姿飒飒的西夏王。王白色的战袍在风里扑闪，眼神也在扑闪迷离。李元昊从此心神不宁，他说，牡丹花一样的美人啊，得不到你，我活着有什么意思？

西夏王，真的很凶残，不要以为他多么柔情。他的刀剑上闪着寒光，一个野利遇乞算什么呢。他多么喜欢没藏氏啊，想一想都要发疯。李元昊拔剑出鞘，寒气三尺，咄咄逼人。

李元昊如愿得到了党项美人没藏氏。妖娆的美人，环绕着玛瑙一样的光泽，该是怎样勾魂摄魄的啊。她让一个脾性暴虐的男人乖顺得孩子一样。火炉上的铜壶里，一壶清水正在沸腾着翻滚着，像一朵透明的牡丹，开得轰轰烈烈，恣意妄为。

草木禅心 / 刘梅花

没藏氏，这个优雅的女人，妩媚一笑，亲手沏茶，递给她的王。王的骨头就稀里哗啦散架了，无力抵御那低眉的一瞬。这样风情的女人，就是让男人来怜惜的。王肯定是这么想的。

王不能把她留在宫里，因为皇后不高兴呀。美人出家了，在寺院里独对青灯。好像，也不是寂寞的，王频频驾临寺院，与美人在戒坛寺秘密幽会。情爱是无法阻挡的事情，尤其是王，他是一个疯狂决绝的人。

贺兰山的秋天，麋鹿正肥，野羊成群结队。王的烈马嘶鸣，美人拉弓追射。胡人喜好打猎，不然，浑身的力气可就闲着呢。青草尖已经泛黄，大野里清风花香。王笑着，心满意足，摘去她发髻的一粒苍耳，还有衣襟上压碎的一瓣花瓣。

这花瓣，是秋藏着的一枚胭脂红的小笺，在冬天来临之前苦苦挣扎。最后一朵花了，一个西夏侍女叹息一声，穿上羊皮坎肩。

彪悍的西夏王总是一身白色的袍衫，头戴黑冠，身佩弓矢，骑在白色的烈马上，招摇过街。随从骑兵几百人，铁蹄咔咔踩在路面上，浩浩荡荡。

青色伞盖下，端坐风光无限的没藏氏。全城的百姓脖子扭成麻花，争相观看美人。这时候的没藏氏，已经成了没藏皇后。而野利皇后，被废为庶人。

美人，总是多心机。从情人到皇后，她似乎没怎么费力就达到了。

直到几年后她在贺兰山被刺杀的时候，还是那样酣畅自如，那样豪放华丽。她喜欢打猎，喜欢热闹张扬的排场，马嘶人喧哗。结果，在灯火通明的打猎归来途中，香消玉殒了，她还未来得及忧伤呢，还沉溺在奢侈的梦里没有醒来呢。

早在几年前，她的儿子还不满周岁的时候，西夏王李元昊，被他的儿子宁令哥刺杀了。李元昊疑心甚重，一辈子杀人无数，剑下白骨累累，连自己的女人也不放过。史书中记载，九个妻妾都被弑，只剩下个没藏皇后。

大约，没藏皇后美得邪乎，他还未来得及厌倦。大约，他们相处的时间也不算长，从情人这个角度来看，有些冒险的快乐。费心得来的，总要珍惜一些。

那一年，没藏皇后看着怀里的婴儿，刚满周岁，有些悲戚。她说，大雪要来了吗？侍女却低低说，你看，那儿还有一朵白菊花呢。青石头的台阶下，真的还有一朵小白菊，开得很憔悴。秋已经衰老，鬓发间别着一朵惨然的花儿，兀自挣扎。西夏吐出一口惨白的痰，跺跺脚，冬天要来了。

第二天，果然是清霜一地。房屋裹着一身清冷，她裹着重重巫气。一块牛骨头，刻着党项人的誓言和愿望，被手摸得有了包浆。她相信，这是有祖先血脉的东西，拿它来占卜，可以预言未知。忧伤，颓迷，是福是祸，不是她自己可以主宰的啊。

可是，她的忧伤，也是短暂的，随即就被硕大的喜悦代替了。她有个好哥哥撑腰，让她的儿子继位做了王。没藏美人可以垂帘听政了。整个西夏，在她的手掌里盈盈一握。她扑哧一声笑了。可惜，没有笑到最后。

这是看到的一段资料，简约地概括了没藏美人的一生：1047年没藏氏生子李谅祚。1048年，李元昊被杀。其子以一岁幼龄继位，西夏的大权掌握在没藏氏和其兄弟没藏讹庞的手里。福圣承道四年（1056年）没藏氏和多吃己在贺兰山打猎归来的途中，李守贵派人半路截杀，没藏氏逝。

他们说，多吃己和李守贵都是没藏皇后的情人。不过，谁知道呢。多吃己是武将，曾是李元昊的贴身侍卫，历经沙场的勇士。李守贵一介书生，领着几十个兵就敢行刺？

有人认为她是被她的亲哥哥没藏讹庞杀死的。因为没藏皇后十月被杀，十一月，没藏讹庞便把自己的女儿，小没藏氏嫁给年幼的皇帝李谅祚，册为皇后。西夏，紧紧攥在没藏讹庞的手心里了。

没藏讹庞也曾显赫一时，他随便一跺脚，一朝臣子就趔趄一下。不过，西夏最后还是被成吉思汗灭了。

我有个朋友，姓梅，体态高大，高鼻梁，大眼睛，卷发，有一股子热烈劲儿。夏天穿了长裙，脚步轻盈。有时也开玩笑，说你们胡人，真是劲健啊。她笑，睫毛一闪一闪。

梅姐家族是没藏氏的后裔。西夏灭亡后，没藏家族的一部分人逃到了青海，后来蒙古人继续追杀，他们又西逃，逃进青海的深山老林里，躲在世外过着光阴。

姓氏为梅，也是近百年的事情。没藏和梅，在她们的方言里读音是一样的。胡人的发音，本来就很含糊。比如有个朋友，户口本上写柔措，她的口音念出来，也像若措，热措。

有时候，我远远看见梅姐从街上走过，裙角飘摇，长发飘飘，就想起那个美丽的西夏女人没藏氏来。她们，都有一种力量的美。

古浪清凉寺

这是个民间传说，只不过跟西夏有点关系而已。

我的老家古浪，有个童谣：

> 喜鹊喜鹊喳喳喳，门上来了个姑妈妈。姑妈姑妈你坐下，我给你说个唠叨话：昔日有个清凉寺，沙弥和尚把武习。那一年，那一日，乌云遮日妖魔出，杀了和尚烧了寺，灰堆里长出一棵树，夜长杆，日长叶，十年枝叶冒墙过。长城长，烽墩高，来了一只鹁鸪鸟，白日蹲树枝，夜里叫咕咕，咕咕咕，咕咕咕，金银财宝等着哩！谁能修起清凉寺，给他九井八涝池，落落墩底下取钥匙……

童谣是唱了几百年，清凉寺地下的财宝，却从没找到过。清凉寺建在古浪的土门，是佛祖福地。西夏人是从河西发达的，而且信奉佛教，清凉寺自然也是他们重要的寺院。

清凉寺香火鼎盛，僧人众多。西夏昌盛的时候，组建了"铁脚僧"，几百僧人念佛，习武，守护着家园。盗贼不来，豺狼远避。

这一年，黑水城，沙州，瓜州，肃州，甘州，凉州，相继被元朝兵攻下，大军逼近古浪。蒙古多骑兵，大道上黄尘遮天，人喊马嘶。土门附近，都是旷野沙漠，没有深山老林可以躲避，百姓就遭殃了。

据说元军袭来的前一月，有个老道出现在土门城里，干枯得鸡爪子似的手里托着一个桃子，一路走，一路喊：桃好，手不好……百姓都懵懂，不能参透禅机。老道喊了几天，没有人理睬，叹息走了。

元朝兵杀来，百姓才知道老道叫喊的意思——逃好，守不好。不过，已经迟了。大兵压过来，天上却刮起漫天黄风，天昏地暗。无路可逃的百姓都涌进清凉寺。

清凉寺被围，铁脚僧持棍护寺，两下里相持。元军依旧使出老伎俩，断粮断水。为了节省时间，元军把村子里的柴火运来，放火烧，让烟熏，放箭射。

几百僧人只好弃寺突围。一场恶战之后，百姓逃出来了，寺院成了一堆灰土，僧人全部战死。元朝军马不停蹄走了，留下一地伤痕。

三年后，在寺院废墟上长出了一棵小柏树，见风流泪。村民说，僧魂附柏，清凉寺不灭。每逢初一十五，村人都要来焚香，怀念古寺和僧侣。

后来，柏树长大了，树上飞来一只鹁鸪鸟儿。它子夜鸣叫：咕咕咕，咕咕咕，谁能修起清凉寺，给他九井八涝池，罗罗墩下取钥匙……能参透禅机的人，得有佛性。可是，鸟儿鸣叫了好多年，都找不到这样一个有缘的人。它失望了。

有一天，鸟儿决定要走了。罗罗墩下的财门打开，九十九匹马车出来，金人，金马，载满金银，一路西走了。

车队在月光下浩浩荡荡行走，穿过麦田的时候，遇见浇水的老农。老汉子很生气，说，你们碾压了我的庄稼。一队人马，毫不理睬他，继续走路，一声不吭。

老汉子抱住车辕，抢了一个遄桩子。车队却扬长而去，隐约，听见有人说，我们要去党家庄子。次日，才发现这个遄桩子是紫金的。

党家庄子在哪儿？谁也不知道。西夏亡后，党项人隐姓埋名，四处流离。河西的党项人，为了记住身世，都把自己的姓氏改为党。

褐衫，毛毡，羊皮大氅

守边屯田的古凉州人，主要穿什么呢？粗布肯定也是穿的，皮裘也是穿的，但凉州人还穿一种衣服，叫褐衫。有一首古老的童谣：

东面个东来东面个东，东面个来了个孙悟空。我怎么知道是孙悟空？一个跟斗他无踪影。

南面个南来南面个南，南面个来了个老西番。我怎么知道是老西番？牛毛褐衫身上穿。

西面个西来西面个西，西面个来了个昴日鸡。我怎么知道是昴日鸡？骑的猫儿赶的猪……

古凉州人出门，身上披上这个牛毛褐衫，防寒，防潮。走累了，褐衫铺在地上当毯子休息。若是骑马，将牛毛褐衫搭在马鞍子上，当坐垫。

牛毛粗糙一点，纺成毛线，织成褐衫，口袋，褡裢。羊毛细些，柔韧度也好，就纺线，织成袜子，帽子，坎肩，靴子。还有驼毛，也是纺线织衫的。最早的骆驼，是胡人驯服的野骆驼，汉人不喜欢这个丑陋的家伙，叫声也难听的。不过它的毛的确比牛毛要柔软很多，织成的褐衫也柔软，不像牛毛褐衫，硬撅撅的。

牛毛羊毛驼毛，都要在清水里洗过，一边晒，一边用柳条儿捶打，弹拨得毛虚浮起来，不瓷实才好。

乡村人家，纺线都在晚上。虽然忙了一天了，但不纺线穿什么呢，还得接着忙。一盏油灯，也许是清油灯，也许是羊油灯，灯花噗地爆一下，女主人拔了簪子轻轻挑拨，那光线，就倏然亮起来。

也有纺车。但最多的，就是纺坠。一根木棍，打磨光滑，下端坠一个砣，上端凿一个豁口。穷人家没有像样子的砣，就在木棍下端戳一个白萝卜当作砣。一个萝卜捻得蔫掉了，再换一个就是了。

凉州出土的纺坠，线砣是石头的，打磨得精致细发，看着都好。

牛毛羊毛撕均匀了，捻动纺坠，一缕缕毛线就拧紧了，缠绕在线杆子上，愈缠愈厚，等缠够一锭，取下来，再捻一锭。两锭捻成了，两股线合在一起捻，叫合股线。捻好的合股线，还要用一块破布慢慢捋过去，刺啦刺啦，把毛线打磨得光滑顺溜才可以织衫。

穷人只能织衫，有毛褐衫穿就很满足了，最多，再织一两条毛褐单子，当作被子盖。富人事情多，就织毯子，织口袋，织褡裢。奢侈的人家，还要织帐篷哩。

若是有多余的羊毛，就擀一条毡。洗好晒干的羊毛，弹蓬松了，洒上滚烫的开水，反复挤压，擀瓷实。一条好毛毡，可以铺几辈子。乡村人家，也没有布单，炕上就一条白毡，两条毛褐被子，就是全部的家当了。

还有一种衣服，叫毡衣。就是羊毛擀毡的时候，直接擀成披风的样子，成为衣裳。毡衣不沾雨，多大的雨都湿不透。也防潮，铺在泥汤水的地面，酣然大睡。

一张百年前我老家的照片：一个高个子男人牵马而行，披着毛褐衫，穿着毡靴，没有戴帽子，冻得脖子缩着。马背上驮着半口袋粮食，口袋是牛毛口袋，经纬线密密的。

那个拍照片的外国人，不经意留下了百年前，河西日子里最寻常的一天。

至于毛被子，毛褥子，那是阔人家的事情。古凉州虽在边陲之地，可是京城里有的东西，凉州的富人都有。京城里没有的东西，凉州也有。比如羊皮大氅。

古时的皮匠很忙，凉州多牛羊，皮子就多。靠山吃山，靠牛羊，就吃牛羊嘛。当然，大氅只能用羊皮，牛皮不行。

皮匠要把皮子泡在大缸里，熟。草木灰水里泡几天，捞出来，铺在地上，毛朝下，用铲刀刮皮板。刮一通，再熟，泡在芒硝水里。泡几天，熟好了，再捞出来，反复揉。这个揉皮子的过程，非常费力。我以为，天底下的手艺人，皮匠是最辛苦的，鞣制一张皮子，不知要花费多少力气和耐心哩。还有皮子的味道，真是难以忍受。而最好的手艺，大约是厨子了，一边吃，一边炒。看谁不顺眼，多撒一把盐。

鞣制好的羊皮，柔软，皮毛漂亮。有的皮匠，也是会缝皮衣的。百姓人家嘛，就把皮子缝好，做成衣裳就行了，叫皮褂。白板的面子，毛朝里，非常暖和。皮褂也不能太长，不然干活不利索，顶多到膝盖处。

而贵族的皮大氅就很讲究了，要有专门的裁缝，衣裳很长，可以遮住脚面。还要一色儿的白羊皮，最好是羔子皮。不能白板穿出去，还要挂上布面子。黑色的，皂色的，都是最好的颜色。

凉州贵族们骑在马上，大氅是敞开的，露出羊毛的雪白来。大氅的面子是青的，黑的，庄严肃穆。仆人牵着马，后面跟着肥硕的狗，最好还有鹰，才威风哩。壁画上可以看到这样的场景，羊皮大氅的确让男人有一种风度和气势。

我想，凉州的那些王们，沮渠蒙逊，秃发乌孤，都穿着这样的羊皮大氅吧？他们在河西打来打去，抢来夺去，最后给他们温暖的，也只剩下一件羊皮大氅了吧？

甘州的石头

昆仑藏玉，甘州亦藏玉。甘州的玉，也叫祁连玉，以墨玉闻名。

自秦汉起，甘州玉就是葡萄美酒的夜光杯，就是贵族腰间的玉佩，就是女子手腕的玉镯。多少光阴过来了，甘州玉，陪着时光数星星。

匈奴，西凉，西夏……王公贵族们，都离不开甘州玉。碗是玉的，簪子是玉的，佛像是玉的，酒杯也是玉的……

在甘州地面行走，动不动就看见几块巨大的墨玉，杵在公园，杵在庭院，傲然的样子。心里暗暗叹息，甘州真是阔绰！

路过一个地方，朋友指着比我还高的一块墨玉说，你看，这可真是块好石头！那颜色，清凉，柔润，淡淡一抹墨色，美得心里蓦然一惊。暗想，这样的玉，雕琢成镯子，戴在手腕里，一走，仓啷仓啷响着，声音也清凉凉的，多么好！

很大很大的墨玉石，像一堵墙一样，横在水边，背景是一望无际苍黄的芦苇荡，暗暗的，有一种浩浩气势，藏着一种难以言表的清美。摸上去，石头凉凉的，滑滑的。石之美者即为玉，而这块墨玉，美得霸气，有石头王的气象了。

祁连墨玉古来有名。葡萄美酒夜光杯，匈奴人就是拿着墨玉的酒斛喝酒的吧？喝醉了还要戴着墨玉的镯子弹琵琶跳胡腾舞吧？西夏王的大殿里，几只墨玉的碗，注满了月光，闪着银子一样的光芒吧？

甘州的石头，总是这样细润地可着人的心思，怎么看，都好。若是那金丝墨玉，雕琢了砚台，研开墨汁，该是怎样的清雅啊！

至于透着一点翠绿的墨玉，雕成了一只茶碗，透着几分碧绿的光泽，细细看，简直奢侈至极。这样的茶碗里，喝什么茶都风雅到《诗经》里去了，细细啜饮的，不是茶，是古风。

最喜欢墨玉的镯子。莹润，清澈，风雅，暗暗沁入一种墨香，透着一丝儿绿光。璞玉浑金，看一眼，忍不住惊讶。也深沉，也惊艳，也风情。

美人如玉，就一定要像墨玉，深沉而收敛，有一份说不来的古韵和内涵，多么好。也是一份修炼已久的美德，凝练，清纯，是汉朝的字，唐朝的诗，宋朝的词。

男人亦可如玉，只如墨玉。这墨玉，浑厚，大气，诚心实意。飞扬的，是神采。亦是朴拙，稳重的，找不到轻的浮的东西。怎么看，都扎扎实实，都是可靠敦实。

没有雕琢的墨玉呢，也别有情致，很风雅。就那么放在书案上，读书累了，看一眼都好啊。玉是有心情的石头，也说缘分，只可遇，不可求。你看，墨色的底子，几脉白纹，树枝一样，枝桠盛开，清幽，安静。置于书案，映衬得每一粒方块汉字，都有了光泽，幽幽淡淡，有了书香气，有了文脉。

有一块墨玉，底子是掺了一点绿的墨色，不张扬，低调的浑厚，却天然地浮现着一只白狐，白得晶莹纯洁，神态妩媚。天，真是美得有了巫气。它的主人，一定是前世千万次的回眸，换来今生的邂逅。

一串玲珑剔透的墨玉念珠，乌漆，清凉，恬然。从手心里滑过，阿弥陀佛！

墨玉乃石之珍品。我的朋友说，玉要常常戴，玉认人，养生。我知道，每一块玉，都包含了一个人的心情呢，淡定，从容。玉是石头，但这石头，却渗进了一个人的神气。

墨玉，墨玉。乌云片、淡墨光、金丝须、美人鬓……每一个名字，都是温馨地美。我总以为，墨玉是文脉冉冉的，是文人的风骨，骨髓里沉淀了文字的清美。

中医说，正气内存，邪不可干。这样的一块墨玉，该是文人内心操守的一种正气和心境。美，而不妖娆。清，而不淡。正，而博大宽广。

千里河西

河西的草木

没有哪个地方，像河西这样，在旷野大地上随处是崛起的古代军事建筑。一路城关重重，驿路层层，一路残断的城堡城墙重重。苍凉，厚重。

河西，多的是苍茫大漠，戈壁石头滩。风沙里走久了，看见一棵树一丛草，感动得眼泪都要掉下来。当然，也不是千里荒漠丛草不生。有水的地方，万物生。草木汇聚得多了，人来了，牛羊也跟着来了，就叫绿洲。一块绿洲，代代延续着生命的烟火。千里河西，每走百十里路程，就有一个绿洲等着，多么惊喜的等待啊。河西走廊就是由一个个的绿洲，珠子一样串连起来的廊坊。

汉朝一直和匈奴打仗，争夺河西，大约是主要考虑到军事战略的重要性，不在乎经济利益。汉朝阔绰啊，不在乎河西这几串麻钱儿。西汉时候，对河西走廊完备了军政机构，驻军把守边塞。大量移民，屯田，建筑城堡，大量修筑长城，烽火燧，牢牢守护，震慑匈奴。汉王朝要的是威严和自尊。

列四郡，踞两关。汉朝三次大规模的和匈奴厮杀，廓清了西部边境的军事威胁，才喘了一口气儿。汉皇帝击鼓而歌：天马徕兮从西极。经万里兮归有德。承灵威兮降外国。涉流沙兮四夷服。现在读来，依然心灵为之战栗。其中的豪情，非一句话可以表达清楚。

随着光阴的推移，河西逐渐繁华富庶。牛羊成群，庄稼丰收，商贸往来。河西比中原更早有贸易往来，粟特人，波斯人……胡人的语言，汉人的方言，做着买卖，聊着天。不同的习俗文化，都融合汇聚，酒肆，作坊，皮货，瓷器，丝绸，是河西古道敦厚温暖的日子。仅在凉州，汉朝就设有隐秘的军需粮仓若干。

因为汉朝守得太坚固，匈奴选择妥协，需要的物品通过互市得到。

而到了汉朝之后，繁华衰落。后来的卢水匈奴酋长沮渠蒙逊所建的北凉，河西鲜卑族秃发乌孤建立的南凉，柔然部落，以及北魏的拓跋焘，一次次在河西厮杀纠缠，争夺的则是经济利益，政治军事因素次之。

这些部落势力有限，不会影响中原政权。他们所争夺的，就是河西绿洲。夺下一块水草地，建造一个城堡，就可以养活部落。草地越多，牛羊越多，部落愈加富裕。

草木禅心 / 刘梅花

草木河水是河西大地的生命线。有草有木，有庄稼，才能养活一座城堡。但是，厮杀是无情的。为了赢得一场战争，不惜改变河流的方向，使原本的绿洲变成沙漠。久攻不下的城堡，得到后放火烧尽。城门失火，殃及草木。

沿着河西走廊行走，随处可见废弃的城堡残垣断壁，淹没在黄沙里。没有了草木河水的滋润，绿洲早已被砂石攻占。城堡老去，消失在黄沙里。

古城堡的荒凉衰败，是人们自己的破坏，是沙漠的扩张，是风沙的暴虐，是草木的消失。旷漠的生态，脆弱得不堪一击。

是的，这些老去的古城堡，残断的长城，不是让我们拿来欣赏，写几行诗，感叹几句无用的废话。常常看见有人爬上古城堡的城头，看看风景，下来走了。对着旧城墙抚摸一下，说一句，河西实在荒凉，带着优越感离去。

不是这样的。你如果只感觉到落后荒凉，感受不到精神的振奋，内心世界没有被震撼，那么你根本不了解河西。

在过去的岁月里，河西是中华之边关。河西失守，中原则乱。河西的长城，蕴含着文化的力量，是勇武的士气和国家的神威。河西的战马，是中华最优秀的神骏。为守护边疆安宁立下了汗马功劳。河西马号称凉州天马，以力量和速度征服天下。汉武帝说，天马是天赐的精神源泉。

中国旅游标志"马踏飞燕"，就来自于凉州雷台。它能一鸣惊人，不是造型独特，工艺奇异。它所蕴含的，是我们这个民族的飞天情结。这个情结是复杂的，是中华民族经历过的磨难和辉煌。一匹天马，腾飞的是华夏精神。

一座座的城堡关隘，把守的不是荒凉，是一个民族的尊严和领土的完整。荒凉是什么？是悲伤。多少繁华落去，我依然孤独不朽。一道道的长城，是什么？是苍天厚土的筋骨。

河西不是旅游之地，而是生态保护之地和爱国主义教育基地。河西所能告诉你的，是责任。国家之事，匹夫有责。

边墙，壕墙，长城

吾老家古浪那边骂人，说，闲的有事干，蹲到边墙上捣闲话去。

当然，古人修筑边墙可不是为了给后人晒太阳的，也不是倒腾买卖的。尽管古丝绸之路就是商贸通途。边墙嘛，是专门御敌的，不敢胡乱挪用。

这个边墙，就是长城。古浪境内边墙多，大概是因为和胡人挨得近，动不动要打打架吧。说话听不懂，就说，你汉话说，胡话不要说。无赖的口头禅是，奥吆，大不了边墙上凿个窑洞。

边墙上掏个窑洞那是大事情，要做土匪打劫人哩。

吾乡的边墙有汉朝的，也有明朝的。汉长城修筑得很结实，明长城多半是修复加筑，也有另起锅灶修筑的。夯土版筑，瓷实，硬邦邦的。雨水浇不透，大风刮不塌。

汉长城的修筑，河西免去匈奴和羌人骑兵的侵扰。长城最重要的功用，其实就是阻挡敌人骑兵的。再好的马，翻越一堵墙肯定是不行。没有敌人的侵扰，河西经济日渐繁荣昌盛。汉长城以敦煌为大后方，从玉门关到罗布泊，修建了强有力的防御警戒系统。

边墙给我的震撼，是八岁的时候。那年正月，爹背着我，从山里出来，要搬迁到边外滩去。当时的边外滩没有名字，地质队在荒滩里打出了清水，住在穷乡僻壤的人们就纷纷搬迁而来开荒种田。山里不长麦子，吃不上白面。

车到了土门镇，往西一拐，路过胡家边，遥遥就看见边外滩了。边外滩的风沙真是厉害，直刮得人睁不开眼睛。正午的时候，车停在路边，大漠里冉冉的地气直晃眼睛。

这时候，边墙横在我前面，以它悲壮的气势，震撼一个八岁的小姑娘。

进边外滩的路，是从一段边墙上掘开的，不宽，四五辆卡车能并排开过去。而两侧的边墙，高得似乎要插入蓝天了，厚得我一趟子大概跑不过去。边墙脚下，是无数个黑窟窟的窑洞，烟熏火燎的，都有住过人的痕迹。住过什么人哩？爹说，旧社会的土匪住在边墙里。

这个入口，当地叫边墙大豁豁。

边外滩实际上是腾格里沙漠边缘地带。古时候边外滩绝无人烟。这样荒芜的地方，土匪们喜欢，常来常往，大大唰唰就住进边墙里去了。狡兔三窟，边墙里的窑洞是相互通连的，这边堵住，那边逃了。逃到旷野大漠里，人影子也找不见。窑洞口有马蹄踩下的白路，细，瓷，连铁马掌印儿都清晰。

据说，前几年有人在边墙下挖土，拉回家垫猪圈。结果挖出来一缸银子，满满的，还有几串子玛瑙佛珠。说银子是土匪埋下的，不知啥原因没有挖走。庄户人家，是不敢到边墙下东挖西埋的。不要说黑天，就是正午，边墙下也有一种瘆人的气息环绕，静，虚，让人心里惶恐不安。

爹吸了一袋烟，壮壮胆，对着旷野大声咳嗽了几声，车子才缓缓穿过边墙豁豁，进入不见边际的荒漠里。我回头看那越来越远的边墙，东西延伸，看不见头尾，像一道箍，牢牢匝在大地之上。背景是土黄的空旷，地气仍然如青烟一般，那种透明的气浪，在边墙后面弥漫着，水波一样，朝着天空里扩散。更远处，是一股强大的旋风，卷着黄尘，扭动着，盘旋着，沿着边墙而去。爹说，那是旱魃，不是旋风。大漠无雨水，因为旱魃总在边墙上徘徊。至少有一段边墙，是旱魃的老巢。

大豁豁是远古洪荒和人类文明的分割线。吾乡人说，大豁豁的旋风——边外滩的鬼。因为附近老是刮旱魃，让人觉得边外滩鬼多。

我们住在黄沙飞扬的荒漠里，七八户人家，凑成一个小村庄。村庄紧挨着一条干枯的大河。远古的时候，上游的祁

草木禅心 / 刘梅花

连山草木茂密，雨水涵养好，雪水汇聚成一条大河，浩浩荡荡从我老家的那个小山村一路下来，途径古浪河，一直抵达这个边塞之地。泗水土门的人们就是利用这河水筑坝浇灌土地，被我们称为坝里人。

我的邻居冯爷说，边墙的那个大豁豁，也不是水冲开的，是明朝的时候，胡人亦卜剌带人掘开的。他们的马跑起来风一样快，跑到大靖，土门子一带抢东西。因为边墙阻碍了战马，人可以搭个云梯爬过去，马可是爬不过去的，于是他们在边墙上掘开了一个大豁豁，时时越过边墙豁口，骚扰当地居民。

他说，在这个豁豁口上，常常发生厮杀，守边的士兵与胡人，土匪打劫商人，常常打得天昏地暗。时间久了，那个豁豁就邪气了。好好的人路过，若是煞气弱，就会中邪，胡言乱语的发疯。还有啊，说是豁豁口的边墙底下，有迷魂草。迷魂草掺杂在别的草里，一般人也不认识它。若是不小心踩到了，就绕着墙根子转圈圈，不会走直线。若是白天还好，放羊的老汉们看见了大喝三声，吐了唾沫，就能破掉迷魂阵。若是晚上，那可惨了，说不定一晚夕走到亮，就绕着一个圈儿驴推磨一般。

长大后学医，老师说，迷魂草，莨菪草，曼陀罗草之类的有玄幻气息的毒草，是因为在某个阶段会释放一种致幻剂，它本来是保护自己生长的。若是人和牛羊踩到这种草，青草汁液里的致幻剂加倍释放，就会出现幻觉，麻痹中枢神经。

冯爷说，春天刮黑风的时候，边墙豁豁里就传来呐喊声，胡人的呐喊，汉人的呐喊，刀剑声，马嘶声，非常真切。人小嘛，听了冯爷的故事，吓得头皮子发麻，也不敢乱跑，不敢胡溜达。天气晴朗的时候，站在我家的屋顶上，影影绰绰，能看见很远处的边墙，一道疤痕一样，蜿蜒着，仍旧地脉冉冉的样子。

这个故事也是他讲的。说，有个人在土门子喝醉了酒，夜里开拖拉机回边外滩的家。路过大豁豁的时候，眼睁睁看着豁豁是自家的大门，院子里灯火通明。有人喊他，来呀，喝酒呀。这个人停车，进到"屋里"，盘腿坐在"炕上"喝酒。家里的人等到半夜不来，就吆喝了村子里的人骑着自行车一路寻找。找到大豁豁，看见拖拉机停在边墙下，醉汉盘腿坐在边墙下一堆黄土上，身上落了雪，快要冻僵了。这个人活过来后，落下病根，一路过大豁豁，就听见周围很热闹，有人喊他。冯爷说，那是被野鬼们认下了，记住了他的样子。

吾乡的边墙，都是黄土夯打的，没有石头长城。我爹说，他在沙漠里烽火墩下见过古人打长城的夯杵，比我们用的大多了，水桶那么大。可见，古人的个头比较高，力气也是大的。不然，那么重的夯杵，提不起来。

夯杵你肯定没有见过，我就见过。冯爷抱来西瓜大的石头，要细腻光滑的青石头。砂石头可不行，一凿就碎了。石头匠坐在南墙下，打磨石头，打磨得西瓜一样圆溜溜的。然后，在圆石头上凿一个深洞。把质地坚硬的白蜡木杆子楔进这个洞，浇了开水，木楔密密打进去，坚韧，抗拉强度大。杆子不高，到半腰就行了，再横着钉个扶手就好了。总的来说，像一个很大的把把糖，就那样。

夯长城和夯我家的院墙原理差不多。先引水，把地基浇透。挖好的地基上，打桩，墙体两侧绑好木板当作模具。湿土填在木夹板之间，逐层分段夯打结实。父亲个子高，他的夯杵有点矮，他总是佝偻着腰，一下一下雀儿啄食一样捣着夯杵。一层土捣坚实了，拆下木板，提升一层，绑好继续填土夯打。若是没有木板，就用橡子代替。我们学校的院墙就是橡子当模板的。老师说，娃们，提土来。我们才八九岁，也土眉沙眼窝地干活。边外滩搬迁来的人多了，自然是要修学校的。家长也要来义务夯墙。学校的北墙，就靠在一段边墙上，节省了一道墙。那段边墙，是木板夯的，不是橡子。木板墙平滑，橡子墙粗糙，留下橡子半圆的痕迹。

河西也有的残断的长城，是沙土里夹杂了草木夯打的。长城的修筑就地取材，不会花力气到别处拉运黄胶泥。夹杂草木的地段，因为沙土比较松散，不够坚牢，就要掺进去草木充当筋骨。天祝境内的松山古城堡，黄土版筑，城墙里夹杂着松木板子当作木筋，坚固得很。若是有红胶泥的地方，就要在土里掺和进去一些碎石，红柳芦苇枝条。红胶泥的黏性特别好，硬，箭射不进去。边墙的地基部分厚，宽。到了梢子要收一点，也留有水路，不能让雨水浸泡。所有的边墙都是有承载能力的，主要用来抵御漠北胡人的骑兵。再好的骏马，只能翻越沟坎，无法越过一道厚重高大的城墙。

我们老家骂人，说你的脸皮比边墙还厚啊，一　头刨下去一个白印么。所以，要是破坏一道边墙，绝对不是容易的事情，厚且硬，刀剑不入。除非岁月，岁月是杀猪刀，会一刀一刀削掉城墙。好像古长城是没有豆腐渣工程的，没有记载过一段长城修起来几个月就倒掉了——除了被孟姜女哭塌的那段。大概，那时候的人都是凭良心做事。再说出国不容易，修了偷工减料的长城，直接跑不掉。你想啊，就算席卷了银两跑，又笨又沉，前头土匪打劫，后头官府追兵，能跑利索嘛。还不如扎扎实实修坚固了，别人也没话说。

河西残存的长城，风雨剥蚀，坍塌了，零落了，无论多么衰败，连木筋都腐烂枯朽，但你去抠残余的墙痕，依然坚硬，像一种风骨，烈烈的。能够抵御敌人的，恐怕也不是一道墙，还有另一种精神气魄在里面。

顺着大豁豁往东走，大约走两三里地，边墙比别处的要险要。因为荒无人烟，没有被完全毁坏，保存着一些。城墙下是大片大片的苦豆草，长得如火如荼。那时候，我读初中了，学校里勤工俭学，要去边墙那里拔苦豆子草。拔苦豆子草干啥哩？当肥料种田哩。学校里种了几块地，没有化肥，拔苦豆子草掺了沙土，发酵，积肥。现在想想，我们的老师当年真是辛苦，领着一群娃娃们动不动要干活。

我们把这种险要的边墙叫壕墙。壕墙比边墙宽，为了增加高度，城墙下挖掘壕堑。也就是说，城墙底下是一个深壕沟。多深呢，差不多两米的样子。反正老师掉下去爬不上来，得找个沙子吹过的缓坡才能上来。壕沟可是很宽的，十几米是有的，马驹子在壕沟里放开蹄子撒欢。我也撒开脚丫子撒欢。那时候，我是个野丫头，绝对不知道这世上还有淑女这个词儿。

壕墙的修筑要复杂一些。先挖掘巨大的壕沟，一边挖，一边在壕沟内侧筑壕墙。壕沟里挖掘出来的沙土，正好夯打边墙。我们拔草的那时候，壕墙多已坍成宽五六米，高两三米的土垒。壕墙外侧是版筑痕迹，顺滑。内侧墙壁有梯形木椽印迹，一层一层叠上去。记这么清楚，是因为那时候懒得很，不好好干活，四处溜达着磨叽。老师在远处骂着，刘花花呀，你奸猾溜皮的，拔了一撮草就溜啦？你看别人，都拔了一垛子草啦……

假装听不见，耳朵贴在壕墙上，一个椽子印儿一个椽子印儿抠，好像能抠出来银子似的。收工的时候，校长问，那个，刘花花，你听了一天，壕墙都说的是啥呀？给我们说说呗。大家哈哈大笑，我也厚着脸皮笑，嘻嘻，嘿嘿。磨蹭一天，土猴子一样走两三个小时的路打道回府。别人还在路上，我早就脚下生风飞奔回家了。因为耍赖不干活，省下了回家的力气。偷懒这个事情也很有意思啊，你想，不是每个人的脸皮都能厚到我的境界。

后来知道，那段壕墙是汉长城，有人从壕沟里挖出了汉代陶片，汉木简。到了明朝，修复加固了。沿着边墙，还有好多汉代烽燧和墓群。墓群封土堆都是极为高大的，底部直径十余米，残高三四米，沿着边墙有一百多座。不知道墓里埋葬着什么人，用得排场是极为隆重的。总觉得，古人实在力气大，动不动就大规模的修造，可见古时候的老百姓是很可怜的。

感叹长城的时候，只是感叹古人的智慧，感叹我们这个民族磨难重重的历史，先祖们往昔的日子过得不容易。而不是去向往那样一个朝代，要溯了时空回去。就算感慨，也是怀念一些美好的田园诗意。任何美好的东西都可以怀念继承。现代文明可能会没落很多的礼仪和淳朴，丧失一些美德和高雅，但是，不用去夯长城呀。像我这么懒的人，最怕干活哩。

若是在汉朝，我没准就是夯长城的，最不济也是长城下烧火煮饭的丫头。啊呀，那可很悲惨了。你想啊，我家才夯打了细细儿的院墙，七八个人，都苦得脱了层皮。学校里才打了三道细墙，还不高，比我高一点点，全校的人马，家长，苦战了一年才收工。可见，夯打城墙这样的事情是费人力得很。边墙这么粗犷，能掏窑洞当屋子住，那用人就成千上万了。那时候人烟稀廖，肯定一下子就被拉去筑边墙了，还不给工钱。悲惨啊，奸猾溜皮的刘花花就苦得烟熏火燎的，像个烟囱塞塞子一样，黑眉糊眼的垒石头烧火煮饭，还写什么诗歌画什么红妆啊。

还是现在的状态好，虽然清贫，但依然可以悠哉喝茶，读书，写文章。石头蛋子一样自由自在，沙子一样溜来溜去的。偶尔还要风雅，去深山里看桃花，穿了亚麻的长袍，绣花布鞋，当当骚人。是离骚里的骚人，可不是风骚人，看清楚了。

是的，可以把长城精神当作一种人生进取的力量，一种古人的烈烈风骨，但绝对不必赞美。我是在边墙下长大的孩子，知道那一道道的边墙，是只能仰望的。望得脖子都酸了，眼睛都麻了。河西的黄胶泥是沉重的，铁块一样，不朽，不腐，沉甸甸的，如一种沉思。

错长城

大豁豁的东南边，是胡家边，人烟稠密，有一道肥胖边墙耸立着。胡家边是什么意思？就是胡乱加上的边墙。老人们说：秦始皇抽了一锅子烟，筑错了胡家边。

这道边墙，突然从大豁豁的那段主线长城上横插过来。像阑尾一样，多余出来一截子。况且，多余的这段长城，简直比主线还要气势雄伟。城垣尽管残破，但气场依然强大。随便的一个破洞，就可以拴几匹马。有个老人挖边墙土当肥料，挖了几年，才挖掉一坨坨。

这胡乱多出来的边墙，肯定是一种特有的防御工事，汉代的，村民们叫老边墙。明代的长城叫新边墙。但吾乡人就是喜欢吹嘘，大言不惭地说：这个边墙嘛，是秦始皇修筑的。他骑一匹菊花青在前面跑，他跑多快，边墙要修多快。跟不上是要砍人的。修到了咱们边外滩大豁豁这段，秦始皇觉得累呀，就掏出烟袋抽了一锅子烟。他的烟锅子是老鹰腿的，烟叶子是土门子的。抽完烟又打马跑，可是菊花青不小心踩了迷魂草，陷到迷魂阵里出不来，就朝南跑了，修长城的人跟着朝南修。马乱跑，人乱修。诶，他跑到哪里长城就修到哪里呀。后来，一个香林山的老道路过，一剑破了迷魂阵，秦始皇和菊花青才清醒过来，重新回头修筑主线。这胡乱加的边墙，就叫胡家边。

吾乡人穷，也没出过什么大人物，就麻烦秦始皇来一趟，没有别的事情，就打打边墙。吾乡的好马菊花青给他骑，顺便抽一锅子土门子的烟叶子，再让香林山的老道破一下迷魂阵，显得咱有能耐。故事传来传去，土门子的烟叶子就卖得特别快。二十年前，一斤卖到四五块。

实际上，秦长城没有修到吾乡来。当然，我说了不算，说不上哪天专家考证出来一段也指不定，我又不是历史学家，不过一乡民野人而已。这世界，有大狗叫，小狗也跟着汪汪几下，表示热闹喜欢。

胡家边的错长城，一定还隐藏着我们不知道的故事。你想啊，一段长城，是轻易能错掉的吗？汉朝很讨厌匈奴，因为匈奴不消停，动不动就打马而来犯边。抢东西，占地盘，不劳而获。而胡家边是要塞之地，一道边墙恐怕不能抵御，另外要设置边墙来阻挠。单单从残存的地基城垣来看，匈奴的势力也是猛烈狠辣，不牢固设防是不行的。

错长城的背后，是光阴的内涵。有些东西是不能忘记的。忘记了，麻木了，会吃亏的。温故而知新。

这是一个不读书的时代。人们更加看重的是金钱，是眼前的利益。但是，河西的城墙虽然颓废了，但依然提醒着你，所有的繁花似锦，必须得依靠在强大的祖国之上。不懂河西，你怎么会懂得边塞疆域？一座消失的城堡绿洲里，也曾容纳着黎民百姓的悲欢离合诗情画意。那荒芜的戈壁荒滩里，风刮来，隐隐还有金戈铁马的铿锵声。一个只知道钱而不知道责任的民族，是软弱无力的民族。其实我们欠缺的，不是钱。我们需要一种精神，来振奋引导光阴。这种烈烈的风骨，河西有。

狼烟，狼烟

年少时有个游戏是这样的，一群小孩分成两队，对峙着。甲队相互之间紧紧锁着手臂，使劲朝着对方吼：烽火墩，狼烟起。苨苨墩，绊马索。你来五百人，我点十万兵。你来大青马，我有铁钩锁……

乙队大怒，呼啦啦使劲儿横冲直撞过来。甲队要牢牢缠紧手臂，不可被冲断。若是链子冲断，则全部被俘。"俘虏"们很悲惨，要背着乙队人马在空地上走一圈。背动背不动都要咬牙坚持，这是游戏规则。我那时候力气小，偶然做了"俘虏"，往往得背个胖墩，小脸儿挣巴得青紫。若是乙队冲不断链子，那就全体沦陷，要当作大青马，驮着甲队人马在空场子上走两圈。所以，虽然是个游戏，玩起来都是豁出来老力气的。

现在想起来，这样的游戏，是边疆地域独有的。暗含着生存之艰辛。守边的士卒，平日里种地干活，狼烟一起，立刻御敌。童谣说得很清楚，狼烟起，敌人来了。要在芨芨墩上设下绊马索。芨芨草滩应该是军事前沿。来得是铁骑，人家来五百，自家就得十万。步兵打铁骑那是有太多的劣势。汉朝主要是和匈奴厮打，匈奴的高头大马很剽悍，蹄子钉了铁掌，踩在戈壁滩上咔咔咔直响。这种马蹄子尖细锐利，一蹄子随便踩死一只羊。对付胡马的，是铁钩锁。潜伏在路边，突然抛过去，铁钩尖利的爪子直刺马腿。还要有绊马索配合才行。你要牢牢地守护着边墙，任凭对方怎么冲撞都是死守，不然是要做俘虏的，那就不是悲惨所能形容的了。

敌人来犯，狼烟是信号，见烟如见将军令。古代没有发达的通信系统，狼烟是至关重要的。烽燧台子上，有烟囱，存放柴火的棚屋，有专门训练过的士兵，叫燧卒。燧卒的衣袍上著有标记，以示重要。河西之地，耕田守边。一般的兵士在没有敌情的时候都要去干活种地，狼烟起，一起作战。但是，燧卒是万万不能种地的，得一直盯着漠北之地，眼睛盯酸了也得盯着。下雨天下雪天可怎么办？披着毡衣穿着毡靴盯着，不可怠慢。燧卒必须要熟背烽燧的条文，不可稀里糊涂。若是犯了规，责罚是比较重的。不过，好像在汉朝的时候，匈奴不怎么偷袭，要打仗，都是明着来的，吼着喊着，气势汹汹。下雨刮风的阴天，他们的马匹跑起来不爽快，泥汤拌水的，还动不动要迷路，所有阴天很少来侵犯。

狼烟要保证烟很浓，青烟不行，黑烟才好。要滚滚的黑烟，风吹不散，在很远的地方一眼看到。狼烟关联着最紧急的军情，烟量要足够盛大才行，这样一个烽火墩一个烽火墩传递过去，不延误敌情，敌人来犯的讯息一目了然。

边关的老百姓看见狼烟，不是躲起来的。老人敲锣打鼓报警，嘶喊着，狼来啦，狼来啦。青壮年领着刀剑直奔边墙，边跑边喊，狼来啦，狼来啦。喊声震天，也是用气势来震慑敌人的。吾乡人说话嗓门大，打个招呼就跟吵架一样。我也是，说话扯着喉咙粗声大气。这可不是粗鲁，是一种隐秘的遗传。大漠之地，空旷辽远，声音小了被风刮走了。更加重要的是，小孩们从小就训练出来喊叫的功能——一旦狼烟起，呐喊是必须的。我们的俗语是，打不过也要吼过。每年正月初二闹社火，锣鼓响罢，必定要来一阵呐喊助威。这是祖先流传下来的规矩。

离大豁豁不远的土门子有个地方叫校场。当地的老百姓千百年来留下的习俗，是出门先看看远近的烽燧墩子有狼烟没。一早一晚家家户户都拎着棍棒聚在校场上练武术。前些年还在举行校场武术大赛。河西的赛马会，年年都要赛，才不是娱乐哩，是一种深入骨髓的忧患意识。战场上马很重要，赛马一来鼓舞士气，二来提升马的作战能力。

有人笑话说，河西人钱少且傻大。实际上，河西人不傻，是憨厚。在汉朝的时候，河西就是边疆地域，是匈奴人来袭的边沿。在骨子里，河西人都有一种责任感使命感。河西失守，中原将不保。所以，我们的遗传基因里，钱绝对不是重要的。人要平安，庄稼要丰收，才是最重要的。

我们每年初一举行盛大的"出行"仪式，赶上牛羊，背上孩童，摆上祭祀的酒肉，全村人跪在黄土地上，对天空神灵祈告说：国泰民安，风调雨顺。狼不来犯，人不生病……

河西人喜好吹牛，说，我们只有一条路，叫丝绸之路。我们只有一幅壁画，叫敦煌。张掖有个木塔，离天只有尺八。凉州有个钟鼓楼，半截子钻到天里头。为啥要吹牛呢？丝绸之路，来往的都是外国人，远在天边上的人，你知道他们心里想什么？历经了无数的征战，河西人得出了结论，家里有一千兵，对外绝对要宣称十万。虚虚实实，叫外人雾里看花。你不虚张声势的震慑着些，危机就在身边。翻看河西历史，一次次的厮杀，生灵涂炭，哪一次不是心惊胆战？一个地域的脾气，是漫长的光阴积累。

狼烟狼烟，要的是烟，不要火。为啥哩？你见过没有？在晴朗的天气里，大火着起来看不见火焰，只是淡淡的青烟一绕而过。有人说，他亲眼见过一面山坡荒草着火。看不见火焰，看不见青烟，只是一片焦黑的东西水一样漫卷过去。

　　大火烧起来没有烟是闲的，别人怎么知道狼来了？制造烟，很重要。我们村煮饭都用麦草。天阴下雨的时候，麦草受潮，点燃起来冒着黑烟，不肯冒火苗，这是我最最厌烦的事情。那么狼烟就是这个道理，干柴先烧起来，烧得火苗一丈高的时候，柴草上泼了水，湿湿的压上火苗。好了，滚滚的黑烟冲天而起，头墩的一柱烟起来，二墩随后就起，三墩紧紧跟着，四墩也点火放烟……

　　狼烟就是如山的军令，丝毫不可怠慢。汉朝的边塞防御体系里，狼烟是首要部分。燧卒训练有素，能够在很短的时间里放出来足够浓重的黑烟。若是晚上呢？天黑黑，烟黑黑，看不见的。那么，就要燃烧干柴草。头墩子火焰一起，二墩子遥遥呼应，三墩子立刻接着点火。吾乡正月十五夜里有个习俗叫"跳火堆"。整个村子里要点燃几十个上百个草堆，相隔两三步一个，这个村的连接到下个村子里去。人们倾巢出动，呐喊着喧哗着，从燃烧的火堆上跳过去。

　　小时候，老人们说正月十五夜里跳火堆是挡狼的仪式。我以为挡得是真正的狼。后来才知道也是抵御敌人入侵的一种方式。黑夜里烽火燧上的烟火一起，边墙下的百姓看见了，立刻也呐喊着点燃火堆，村村相同。这是为了防止举烽失误。白天狼烟失误，则用遣驿快骑通告来补救。可是晚上，头墩烽火燧的火点燃了，万一呢，二墩烽火燧失守了呢？或者柴草点不着呢？老百姓在村子里点着火堆村村传递，火龙蜿蜒，是对失误的补救。那时候百姓，也被拉去修长城，也要缴税赋，真是辛苦之极了。但是抗敌这件事，都自觉之极。远远听见个狼字，就顺手抄家伙，习惯了。国事家事，事事操心。

夜间举火，还要在干柴里加硫黄和硝石，使火光通明，有爆裂感。

你以为狼烟的燃料是狼粪吗？不是的。河西之地，广阔无垠。烽火墩多在戈壁荒滩。虽然也有狼出没，但狼粪是不好拾的。我小时候不想背书，老师常常骂，说，嗯，不背书嫌弃费工夫是吧？去，戈壁滩里拾狼粪去，舒服得很。

他说的是反话，意思是狼粪很难拾，更加辛苦费工夫。

我爷爷年轻时候给人家当长工，有时候要到深山里去放羊。他说，狼粪几乎见不到，因为狼有状元之才，聪明得很，知道把自己的粪藏起来，不让猎人发现。狼的天敌少，最主要的天敌就是人。它能研究人的习惯，对付人。至于戈壁滩上狼，喜欢把狼粪用沙子掩盖起来，不让人知道它的行踪。

再说狼吃东西很粗糙，不是说狼吞虎咽嘛。你知道，它不吃草，吃肉。吃得急躁，连皮带毛囫囵吞下去走了。所以，狼粪是灰白的，是骨头渣子皮皮毛毛的组合，点燃起来很费劲儿。生火最好的是牛粪，牛有反刍的习惯，我们叫倒磨。一遍一遍，细嚼慢咽，把青草咀嚼得非常细腻。马粪比较粗糙，不耐火。骆驼粪也可以。羊粪琐碎，耐火，用在燃烧后期可以。

狼烟最重要的燃料是柴草。也是就地取材，红柳啦，芨芨草啦，芦苇刺蓬啦之类的。应该也有干黄草。看了地方志，其中征收赋税的一项里，就是干谷草。大户人家是以车论的。小户是以束论的，规定得非常清楚，几束几厘，分毫不差。以当时的养马状况来看，征收的草要多出来很多，没那么多马吃这些草。我觉得，这草们应该是分发到各个烽火燧上去了，用来保证烽火的材料。而且，谷草上泼了水，产生的黑烟是最浓厚的，烟黑且直，别的草比不上。

吾乡人有个习惯是很奇怪的，雨水泡坏的草，不扔掉，而是堆积在路边。长年累月地放着。不知道要干什么。这些年因为要检查卫生，坏草就一把火烧了。我觉得，大概是古代一种约定俗成的习俗，黄草稀缺，只要有一点都存着，万一狼来了点火用。敌情一来，烽燧台上点火，民间也要点火的。

为啥叫狼烟哩？吾乡人把所有恐怖的厉害的凶猛的事物都叫狼。漫长的光阴里，匈奴，鲜卑，拓跋，突厥，柔然，女真……都是骑马食肉的部落，有着强悍的狼一样的习性。而驻守在河西的边民都是迁徙而来的农耕民族，食粟米，性子多柔，羊一样。最重要的是缺少马匹，抗衡力弱。敌人进犯，就跟狼群来是一样的，很可怕。一声狼来了，简明扼要，可以在最短的时间里报警。狼烟，自然就成了代称。据说唐代也真有用狼粪的，但肯定不是河西地域的。河西狼粪少。

烽火燧，墩子

吾乡人把烽火燧叫墩子。吾乡的墩子，也是汉代的居多。汉书里讲，为了边防预警，就筑了很高的土台。土台依靠长城而行。土台子上设有桔槔，兜零。桔槔是可以引物上下的高架子，俗称吊杆。兜零指笼子。柴薪置于土台上，有寇来，即点燃，举之相告，曰烽。又多多积累柴薪，寇至即燃，望其烟火，曰燧。就是说，白天放烟叫烽，夜间举火叫燧。

我们村前边是一条干河，过了干河就是腾格里沙漠。墩子多，隔着几里地就是一个。一般来说，离村庄远一些的保存的比较好。我爬过的墩子好几个，最好最高的就是拔苦豆子壕沟那边的十二墩子。那时候人小，个头矮，觉得十二墩子实在高。风吹雨淋，墩子自然也是破败的，有一道斜坡大概是牧羊人开凿的，能爬到墩子顶上。顶上很开阔，有锅灶坑，有柴火。还有一个栖身的棚子。这个不是守边烽燧卒用过的，是牧羊人煮饭。羊群撒在沙漠里，牧羊人在高高的墩子上将军一样，甩着抛石子，指挥就行了，不必辛苦跟着。我们拔苦豆子的时候，沙漠禁牧，羊乱吃草，人乱砍沙枣树，林业局的人一直看守着。

史书记载，汉代的烽火燧简单一些。到了唐代，则很规范了。烽火燧台子上还有柴笼，流火绳，旗子，大鼓，弩，抛石，垒木，水瓮，干粮，麻蕴，火钻，火箭，柴草，蒿艾，狼粪，牛粪等物。看来置办的家当也很是不少哩。台子边缘，有屈膝梯，上收下乘。兵士也是轮流换班的，叫烽子。每天清晨，子夜，举报平安火。平安火举一下即可。闻警举报两火，停火的时间比平安火要长。见烟尘举三火，三火时间更长。这几种火都是火把。如果看见贼人近前，白天放烟，晚间则要燃烧柴笼，火势要大。一个墩六个人，五人为烽子，递如更刻，观视动静。一人烽率，知文书，符牒，转牒。

我觉得，应该还有一匹马。旷野大漠，没有一匹马怎么能跑快哩。

若是有一个烽火燧平安火不点，那么，这个墩子的烽子可能为贼所捉了。贼得到了烽火燧，也不知道点火的规矩，就算点火也是乱点。烽火燧的烟火讯息是不断变幻的，贼人不会掌握。举蓬，举布帛旗帜，举苣火都有不同规定，破译这些军事密码并不容易。那么，元墩早上收不到二墩的平安火，或者自家的烽火燧被贼人围攻，就要燃烧另一种信号的烟火，汉朝叫"离合苣火"。"离合苣火"是处于"虏守亭障"的紧急而特殊情况下的一种信号，即几把苣火一会儿分离，一会儿又合拢。如果被围逼的元墩不能发出信号，二墩三墩烽燧就要立刻按照约定的举蓬燔薪，把求救信号准确传递出去。所以，每个墩子不是很远。我没有见过山野里的烽火墩，我们沙漠的墩子，大约隔十里路左右，彼此遥遥相望。

吾乡边墙的烽火燧，元墩在凉州城南几十里地的黄羊镇，锁在丝绸古道上。然后，沿着边墙，一直朝东，伸进沙漠里。壕沟的十二墩子是我去过最远的一个。至于别的墩子，就延伸到沙漠深处去了。从元墩到十二墩，是最重要的防守地段。再远进了沙漠，累不死也要渴死，敌人又不傻。

十二个墩子，并不是紧紧追随着边墙的。时而近，时而远，以九墩最远，十二墩最近。整个墩子和长城，构成夹角，像一枚弓箭。墩子沿着虚线构成弓箭的弦，长城是弓背。我们村前面干涸的河是一支箭，正好搭在最中间，直射西北旷漠之地。要知道，古时候这条河是河水充盈的，一点儿也不干枯。

大豁豁是这张弓的正中间。可见，当年敌人掘开大豁豁，不是随意的。邻居冯爷说，这是当年汉朝修建时候的风水布局，意思是要用弓箭震慑敌人的。

也许是真的。因为离十二墩子大约百里路，东南方向，就是有名的丝绸之路的旱码头大靖城。大靖城的兴起虽然到了明朝，但城池的建筑依然效仿了汉朝的边墙，整个城的造型也是弓箭。还有专门的震城楼，两条街构成弓背，现在还叫弓背街。一条巷子建筑成箭，直射西北方向。文友给了我一张大靖城卫星图，一张清晰的弓拓在大地之上。那支巷子做的箭，依然闪着寒光，让人心里激灵一下。

从军事角度来看，长城和烽火墩这样布局，形成夹角，利用防守和攻击。河西的长城烽火墩，重要的地段也有三五个墩子聚在一起，形成犄角，称为烽堠群。这样敌情可以在最短的时间里，迅速传递到军事中枢部门。万一有某个墩子失守，临近的墩子可以迅速接替，不至于延误军情。

敌人入侵，也会突击烽火燧，让消息无法及时传递。危机的时候，烽火墩上还有火枪。鸣火枪也是有密码的，宣告来的敌人的数目，方向，都是有严密的规定。元墩子鸣火枪，二墩子接着鸣，然后举火，依次传递，依样随之。若天气恶劣，下暴雨暴雪，刮黑风，昼不见烟，夜不见火的情况下，突遇敌情，接连有墩子失守，应立即将情况写成书面文书，用加急的传递方式报送上级。

所以我说，烽子是有骏马的。没有，无法加急传递。或者，烽子是要训练长跑的。总觉得古代人的个子高，腿长，才有飞毛腿的说法。像我这么短腿，送什么文书哩，跑到半路就被敌人生擒活捉了。像我的朋友琴那样的，长得妩媚还很机灵啊，可以考虑送文书。虽然跑得慢，逮住说不定可以做个压寨夫人，给咱们做做内应，搜集情报什么的，择机一举捣毁贼人老巢也不是没有可能的。琴若知道我这么想，肯定气愤得断袍绝情，不和我做朋友了。好吧，那时就割她的袍子算了。

河西烽燧遗址中出土的汉简里，说墩子高四丈二尺，广二丈六尺。汉简中还记载，当时守烽燧的人数有五六人或十多人，其中有燧长一人。戍卒平日里专事守望，也有人做煮饭烧水的活儿。烽火墩上，应该有房子的。

地方志说：古浪段汉塞沿线，残存多处汉代烽燧和墓群。岸门南侧一燧，呈正四棱台体，是覆斗形。底基每边宽约七米，残高五米许。土门镇二墩村落落墩湾，存大型烽墩一座和汉墓群。烽墩俗称落落墩，亦覆斗形，底基每边宽十三米，残高九米许，墩体收分较小，显得胖大厚实，于十数里外即可显见。

吾乡就是古浪，我一直说的就是古浪段长城。岸门就是我们村，在干河边上，叫岸门。岸门南侧一燧，就是拔苦豆子去过的十二墩子。知道了吧？那个墩子我爬上去过。我的同桌在墩子底下还捡到一片瓦渣子，也许是汉朝的，也许是放羊老汉的。

地方志也还有不知道的事情哩，我就知道。在十二墩子不远处，有一个石头垒砌的池子。池沿高出地面两三尺，往下深三尺。底部是用夯杵夯打瓷实，上面碎石子密密镶嵌，夯打到土里，再续铺石子。如此三层，坚硬无比，不漏水。这样，从十来里路程的干河里引水过来，放满池子，保存着烽子的饮水。当地人叫石圈。

我之所以知道，是我爹和一个老汉子聊天。老汉子骂他的邻居很缺德，举例说，那家人刚搬到边外滩的时候，不知道石圈是存水的，以为是古墓，父子六人黑夜里去盗墓。因为石圈被风沙掩埋的只露出来一圈边沿，他们就跳进圈里挖呀，刨呀。沙子刨干净，露出底子。结果底子太坚硬了，刨不下去。后来四处探听，原来是古人盛水的石头圈。老汉子说，简直要把他笑死了。我爹也大笑，他的牙齿被烟熏得黄黑，很不好看。他还指着我的鼻尖说，听听就好了，出去不许捣闲话。后来我跟着他进沙漠，顺路去看石圈，果然刨干净了沙子，石圈空空地盛着一些沙子。古人干活扎实，池子边缘还好好的，一个豁口都没有。

有些优秀的传统，需要保留发扬。比如干活扎实这个，虽然不修墩子，但修楼房的时候可以用。不要修个楼动不动就塌掉，我们的先祖知道了牙都要笑掉。

不知道怎回事，吾乡人喜欢墩子。生个小孩，期盼长命百岁，取个小名儿也叫墩子。张墩子，李墩子，王墩子。当然，没有叫边墙的，也没有叫壕墙的。明明边墙和墩子是一起下凡来的。

唐朝对烽火燧设置得很严密完备。每烽有烽子好几人，有烽燧官吏，掌管烽燧的保护，修缮，报警。墩子上有火炬。敌人入侵的数量，方向，步兵骑兵，都暗含在举火，烽炬的多少里，别人是看不懂的。朝廷派遣部队，根据烽燧报警的数量决定。朝暮要有平安火相报。天宝十五年的时候，六月八日，潼关失守，烽燧吏卒皆溃。诗人垂泪写道：清晨，无人复举火。将军十万火急报朝廷：夜幕，平安火不至。

千年前一个诗人来边塞，路过吾乡，薄暮投宿村野驿馆。夜色里，看见烽火台上的平安火一闪一闪，村庄里玩耍孩童看见平安火，亮着嗓子喊，平安无事，平安无事。他清眼泪倏然而下。中原的长安城里，火树银花不夜天，轻歌曼舞。谁人知道这边塞荒野之地，连稚子童儿都操心着高高烽火台上的火光啊。

光阴渐深，墩子慢慢地消失了，风吹，雨淋，毁坏。失去的都不必怀念，光阴总是要磨掉一些东西，经历了荒芜，才能抵达繁华。只不过，平安火还保留在民俗里。大年三十初一，吾乡人都要举一把平安火，相互道一声，来年平安。我家的门上，每年贴两方大字：国泰民安、风调雨顺。

守城的草木们

翻开河西历史，在防御方面比较强大，直接攻破城池的记载很少。尤其汉唐，几乎坚固无失。国盛则民强，民强则边关牢固。

至于唐朝以后，纷争渐起，宋朝和西夏，常年在河西厮打。蒙古和西夏，也在河西纠缠不休。明朝和俺答汗，也打了很多次仗。

嘉靖三十八年，地方志记载了一事件：蒙古俺答汗，携弟着力兔、宰僧，子阿赤兔等数万众，从河套南下西进，经阿拉善、景泰、古浪，一路进犯。越过天祝松山、永登、袭据青海。一年后东还，留着力兔、宰僧、阿赤兔、宾兔占据大小松山（包括天祝、永登、古浪、景泰等地），于是鞑靼势力从河套到松山、青海连成一线，日寻干戈，骚扰百姓，侵夺财物，盘踞三十余年。

这件事的背景是，俺答汗和明朝之间长期对立，积怨甚深。明朝拒绝与他互市，俺答汗得不到汉地的农产品，出兵进犯。

吾乡是古浪啊。据说大豁豁就是那一年被凿开的。那时候，干河里水还多，河水卷着清眼泪淌到了边外滩，满目凄凉。墩子坍塌，无人举起平安火。

河西城池失守最多的是断掉水路。河西有几条主要的河流，城内饮水全靠河流，地下水少见。敌人围城，一旦断了水路，让河流改道，一座城几乎注定要瓦解。

河西有名的黑水城，就是因为围城者断水。然后，一个城干枯，全城瓦解。改变水流之后，带来的生态改变非常恶劣，造成千亩土地荒芜，人烟绝无，成了风沙的老巢。

除了断水之外，城池失守多是由内部叛变，打开城门迎敌。北凉的灭亡，就是沮渠蒙逊的侄子变节，打开北城门放拓跋人进来的。

在河西，不但人要守城，马要守城，连草木鸟雀也得干点儿活，不能白白的闲着。尽管有牢固的边墙，坚固的关隘城门，敌人还是忍不住要进犯的。想让他们一直呆呆地窝在老巢里，真是不可能。狼烟一起，城墙上固然增派兵力，但在军事前沿，还有一部分设施，用来阻滞敌军。最大力量消耗敌人的战斗力，杀杀敌人的威风。

汉朝用的是鹿角木，还有铁蒺藜，设置在道路上。关于铁蒺藜，我在镇子上的时候，见过一个缺德鬼。偷偷在乌鞘岭顶上撒了铁菱角，路过的车爆胎之后，就看见他路边竖起的广告牌子：吃饭补胎。他补胎补了很多年，应该很有钱了。可是去年见他在县城里拾破烂，不知道怎么了。可见，指着缺德的东西，富不起来。

河西出产一种草，叫蒺藜，沙漠里多得很。全身都是尖利的刺，死缠烂打地伤人。还有一种草叫张公道。三菱的，三根刺，哪一面朝上都有一根刺竖起来，很公道，这可比蒺藜锐利多了。

这些东西采摘收集起来，撒在敌军必经之路，以降低和分散攻城时敌人给予的压力。夏天的匈奴人不喜欢穿鞋子，赤脚出战。狭路相逢，蒺藜胜。这些植物的利刺扎进人马的脚心，钻心地疼啊。军马前行，伤员抱着脚挑刺。匈奴人大概就是怕蒺藜才穿上鞋子的。他们不会编草鞋，不会做布鞋，只有牛皮的靴子和牛皮软鞋子。厚牛皮上裁剪出鞋底子，软牛皮做成鞋帮子，系着牛皮细带子。还有木屐，跟拖鞋有点像。

野战时，若是草蒺藜不够，就要打制铁菱角，削木头蒺藜。还要制作木头耙子，敌人一脚踩到耙子头，磅哧，耙子把翘起来，一棍子打蒙，下去吧。还有大型的木耙子，对付马匹。一匹马栽倒，后面的跟着倒一片。山野地里，还有铁钩锁，绊马索，都是对付骑兵的。河西出土的西夏兵器里，有一种烧制的瓷器，叫瓷蒺藜，像一只刺猬。中间填了火药，当炸弹用的。

还有一种，吾乡人叫煞蹄子。各种长刺的树枝，黑刺，白刺，毛扎扎草，堵住关口。城墙上放箭，敌骑兵不能顺利闯关。接近城门处也铺一层，马是很有灵性的，看见一路刺枝，害怕蹄子挨扎，踟蹰着徘徊不前。这样，就能缓解攻城的压力。

古时的城堡里，随处可见大群的鸟雀，栖息在建筑物上。寺院的屋顶，匾额后面，都是它们的巢穴。清晨出去城外觅食，日暮回巢。若是城池被围，撵不走敌人，这些鸟儿可以利用。先把城中的鸟雀在黑夜里抓捕来，饿着。准备好掏空的果核，塞入燃烧的艾草当作火种。清晨太阳一出，雀儿的习性是要出城觅食的。因为饿着，就一直飞到城外敌人的粮草仓里去了。哪里有粮食，鸟雀是知道的。这样，携带着火种的雀儿，差不多就能点燃城外的粮仓而退敌。若是城外的鸟儿，就白天抓起来，日暮放回去，也可点燃粮仓。高手在民间，有些人连鸟儿飞行的路线都一清二楚。

吾乡人讲一个故事，叫三套草车七谷堆弯。说，杨家将西征，到古浪峡，西夏僧兵把守，伤亡巨大且打不过去，继而辗转去了黄羊川倒取虎狼关。

傍晚一大群雀儿黑压压地落下来，直扑拉运粮草的三辆车。兵士纷纷赶鸟雀，穆桂英却说，撒粮食，让雀儿吃饱。有人怨艾地嘟囔说，粮草不足，人都不够吃，还给鸟儿吃。但是，穆桂英命人很快捕捉了一批鸟儿，鸟雀脚上系上奇诡的东西，木头核里塞进去艾草火种。艾草燃烧慢，但很顽强，轻易不会熄灭。

穆桂英命令士兵在空粮袋中全部装上土，高高垒起。于是宋营中码着七大垛粮袋，呈北斗七星状。西夏兵见宋军东退至黄羊川，派探马去探，探子看到的是宋军的七星粮阵。西夏兵觉得宋人诡计多端，就暂先按兵不动。当夜，带火种的鸟儿飞回巢，城内失火。杨家将拔寨起兵，将这七垛袋子里的土倒下，反抄过去拿下古浪峡。七个大土堆至今还在村后，现在叫七谷堆湾。

这个故事的背景，是宋朝和辽开战，萧太后难以抵挡杨家将，向西夏求援。西夏李继迁联合辽，开始对宋出兵。至河西，击破凉州，杀死宋朝知府，并把凉州府库的积存搜掠一空。自此，北宋王朝与西夏势力开始武力争夺河西。

至于后来，明朝与蒙古俺答汗在河西争夺厮杀的，依然是政治与军事的重要性，利益次之。河西不保，门户失守，国家不稳。

汉人唐人出现在河西壁画上，端庄，敦厚，丰腴，目光坚毅，衣裳华丽。他们的背景，是盛大的汉唐。那种尊贵的气质，壁画就能渗透出来，彰显着国力的强盛。

网上偶尔看到一组百年前河西百姓的照片，据说是一个外国人拍的。河西古道是苍凉的背景，人们脸上的表情呆滞麻木，眼神淡漠，衣衫褴褛。看了，心里酸成个疙瘩。没有精神气儿，没有鲜活气儿，人活得像木头桩子一样。

有战争，就免不了对生态的破坏。修筑，砍伐，河水改道，烧毁……河西的生态是脆弱的，经不起折腾。一座座的城堡绿洲慢慢消失在光阴里了。一座荒芜的城堡下，一定潜伏着一场惨烈的征战。骟马城，锁阳城，黑水国，破城子，骆驼城……我们今天能找到的，只有残桓断壁，不朽的是黄土胶泥，依然以悲凉沉重的姿态，讲述历史。听得懂，你有幸。听不懂，走你的路。

用肃然起敬来怀古，自然也是对的，但一定还缺少了什么。一段破落的城墙，如果能让你的灵魂为之一凛，内心战栗，那么你看懂了历史，不是河西的过客。要知道，古河西，连草木雀儿都不能闲着。

这是一种复杂的情感，是河西人独有的情怀。至少，阳关的旷野里，显示的是愁怨的心绪，绝不是欢乐。嘉峪关捍卫的，就是民族的尊严和霸气。走到玉门关，悲壮苍凉的情绪一定弥漫心间，绝无逍遥之怀。戍边，护卫，河西人的生命基因里，放弃利欲心，多了一份儿忧国之心。

所有的伤感都是肤浅的，不如一身硬骨头来得实在。人生需要硬骨头来支撑光阴。河西，雪山的清水里有骨气，沙漠的胡杨里有骨气，飞天反弹的琵琶有骨气，嘉峪关的城墙里有骨气。连旷野里的石头，都是硬骨头。

河西河西，黄土的长城老去了，看不见的新长城依然崛起于西北大地。每当卫星发射直播的时候，请看看，那是我们酒泉啊，那是千里河西。这片热土，依然承担着守护祖国的重任，依然无悔的屹立在茫茫风沙里，铁骨铮铮。

河西走廊，光阴这么寂静

看节气，春风到了。出门，抬头看天，乌鞘岭的天空蓝森森的，端庄，干净，亦是好。白杨树的枝干长得大手大脚的样子，映衬到天空里，一枝一枝都是涌动的生命力，恍然觉得只要使劲儿摇一摇，树芽儿就会冒出来。长风从河西走廊来，略有些青蒿味儿，沸沸扬扬的，真真是好。乌鞘岭春天也有雪，依着冬天的样子下，有点小无赖样儿，迟迟不肯走，把牛羊的草覆着。雪天却不冷，是春天的味道，走在大野里，雪白草黄，亦好。

人间草木从春始，而世间种种美好，也都是从春开始。《草木禅心》能够结集出版，得益于古耜老师的支持，感念老师多年来的教诲。尽管隔着千山万水，但老师对一个大西北山野里的写作者，给予了最大力量的支持，感谢老师，感谢文学！

草木禅心 / 刘梅花

河西走廊其实也是挺可爱的，没有风的时候，日光柔和，一地疏落的树荫，晾晒的被子，聊天的老人。有时候我在树下读书，能闻见厨房里炖着的蔬菜香味。只觉得，生活如此拂绕，应是那指尖翻动的文字，呈现一种清凉的时光，平淡而醇浓，世俗而清雅。

龙应台说："文化艺术使孤立的个人，打开深锁自己的门，走出去，找到同类……孤立的个人因而产生归属感。"我在河西走廊这样缓慢的光阴里，走进一行行汉字，探索文学世界里的喜悦与忧戚。每一段文字的背后，都有一条小路，风随便吹，花兀自开。

《草木禅心》里的文字，都是近两年写的。都不急，慢吞吞地写，写一篇是一篇，坐在树下，也不问春归何处，尽管写就是了。读书也杂，喜欢的书都拿来翻，最喜欢的还是《本草纲目》。枕边一本，沙发上一本，书桌上一本，包里还有一本。怎么就这样的喜欢，简直喜欢得要发疯，说不清。本草里的文字，笔无纤尘，干净得要命，叫人觉得至璞之境，不过也就如此了。所以《草木禅心》这个书名早早就泊在心里了。

读草药，自己也写草木，只觉得大自然里每一味草药都是淳朴天真，而我的文字，总是缺了一点火候，不能抵达草木的大化之境，甚为遗憾。每读一遍本草，都不觉收敛了心意，放下诸缘，一点一点靠近它们。所以这本集子里，写草木的文字占了很大的比例，皆因着喜欢。

我大多数的时光，都寂然无声。窗台上几盆花，桌上杂乱的书纸。屋子简单，心也简单，习惯了冷清的慢时光，其实《深山禅林》就是最喜欢的意蕴。有时候也有些呆气，去北京，专门跑了一趟地坛，只想着，地坛是史铁生常常去的地方，去看看，心里头才踏实。对自然的敬慕，对草木的敬慕，都在心里积攒着，慢慢变成文字。

散文的创作，都不刻意，随遇而安。心里一点小欢喜，记下来。路边一朵白菜，叶子老了，披散在季节里，记下来。偶遇一熟识的老妇，步履艰难，白发在风中凌乱，突然想起她年轻时的咄咄逼人之势，也记下来。被人使了绊子，摔跤过后爬起来，也记下来。其实光阴是纷繁复杂的，我所表达的朴素和静寂，是经过提纯了的。散文是美好的一种文体，是生活的过滤器，把芜杂的东西都要过滤掉才好。所以我的文字就是我内心的生活。

河西走廊的苍茫，可能也影响了我的创作，大部分作品都有地域的荒凉寂静感。一个人生活在这个地方，人和自然之间就有了微妙的浸染，有了息息相通之处。而具体到我居住的乌鞘岭，是雪域，亦是草原青山，还保持着淳朴的风俗。春天那样迟，冬天那样长，习惯了寒冷，每开一朵花都使人有惊喜感。雪域高原上的植物颜色格外纯净，大概是紫外线强，滤去了杂色。看惯了颜色纯净的植物，一种简单的缓慢的东西悠然于心，事事都变得不急不躁，文字也是，性格也是。

最初的写作，可能是为了慰藉自己内心的寒凉。而现在，写作就是生活，实际上再也没有比写作更适合我做的事情了。每天清晨，喝了奶茶，就走到书桌前，连想也不用想。我喜欢这样简单的时光，喜欢在文字里信马由缰，这可真是美妙的事情。

感谢一路上陪我走过来的老师文友，感谢我的宝贝郭飏儿，感谢河西走廊如此清净。世间有大美，情愿做个采诗官一样的人，踏花渡水，去访问种种美好。再次感谢古耜老师为文学事业的倾力付出！

刘梅花

2017 年 3 月